MÛR POUR LA MORT

(Roman à Suspense en Vignoble Toscan, tome 2)

FIONA GRACE

Fiona Grace

L'auteure débutante Fiona Grace est l'auteure de la série LES HISTOIRES À SUSPENSE DE LACEY DOYLE, qui comporte neuf tomes (pour l'instant), de la série des ROMANS À SUSPENSE EN VIGNOBLE TOSCAN, qui comporte trois tomes (pour l'instant), de la série des ROMANS À SUSPENSE DE LA SORCIÈRE SUSPECTE, qui comporte trois tomes (pour l'instant) et de la série des ROMANS À SUSPENSE DE LA BOULANGERIE DU FRONT DE MER, qui comporte trois tomes (pour l'instant).

Comme Fiona aimerait communiquer avec vous, allez sur www.fionagraceauthor.com et vous aurez droit à des livres électroniques gratuits, vous apprendrez les dernières nouvelles et vous resterez en contact avec elle.

PAR FIONA GRACE

LES ROMANS POLICIERS DE LACEY DOYLE
MEURTRE AU MANOIR (Tome 1)
LA MORT ET LE CHIEN (Tome 2)
CRIME AU CAFÉ (Tome 3)
UNE VISITE CONTRARIANTE (Tome 4)

ROMAN À SUSPENSE EN VIGNOBLE TOSCAN
MÛR POUR LE MEURTRE (Tome 1)
MÛR POUR LA MORT (Tome 2)
MÛR POUR LA PAGAILLE (Tome 3)

CHAPITRE PREMIER

— C'est à moi ! dit Olivia Glass. C'est tout à moi !

Entendant le mélange d'excitation et d'incrédulité dans sa propre voix, elle approcha de la ferme simple à deux niveaux.

Depuis la veille, le contrat de vente était signé, cacheté et la ferme était payée et lui appartenait. Cette maison délabrée mais belle, située dans les collines de la Toscane, était l'endroit où elle allait commencer sa nouvelle vie. Elle avait acheté les huit hectares de la ferme sur un coup de tête, après être tombée sous le charme. Olivia supposait que, un jour, cette passion s'étiolerait mais, pour l'instant, elle avait la chair de poule. Elle avança jusqu'à la maison et, secouant la poignée rouillée, ouvrit la porte d'entrée.

Frissonnant sous l'effet de la chair de poule, elle entra dans sa nouvelle maison.

Soulevant des volutes de poussière, elle traversa le hall, où les maçons avaient effectué des réparations urgentes la veille, et alla dans la cuisine, un grand espace avec vue sur les collines équipé de plans de travail cassés, de placards sans portes et de robinets rouillés qui fonctionnaient irrégulièrement. Réaménager l'alimentation en eau serait probablement très simple.

Olivia sentit son cœur se serrer sous l'effet de l'excitation et de la peur. La maison avait énormément de potentiel, mais elle avait été gravement négligée. Olivia allait devoir lui consacrer énormément de temps. Elle n'avait pas peur de travailler dur, mais elle se demandait quand même combien de temps il lui faudrait pour restaurer cette carcasse sonore aux tapisseries délabrées et pleine de toiles d'araignée et en faire la maison confortable et fonctionnelle qu'elle avait dû être autrefois et pouvait redevenir.

Olivia éternua. La cuisine était très poussiéreuse et, pour l'instant, elle ne pouvait pas ouvrir les fenêtres, qui étaient coincées par la crasse et la rouille. Elle décida qu'il vaudrait mieux attendre dehors, où sa meilleure amie, Charlotte, devait la rejoindre pour aller se promener autour de la ferme.

Quand Olivia repartit dans le hall ensoleillé, elle s'arrêta brusquement et contempla, horrifiée, la nouvelle arrivante qui venait soudain de faire son apparition.

Entre elle et la porte, au milieu du revêtement de sol en stuc couleur pêche, une énorme araignée poilue se ramassait.

Quand l'araignée se plaça au centre du rayon de soleil, Olivia recula. Elle commença à haleter. Elle était terrifiée par les araignées.

Son appartement de Chicago, où elle avait vécu les six dernières années, avait été neuf et au huitième étage. Pendant son séjour dans cet appartement, les araignées n'étaient pas montées si haut, donc, elle avait presque oublié à quel point elle en avait peur.

Maintenant, elle se souvenait.

Elle les trouvait terrifiantes !

Soudain, Olivia se demanda si elle avait bien fait de vendre son appartement sécurisé et confortable et d'investir toutes ses économies dans un endroit rempli d'animaux sauvages menaçants. La ferme était pleine de toiles d'araignée. Maintenant, elle se rendait compte que cela signifiait probablement que des centaines d'arachnides avaient dû s'installer ici.

— Dehors ! essaya de dire Olivia d'une voix tremblante.

Elle comprit toute seule que sa voix n'avait pas assez d'autorité. L'araignée l'ignora, visiblement très satisfaite de rester au soleil.

Incapable de détacher les yeux du monstre, Olivia chercha quelque chose derrière elle. Ses doigts agrippèrent un morceau de planche que les maçons avaient laissé la veille.

Elle pourrait pousser l'araignée avec la planche et cela l'inciterait à se sortir de son chemin. Alors, elle pourrait sortir calmement.

Ou plus probablement partir en courant, paniquée, admit-elle pensivement.

Olivia ne pouvait pas tuer l'araignée. Ce n'était même pas envisageable, même si elle avait très peur. Elle ne pouvait pas tuer une créature innocente, bien que terrifiante, qui avait cru qu'elle était chez elle ici. Elle jouait un rôle précieux dans l'écosystème. Olivia ne savait pas grand-chose sur ce rôle, mais elle savait qu'il était important.

Il suffirait d'inciter l'araignée à bouger, à sortir et de préférence à s'éloigner d'au moins deux ou trois kilomètres.

— Va-t'en ! dit-elle en se sortant une mèche blonde des yeux et en poussant la planche vers l'araignée.

L'araignée courut sur la planche. Olivia laissa tomber la planche et bondit en arrière en poussant un cri.

— Ce n'est pas ce que tu étais censée faire ! glapit-elle.

Elle heurta quelque chose de l'épaule. C'était l'échafaudage que les maçons avaient laissé la veille parce que le plafond élevé du hall avait aussi eu besoin de réparer.

La créature à huit pattes qui était apparue au sol avait tellement fasciné Olivia qu'elle avait oublié l'échafaudage qui se trouvait au-dessus de sa tête.

Les maçons s'étaient tenus sur une planche qui courait le long du hall.

Si Olivia grimpait à l'échafaudage, elle pourrait ramper le long de la planche puis redescendre par la porte d'entrée.

Cette manœuvre aérienne hardie lui permettrait de contourner complètement l'araignée.

Olivia leva les yeux vers l'échafaudage et la planche.

La planche semblait être plus haut qu'elle ne s'en souvenait. Olivia n'était pas très à l'aise en hauteur.

Elle jeta un autre coup d'œil à l'araignée et décida de tenter l'escalade.

Olivia saisit l'échafaudage en métal et, pendant qu'elle l'escaladait avec prudence, remarqua qu'il tremblait bruyamment. Cela ne pouvait pas être si dangereux, se dit-elle. Après tout, les maçons y avaient travaillé toute la journée en fredonnant des airs d'opéra, perchés sur la planche pendant qu'ils donnaient des coups de marteau et de perceuse au plafond.

Maintenant qu'elle était là-haut, Olivia trouvait qu'elle ne comprenait pas comment ils avaient pu y parvenir.

En équilibre précaire, à quatre pattes, elle plaça prudemment une main sur la planche.

La planche trembla de façon alarmante et Olivia laissa échapper un cri aigu de terreur.

Elle avait trente-quatre ans, maintenant. Elle voulait atteindre l'âge de trente-cinq ans ! Était-ce trop demander ?

— Impossible de reculer, dit-elle pour se donner du courage.

Elle posa l'autre main sur la planche instable. L'autre extrémité de l'échafaudage paraissait lointaine.

De son poste d'observation, elle voyait entrer de la lumière par les vitraux installés au-dessus de la porte d'entrée en bois. Ils étaient recouverts de poussière mais, d'ici, elle constatait que le dessin était magnifique et imaginait tout le charme que dégageraient les panneaux bleus, jaunes, rouges et verts quand ils auraient été nettoyés, polis et qu'ils laisseraient passer le soleil matinal.

Encouragée par cette pensée positive, elle avança le long de la planche.

— Holà, chuchota-t-elle.

La planche était si étroite qu'Olivia avait du mal à y trouver son équilibre. De plus, à mesure qu'elle avançait en rampant, la planche gigotait et Olivia sentait son estomac se nouer sous l'effet de la peur.

Elle s'imaginait perdre l'équilibre et tomber sur l'araignée.

Même si elle était loin au-dessous, Olivia la voyait encore.

En train de l'attendre.

Olivia rit du ridicule de cette idée et, s'accrochant à la planche, avança de quelques centimètres de plus. Qui aurait cru qu'acheter une ferme nécessiterait un comportement aussi périlleux ? Elle s'était attendue à passer des heures à nettoyer et à récurer, à rénover la cuisine poussiéreuse et délabrée qui, malgré son état actuel, était spacieuse et comportait des plans de travail sur deux côtés et des vues superbes sur les collines par la fenêtre la plus grande. Olivia était sûre que cette pièce deviendrait le cœur de sa nouvelle demeure. Elle imagina une table et des chaises en bois installées au centre et une grande cuisinière toute neuve et brillante. Quant aux plans de travail délabrés et cassés, elle les remplacerait par des dalles de granit clair et lumineux. Enfin, elle alignerait des pots d'herbes médicinales sur le rebord de la fenêtre.

Elle avait imaginé comment elle rénoverait la chambre principale d'en haut, qui bénéficiait d'une vue panoramique sur la vallée et d'une grande salle de bains avec une énorme baignoire mais pas (encore) de douche. Elle avait imaginé repeindre ses murs en tons crème chaud, pendre des rideaux jaunes des deux côtés de la fenêtre et installer son lit contre le mur d'en face avec une peinture de paysage au-dessus.

Elle ne s'était pas attendue à se retrouver à quatre pattes et à ramper sur une planche étroite et instable perchée à une hauteur effrayante du sol, tout cela pour éviter une des araignées les plus grosses et les plus imprévisibles qu'elle ait vues de toute sa vie.

Ses rénovations d'intérieur ne progressaient pas comme elle l'avait espéré.

Olivia commençait à craindre de manquer de temps. La villa que Charlotte avait louée et qu'Olivia partageait maintenant avec elle était

4

louée jusqu'à la fin de l'été. Olivia ne savait pas si deux courts mois suffiraient à transformer cette maison belle mais négligée en endroit plus ou moins habitable, surtout si elle devait évacuer les lieux à chaque fois qu'une araignée y apparaissait. Cela allait retarder gravement les travaux.

Soudain, Olivia entendit des pas rapides à l'extérieur et leva les yeux, ce qui refit vaciller la planche.

— Désolée d'être en retard, cria Charlotte. J'ai été retardée à la villa. Les agents d'entretien sont venus réparer la fontaine extérieure. Je me disais que tu devrais en installer une ici.

— Bonjour ! cria Olivia avec inquiétude. N'entre pas ! C'est dangereux ! Attends devant la porte !

Charlotte jeta un coup d'œil par la porte et repéra Olivia sur son perchoir avec stupéfaction.

Olivia regarda vers le bas, loin vers le bas, car Charlotte était très petite, et vit le visage rond de son amie encadré par ses cheveux longs striés de roux et ses yeux écarquillés par la surprise.

— Qu'est-ce que tu fais là-haut, bon sang ? demanda Charlotte, incrédule.

— Il y a une énorme araignée, expliqua Olivia d'une voix tremblante de peur.

— Je ne vois rien, dit Charlotte en jetant un coup d'œil dans le hall.

— Là !

Risquant sa vie, Olivia retira une main de la planche pour montrer l'araignée.

— Oh, là ! Cette petite chose ? demanda Charlotte d'un air surpris. Tu veux que je la chasse dehors pour toi ?

Elle entra à grands pas dans le hall et le cœur d'Olivia battit plus vite.

— Fais attention, couina-t-elle.

Charlotte avança sans crainte jusqu'à l'araignée.

— Dehors ! ordonna-t-elle d'une voix ferme. Tu effraies mon amie.

Elle frappa dans ses mains et l'araignée sortit immédiatement, obéissante.

Quand elle passa la porte d'entrée, Olivia constata, étonnée, qu'elle semblait avoir rétréci. Elle était environ deux fois plus petite qu'avant l'arrivée de Charlotte.

Peut-être même quatre fois plus petite que dans ses souvenirs.

Honteuse, Olivia descendit de l'échafaudage métallique bruyant et poussa un soupir de soulagement quand ses pieds touchèrent à nouveau le sol.

Charlotte secoua la tête en riant.

— Olivia, tu es la seule personne que je connaisse qui préfère défier la mort sur un échafaudage haut perché que passer à côté d'une araignée. Je me souviens qu'elles te faisaient très peur à l'école, mais je croyais que tu aurais dépassé cette peur.

Olivia se frotta ses yeux bleus pour s'en sortir la poussière.

— Je crois qu'elle n'a fait qu'empirer.

Charlotte regarda dehors.

— Elle a disparu, dit-elle à Olivia pour la rassurer. Elle est probablement partie se trouver une nouvelle demeure, à un endroit plus tranquille. Elle s'installera peut-être dans cette jolie plante grimpante qui pousse sur le mur latéral. Bon, ce matin, c'est le jour de l'exploration. Est-ce qu'on est prêtes ?

— On est prêtes !

Olivia sortit de la maison chaude et poussiéreuse et inhala l'air frais avec gratitude. Elle sentit une pointe d'aventure dans la brise. Aujourd'hui, elle allait explorer tous les recoins de sa nouvelle propriété et voir quels secrets et quelles surprises elle allait lui dévoiler.

À la grande surprise d'Olivia, le passé de la vieille ferme restait voilé de mystère et elle n'avait réussi à trouver que très peu d'informations sur ses anciens propriétaires ou sur l'utilisation qu'ils avaient faite des huit hectares vallonnés.

Ce matin, elle ne travaillait pas à la salle de dégustation de La Leggenda, l'exploitation viticole où elle était sommelière. Charlotte et elle avaient décidé d'en profiter pour explorer la totalité de la propriété sauvage et envahie par les mauvaises herbes à la recherche d'indices et de preuves sur les propriétaires d'avant.

Olivia était impatiente de voir quels secrets elles allaient peut-être découvrir.

CHAPITRE DEUX

Alors qu'elles s'éloignaient de la ferme, Olivia se retourna pour la regarder et sentit la joie la submerger. Elle avait sûrement besoin de beaucoup de réparations, mais ce modeste bâtiment à deux niveaux, avec ses fenêtres cintrées et ses murs en pierre massive qui luisaient d'un éclat couleur bronze dans le soleil matinal, était aussi élégant que robuste. Cette maison devait avoir au moins cent ans, supposa-t-elle en se disant qu'elle aimerait connaître son histoire en détail.

Qui l'avait construite et qui avait vécu ici ? À quoi avait ressemblé la vie de ses occupants ? Quelles amours et déceptions sentimentales, quels espoirs et rêves avaient eu lieu sous le toit aux tuiles ocres et dans l'ombre des chênes-lièges et des oliviers environnants ?

Olivia se détourna et contempla les collines.

N'avait-elle pas de la chance de bénéficier de cette vue sur la Toscane à la beauté vertigineuse de cette propriété haut perchée ? Cette vue spectaculaire changeait constamment à mesure que progressaient le soleil et les ombres. Maintenant, la lumière matinale se répandait sur les collines lointaines et illuminait les nuances de doré et de vert profonds de la mosaïque de vignes, de champs de blé, de forêts et de prairies. Olivia se rendit compte qu'elle avait du mal à croire que c'était là qu'elle habitait maintenant et qu'elle apercevrait cette vue chaque jour qu'elle passerait ici.

Bien sûr, il y avait un inconvénient à posséder une propriété haut perchée dans une région aride et vallonnée de la Toscane : le sol pierreux. Ce n'était probablement pas le meilleur endroit qu'elle aurait pu choisir d'acheter, alors que son projet était de faire pousser des vignes et de lancer son propre cru de vin.

C'était l'idéal de vie dément d'Olivia. Il avait commencé par n'être qu'un rêve fou. Après avoir rompu agressivement avec son petit ami Matt à Chicago, Olivia avait quitté son travail dans la publicité et accepté l'invitation de Charlotte à venir passer l'été en Toscane avec elle. Elle avait été embauchée par La Leggenda et avait découvert que cette ferme était à vendre. Sur un coup de tête, elle avait décidé de vendre son appartement confortable de Chicago et d'investir tout son argent dans une vie toute nouvelle.

Elle ne savait pas du tout si elle était capable de devenir vigneronne, ou même si cette terre serait viable.

Les sols arides produisaient les meilleurs raisins. Ce fait lui donnait de l'espoir.

Toutefois, il fallait d'abord faire pousser les vignes et c'était une perspective intimidante.

Olivia se dit qu'il faudrait qu'elle repère de bons emplacements pour planter des vignes pendant leur promenade.

— Par la présente, j'annonce que la journée d'exploration commence, dit-elle. Commençons par suivre la clôture.

Elles partirent et descendirent en glissant la colline pentue et pierreuse jusqu'à atteindre les limites de la ferme. Une clôture basse en délimitait l'étendue, une piètre barrière en câble double que n'importe qui pouvait franchir facilement. Elle n'aurait pas suffi à garder une chèvre. Cela pouvait poser problème, car Olivia avait adopté une chèvre.

Ou plutôt, pour être plus précis, une chèvre l'avait adoptée.

Erba, une chèvre blanche à taches oranges, appartenait à l'exploitation viticole où Olivia travaillait, mais elle s'était entichée d'Olivia et avait pris l'habitude de rentrer à la maison avec elle tous les soirs.

Erba la suivait aussi partout et, quand Olivia atteignit la clôture, elle ne fut pas étonnée de voir la petite chèvre gambader énergiquement vers elle en abandonnant le géranium dont elle avait fait son en-cas.

— Viens, Erba, voyons si nous trouvons des herbes sauvages pour toi sur notre chemin, dit Olivia pour l'encourager en frottant le sommet de sa tête couverte de fourrure.

Erba était la traduction italienne de « herbe » et Olivia devait admettre que l'exploitation viticole l'avait bien nommée.

— As-tu réussi à découvrir quelque chose sur la ferme ? demanda Charlotte pendant qu'elles se dirigeaient vers le bâtiment suivant, une grande grange bien bâtie assez proche de la maison.

— Non, admit Olivia. C'est un mystère. J'espérais que Gina, la retraitée qui me l'a vendue, en saurait plus que moi, mais elle ne savait rien.

Olivia avait été étonnée par la conversation qu'elle avait eue avec la dame âgée pittoresque quand cette dernière était arrivée dans sa Fiat minuscule pour lui donner les clés. Elle s'était attendue à ce que la dame lui raconte toute l'histoire de la ferme, mais Gina lui avait dit qu'elle avait hérité la propriété suite à la mort d'un cousin éloigné, qui l'avait achetée à un ami quelques années auparavant, et qu'elle n'avait aucune idée de son passé.

Gina et son mari n'avaient visité la ferme que quelques fois, car l'usine de fabrication de sacs à main de son mari occupait la plus grande partie de son temps. Ils avaient envisagé de passer leur retraite là mais, en fin de compte, ils avaient choisi de rester chez eux à Florence, près de leurs amis et de leur famille.

— Nous trouverons peut-être des indices pendant notre promenade, dit Olivia.

Elle espérait que la grange lui procurerait le premier.

La première fois qu'elle avait jeté un coup d'œil à l'intérieur, en voyant ses murs de pierre élevés, elle avait pensé que ce serait un endroit parfait pour y fabriquer du vin. Même si le sol était fendu et même si les portes avaient disparu depuis longtemps, elle l'avait imaginé rénové et à nouveau investi de sa gloire passée, avec des cuves en acier brillantes et des fûts de chêne alignés le long des murs intérieurs.

Avec la lumière du soleil qui entrait par la grande ouverture où les portes avaient été, on comprenait que cet endroit était vide et abandonné depuis de nombreuses années. Il y avait un gros tas de gravats au fond. Il faudrait qu'Olivia les enlève un jour, ou alors qu'elle demande à quelqu'un de le faire pour elle, car il semblait y avoir quelques pierres lourdes.

Non sans déception, elle constata que la grange n'offrait pas d'autres informations.

— Penses-tu qu'ils gardaient du bétail ici ? demanda Charlotte d'un air perplexe.

Si oui, pourquoi n'y avait-il aucun signe de sa présence passée ? Ce qui était sûr, c'était qu'il n'y avait pas de clôtures visibles à la ferme et que la propriété ne comportait que très peu de terres susceptibles de servir de pâturage.

Erba bondit par-dessus la clôture basse en fil de fer et se dirigea avec résolution vers un buisson d'églantier qui poussait de l'autre côté.

— Peut-être des poulets ? hasarda Olivia.

Des poulets ? C'était possible. Est-ce que cette grange aurait fourni un refuge nocturne sûr ?

Laissant la grange derrière elles, elles suivirent la clôture le long d'une crête herbeuse puis remontèrent dans les collines. Chaque tournant de la lisière de la propriété semblait offrir une autre découverte. Olivia fut fascinée par le bosquet de genévriers caché dans une courbe des collines et dont les arbustes portaient leurs baies violettes facilement reconnaissables. Elle fut également impressionnée par le grand chêne pubescent qui constituait un point central situé au sommet de la pente.

Tout au fond de la ferme, elles découvrirent un bâtiment en ruine qui semblait être très ancien. Ses murs ne dépassaient guère la hauteur d'un homme et il ne restait rien du toit. Olivia se demanda si cela avait été la ferme originelle, que ses occupants auraient abandonnée quand elle se serait délabrée pour en bâtir une nouvelle sur les coteaux plus ensoleillés. Elle ne regarda pas de trop près, craignant que toutes les araignées chassées de la ferme n'aient déménagé dans ces ruines confortables.

Derrière la ferme, on trouvait quelques noisetiers avec des noisettes qui mûrissaient le long de leurs fines branches. Olivia adorait les noisettes. Elle adorait l'idée de pouvoir venir de ce côté de sa ferme pour en cueillir quelques-unes pour le petit déjeuner quand elles seraient mûres.

Elles suivirent la clôture jusqu'à l'endroit où elle jouxtait le chemin de sable tranquille puis elles repartirent vers la ferme. Même si elles avaient trouvé de très beaux arbres, Olivia devait admettre que leur promenade n'avait quasiment rien fourni en matière d'indices.

Alors, Charlotte poussa un cri d'excitation en désignant un bâtiment à moitié caché dans un taillis d'aubépines à fleurs blanches.

— Il y a un autre bâtiment là-haut. Regarde !

Quand Olivia vit la couleur des murs de pierre, elle comprit que ce bâtiment avait dû être construit à la même époque que la ferme en ruine.

Elles remontèrent la colline pentue avec enthousiasme. Olivia était impatiente d'explorer ce petit bâtiment carré en pierre camouflé par les arbres. Elle n'aurait jamais imaginé qu'il puisse exister et elle était certaine qu'elles allaient y faire des découvertes passionnantes.

Elle se fraya un chemin sur le sol sablonneux en inhalant la senteur des buissons de lavande sauvage qui lui effleuraient les jambes. Quand elle approcha du bâtiment, elle vit une petite fenêtre située vers le haut du mur de pierre et qui devait plutôt être une bouche d'aération.

Olivia plaça une main sur la pierre fraîche. Comme le bâtiment était niché dans une courbe du flanc de coteau et dépourvu de grandes fenêtres, cela signifiait que cet endroit avait été une réserve sécurisée. Si tel avait été le cas, il restait peut-être quelque chose à l'intérieur.

Impatiente, retenant son souffle, Olivia contourna le bâtiment.

Son cœur battit plus vite quand elle aperçut la porte en bois.

Bien que l'extérieur soit abîmé et usé par les éléments, la porte avait l'air robuste et épaisse et elle était entièrement fermée.

Olivia était impatiente de voir ce qui se trouvait à l'intérieur.

— On a fait une découverte ! annonça-t-elle.

— Oh, je suis vraiment heureuse qu'on obtienne des résultats, dit Charlotte qui, tout contre elle, contemplait la porte en bois massif.

Olivia inspira profondément.

— Bon. Maintenant, résolvons notre mystère.

Le cœur battant la chamade, elle tourna la poignée en se demandant ce qu'elle allait découvrir à l'intérieur.

Alors, elle laissa échapper un gémissement de déception.

La porte était fermement verrouillée.

*

Quand elle partit travailler à pied à midi, Olivia se rendit compte qu'elle pensait constamment à ce bâtiment mystérieux. Qu'y avait-il à l'intérieur et comment allait-elle pouvoir y accéder alors que même les fenêtres étaient trop petites pour qu'un être humain s'y faufile ?

Elle aurait voulu avoir plus de temps pour chercher un moyen d'entrer.

Elle pouvait défoncer la porte, mais elle n'avait guère envie de casser une porte en aussi bon état, et puis, il y avait un trou de serrure bien visible. Elle préférait ne pas abîmer la porte et espérer pouvoir trouver la clé.

Peut-être était-elle cachée dans les vieilles ruines, au milieu d'une toile d'araignée géante.

Ou alors, comme la réserve était en si bon état, Olivia allait peut-être revoir ses hypothèses sur la vieille ferme. Elle avait peut-être été ravagée par un incendie, ou un arbre était tombé dessus, ou une autre catastrophe l'avait partiellement détruite. Dans ce cas, les fermiers avaient peut-être continué à l'utiliser après avoir emménagé dans la nouvelle maison.

Olivia décida de fouiller les alentours et aussi de chercher une clé pendant qu'elle nettoierait et dégagerait la ferme. Elle finirait forcément par tomber sur la clé à un moment ou à un autre.

Olivia cessa d'y penser. Elle ne pouvait pas réfléchir à l'énigme de sa nouvelle maison alors qu'elle allait devoir travailler d'arrache-pied à la fameuse exploitation viticole, La Leggenda.

En descendant la route tranquille bordée de cyprès, Olivia reconnut que l'intitulé de son poste actuel de sommelière dépassait encore de loin ses compétences.

Plusieurs semaines auparavant, elle avait postulé à l'exploitation viticole sur un coup de tête et elle avait été embauchée comme assistante pour la saison estivale. Alors, après d'étranges péripéties au cours desquelles le sommelier avait été assassiné et où Olivia avait aidé à résoudre le crime, elle avait finalement succédé au sommelier assassiné.

Elle avait tout l'enthousiasme requis pour ce poste. Le seul problème, c'était qu'elle manquait énormément de connaissances. Depuis qu'elle assumait sa nouvelle fonction, Olivia avait l'impression qu'il lui manquait dix ans d'expérience et qu'elle allait devoir les rattraper en dix jours pour justifier le salaire généreux qu'elle touchait.

Elle savait que, à présent, son rôle était plutôt celui d'une ambassadrice de la salle de dégustation, car elle devait accueillir les clients mais aussi gérer la dégustation du vin et les ventes, qui étaient significativement plus élevées que l'année dernière, ce qui prouvait qu'elle excellait dans ce domaine. Toutefois, elle travaillait aussi vite que possible pour acquérir les connaissances dont elle avait besoin pour devenir une sommelière accomplie ; parfois, elle étudiait même la nuit pour en apprendre le plus possible. D'un autre côté, Charlotte était en vacances, donc, elles fréquentaient les restaurants locaux deux ou trois fois par semaine.

Son cœur se réjouit quand elle vit La Leggenda devant elle. Elle avait un lieu de travail magnifique. Construits en pierre jaune, les bâtiments élégants de l'exploitation viticole semblaient faire partie du paysage vert et doré qui leur servait d'écrin. Quand Olivia remonta l'allée sinueuse, elle se sentit fière d'appartenir, bien que modestement, à cette destination historique.

— Bonjour, Olivia.

Elle sentit son cœur se réjouir encore plus quand elle vit le propriétaire de l'exploitation viticole, Marcello, à l'entrée. La

Leggenda était une entreprise familiale de deuxième génération qui était aujourd'hui possédée et gérée par Marcello, quarante ans, sa sœur cadette, Nadia, et son frère cadet, Antonio.

— *Buon giorno*, Marcello, répondit-elle pour le saluer.

Il signait un bon de livraison, mais il posa le papier, alla la retrouver avec un sourire qui lui illumina le regard et l'embrassa sur les joues pour la saluer.

Olivia se sentit rougir. Elle avait renoncé à essayer d'arrêter cette réaction machinale à la présence de Marcello. Non seulement il était grand, brun et d'une beauté stupéfiante, avec une mâchoire carrée et des yeux bleus assez profonds pour s'y noyer, mais elle avait l'impression qu'il y avait quelque chose entre eux.

Marcello était charmant avec tout le monde, mais Olivia sentait qu'il débordait d'attentions pour elle. Elle n'imaginait rien. C'était sûr ! D'autres personnes l'avaient remarqué et en avaient parlé.

En outre, son intuition lui conformait que c'était vrai.

Elle avait compté se rendre directement à la salle de dégustation et commencer à se préparer à la journée qui l'attendait mais, à sa grande surprise, Marcello lui plaça une main chaude sur l'épaule.

— Olivia, pouvez-vous attendre un moment, je vous prie ? Je veux vous demander quelque chose.

— Bien sûr ! Pas de problème !

Des scénarios lui défilèrent en tête. D'abord, elle imagina qu'il voulait l'inviter à prendre un café. Cela dit, ce ne serait pas un rendez-vous sentimental, se dit fermement Olivia. Elle sentait que Marcello s'était imposé des limites personnelles qui lui interdisaient de sortir avec le personnel de l'exploitation viticole. Il voulait probablement parler des changements qu'il comptait apporter au menu de dégustation.

Olivia comprit qu'il vaudrait mieux qu'elle ait un nouveau vin en tête. Elle réfléchit frénétiquement. Il y avait le chardonnay non boisé que l'exploitation viticole venait de sortir et qui, selon ce qu'on disait, remporterait probablement une médaille. Il pourrait être avisé de l'ajouter au menu de dégustation.

Soudain, le téléphone de Marcello sonna.

— Vous feriez mieux d'y aller, lui dit-elle. Je vous reparlerai plus tard.

Contente que sa journée comprenne une seconde rencontre avec Marcello, Olivia passa sous le grand porche cintré et entra dans la salle de dégustation.

Cet endroit spacieux était le cœur de l'exploitation viticole. Du large comptoir en bois brillant au décor spectaculaire que formaient les tonneaux de vin surplombés par le logo doré de La Leggenda, cette salle dégageait une atmosphère exceptionnelle.

Après l'heure d'ouverture, la grande salle était toujours pleine de clients qui admiraient les récompenses et les certificats de l'exploitation viticole et lisaient l'histoire de La Leggenda, qui était affichée sur d'immenses posters fixés aux murs, ajout récent et touristique à un endroit qui attirait déjà les touristes avant. Comme c'était le cœur de l'été, Olivia savait qu'elle serait occupée aujourd'hui et devrait demander de l'aide à Paolo, un des serveurs du fameux restaurant de l'exploitation viticole.

Olivia déverrouilla la porte latérale et passa derrière le comptoir. C'était son domaine, aménagé avec des réfrigérateurs, des étagères et des placards où l'on stockait les verres. Derrière ce décor spectaculaire, il y avait une salle encore plus grande, la spacieuse salle de stockage, pleine de rangées d'étagères sur lesquelles on stockait des milliers de vins.

Le brouhaha des voix annonça l'arrivée des clients. Un groupe de trois couples se dirigea vers Olivia.

Olivia avança avec enthousiasme. Elle reconnut l'accent des gens. Cela lui plaisait encore plus de servir des gens de son propre pays. Après tout, elle savait combien d'heures elle avait passées aux États-Unis à consulter des sites web de voyage et à imaginer le jour où elle pourrait partir en vacances au pays de ses rêves.

Elle voulait que tous ses compatriotes vivent une expérience exceptionnelle à La Leggenda.

— Nous avons réservé le déjeuner ici, annonça aux autres la femme brune qui se tenait à l'arrière du groupe. Nous avons le temps de déguster un peu de vin avant.

Le sourire d'Olivia disparut. Elle contempla le groupe avec consternation.

Il lui semblait connaître cette femme.

En fait, Olivia était sûre de la connaître.

Si elle se souvenait bien, cette femme s'appelait Leanne Johnson. Dans sa carrière précédente, Olivia l'avait bien connue, mais c'était une femme qu'elle ne s'était pas attendue à revoir un jour et qu'elle aurait souhaité ne jamais revoir.

Si Leanne la reconnaissait, Olivia savait que son passé la rattraperait immédiatement de la manière la plus désagréable et la plus embarrassante qui soit.

CHAPITRE TROIS

La panique monta en Olivia quand le groupe approcha.

Si Leanne découvrait qui elle était, ce serait humiliant dans le meilleur des cas et désastreux dans le pire.

Pendant sa carrière précédente comme gestionnaire de comptes publicitaires, Olivia avait dirigé une campagne pour une marque du nom de Valley Wines.

Elle avait dévoué toutes ses forces à cette campagne. Elle avait travaillé tard pendant des semaines consécutives sur le slogan et l'image de marque, les images et la formulation et la stratégie globale.

La campagne avait remporté un succès étonnant et la marque avait englouti des parts de marché en éliminant plusieurs concurrents.

Au milieu de la campagne, Olivia s'était rendu compte que les vins étaient pires qu'ordinaires : ils étaient immondes. En fait, ce n'étaient pas du tout des vins. C'était du jus de raisin mélangé à des arômes chimiques et à de l'alcool de mauvaise qualité. Valley Wines avait réalisé toutes les économies imaginables sur le processus de fabrication. Ils avaient économisé là où personne n'y avait pensé avant eux.

Pendant que ce vin infâme profitait du succès du travail d'Olivia en lui rapportant un bonus énorme et en éliminant ses concurrents les plus méritants, l'Agence américaine des produits alimentaires et médicamenteux avait fouillé les locaux de l'entreprise et révélé les ingrédients illégaux et les processus non-hygiéniques qu'elle utilisait. L'Agence avait même trouvé un rat mort dans une des cuves de stockage.

La descente avait définitivement coulé Valley Wines et la réputation d'Olivia dans le monde de la publicité.

Sa plus grande peur était que ses employeurs actuels ne découvrent qu'elle avait été associée à cette marque notoire. Tout le monde savait ce qui s'était passé après la descente de l'Agence américaine des produits alimentaires et médicamenteux. La nouvelle avait fait le tour du monde et tous les viticulteurs, tous les négociants en vins et tous les amateurs de vins avaient parlé de Valley Wines jusqu'à plus soif.

Des rats dans les cuves ! Que pouvait-on imaginer de pire ? Les membres de l'équipe de La Leggenda, et Marcello en particulier, seraient choqués. Ils croiraient qu'elle avait menti quand elle avait dit qu'elle adorait le vin. Ils la licencieraient peut-être tout de suite.

Le visage figé, Olivia observa Leanne Johnson approcher.

Leanne était à la tête d'une entreprise de relations publiques qu'Olivia avait utilisée pendant toute la campagne Valley Wines. L'entreprise de Leanne avait coordonné beaucoup des lancements et des événements qui avaient eu lieu à l'échelle nationale.

Leanne était une commère notoire dotée d'une voix perçante. Si elle reconnaissait Olivia, toute l'exploitation viticole saurait bientôt qu'elles se connaissaient et apprendrait qu'Olivia s'était démenée pour promouvoir ce vin de camelote. Quand les gens auraient fini de déjeuner, la plus grande partie de la Toscane saurait ce qu'Olivia avait fait.

Olivia jeta nerveusement un coup d'œil dans le restaurant. Son cœur se serra quand elle vit que Gabriella, la directrice élégante, se tenait à la réception.

Gabriella était l'ex-petite amie de Marcello et elle avait détesté Olivia dès le premier jour, sentant instinctivement que Marcello la favorisait. Si elle apprenait qu'Olivia avait travaillé pour Valley Wines, elle utiliserait cette information pour causer à Olivia tout le tort qu'elle pourrait.

Olivia avait parlé à Leanne presque tous les jours. Elles avaient plaisanté en disant qu'il leur faudrait une ligne directe.

Cependant, et c'était la seule chose susceptible de sauver Olivia, elles s'étaient rarement vues, elle et Leanne. Elles ne s'étaient rencontrées qu'à une seule réunion au début de la campagne parce que Leanne habitait à New York et s'était occupée des événements non-californiens auxquels Olivia ne pouvait pas assister.

Olivia eut subitement une idée.

Il fallait qu'elle fasse semblant d'être italienne.

Si elle prenait un fort accent italien, cela dissimulerait la voix traînante qui révélerait immédiatement qu'elle était américaine.

Olivia afficha à nouveau son sourire quand Leanne posa les coudes sur le comptoir pour lui parler. Elle espéra qu'elle pourrait s'en tirer comme ça. C'était sa seule chance.

— *Buon giorno*, dit-elle.

Sa voix était plus aiguë que d'habitude. Parfait. C'était parce qu'elle avait très peur d'être reconnue mais, même ainsi, cela travaillait en sa faveur.

— Bienvenue à La Leggenda, couina-t-elle en essayant de prendre autant que possible la voix qu'avait Nadia, la vigneronne en chef, quand elle parlait anglais. Permettez que je vous présente notre menu de dégustation.

Personne ne semblait soupçonner que son accent était tout aussi faux que fort. Heureusement, Leanne avait les yeux rivés sur la feuille de dégustation, captivée par les descriptions des vins.

Un des autres couples du groupe commença à parler rapidement dans une autre langue et, pendant un moment terrifiant, Olivia eut le souffle coupé. S'ils étaient italiens, sa ruse serait dévoilée et ses tentatives pitoyables de dissimulation échoueraient.

Elle poussa un soupir de soulagement quand elle se rendit compte qu'ils parlaient espagnol. Heureusement ! Elle était sauvée.

Sans oser regarder Leanne, elle commença à présenter le premier vin.

— Voici le magnifico vermentino, annonça-t-elle en montrant la bouteille. C'est un — euh — vin magnifico à base de raisins locaux qui poussent dans des régions situées près de la mer. Il est connu pour ses saveurs florales et fruitées et il est particulièrement renommé pour ses accents d'agrumes et de sel. Magnifico ! conclut-elle avec un geste extravagant du bras, fière de l'authenticité italienne qu'elle avait ajoutée à son discours.

Les clients tendirent impatiemment la main vers leurs verres de cristal fin et firent tourner leurs portions de dégustation. Olivia regarda avec plaisir la concentration qui apparaissait sur leur visage pendant qu'ils essayaient de repérer les saveurs et les arômes qu'elle avait décrits et leurs expressions ravies quand ils finissaient par siroter ce vin à la fabrication irréprochable.

Par contre, Leanne regardait Olivia avec curiosité et Olivia sentit son estomac se nouer.

— Est-ce qu'on se connaît ? demanda-t-elle. Cette question pourra vous paraître étrange, mais votre visage me rappelle quelque chose. Êtes-vous déjà allée à New York ? Travaillez-vous dans la gestion d'événements ?

Olivia la regarda les yeux ronds, le souffle coupé. Que pouvait-elle dire qui ne soit pas un véritable mensonge ? Elle ne voulait pas mentir, même si quelques scénarios lui passaient en tête : elle pourrait prétendre qu'elle avait une sœur qui avait participé à des émissions de télé-réalité ou une cousine qui était mannequin à Manhattan. Cependant, ces mensonges-là ne feraient que la plonger encore plus dans l'embarras. Elle ne pouvait pas prendre ce risque.

— Je suis dans beaucoup de photos de l'exploitation viticole, beaucoup ! Nous avons un site web et tout le monde nous photographie sur Instagram. Tous les *turistas* adorent faire des selfies de cet endroit magnifico !

La bouteille fortement serrée dans une main, elle attendit de voir si Leanne croirait cette explication parfaitement vraie, mais aussi entièrement fausse.

— Oui, c'est ça ! dit Leanne en claquant les doigts. J'ai regardé les photos de votre établissement sur Instagram en préparant notre visite de vignobles. C'était assurément un décor photogénique.

Elle tourna vers sa compagne.

— Au fait, il faut que je vous montre les clichés que j'ai pris pendant ma promenade de ce matin. Le lever du soleil sur les collines était spectaculaire. Je vais vous les trouver dès maintenant.

— Bonne dégustation du vermentino, dit Olivia avec un sourire. Je reviendrai dans uno momento pour vous présenter le prochain assemblage de blancs, qui contient un friulano local, un pinot bianco et des raisins de sauvignon blanc.

Elle s'éloigna, les jambes tremblant sous l'effet du soulagement, et partit directement dans la salle du fond pour consulter le manuel d'expressions italiennes qu'elle conservait dans son sac à mains. Elle se rendit compte qu'elle avait peut-être dit « magnifico » trop souvent. Il fallait qu'elle cherche des synonymes de toute urgence.

*

Après la ruée des touristes du déjeuner, Olivia se rendit compte qu'elle n'avait plus qu'une bouteille du fameux assemblage rouge Miracolo dans la salle de stockage. Pendant la semaine dernière, il y avait eu une arrivée continue de clients et le frère de Marcello, Antonio, qui remplissait les étagères, avait planté une nouvelle vigne et il avait eu trop à faire pour ramener des bouteilles.

Olivia décida de profiter de la baisse de fréquentation pour aller retrouver Antonio.

Elle fit un détour rapide vers le restaurant, où le service principal du déjeuner se terminait. Paolo débarrassait les tables situées dans la cour extérieure. Cependant, pour aller le rejoindre, Olivia devait accepter d'affronter le regard de Méduse de la directrice du restaurant.

Entrant dans le restaurant avec la sensation d'aller dans un champ de mines, Olivia vit Gabriella la bien coiffée se tourner vers elle et lui lancer un regard noir.

— *Buon giorno*, cria Olivia en essayant de prendre le dessus tout en restant aimable.

Si Gabriella la détestait, ce n'était pas de sa faute. Gabriella était l'ex-petite amie de Marcello et elle avait gardé son poste après leur rupture. Olivia avait appris qu'elle détestait tous ceux que Marcello semblait aimer. Ce n'était pas personnel, à moins que ça ne le soit.

— Que faites-vous ici ? cria Gabriella d'un ton soupçonneux.

— J'ai besoin de demander à Paolo de me remplacer pendant que je vais chercher du vin, expliqua Olivia. Ça ne devrait durer que vingt minutes.

— Nous sommes occupés, très occupés. Je ne peux pas me passer de lui, protesta Gabriella en désignant le restaurant presque vide d'un grand geste de la main.

Olivia savait que les protestations de Gabriella étaient sans fondement parce que Marcello lui-même avait dit qu'Olivia avait le droit de demander de l'aide.

— Rien que vingt minutes, répéta-t-elle en souriant à nouveau, consciente du fait que Gabriella bouillait de rancœur.

Paolo arrêta immédiatement de débarrasser les tables et suivit impatiemment Olivia dans la salle de dégustation.

— Je me sens plus capable de décrire les vins à chaque fois, confia-t-il. C'est amusant de regarder les gens les apprécier, plus amusant que de regarder manger les gens et, d'ailleurs, ils n'aiment pas qu'on le fasse. Un jour, je pourrai peut-être devenir ton assistant à plein temps.

— Je l'espère. Je suis reconnaissante pour ton aide et tu te débrouilles très bien, dit Olivia pour l'encourager.

Elle ne savait pas si Paolo aimait vraiment présenter les vins aux touristes ou s'il était simplement content d'échapper au contrôle autoritaire de Gabriella.

Quand la salle de dégustation eut son sommelier, Olivia sortit précipitamment de l'intérieur frais et prit le temps d'apprécier le soleil de l'après-midi dans toute sa gloire. C'était un jour parfait, chaud et tranquille, sans un seul nuage dans le ciel azuré. Olivia inhala l'odeur sucrée et florale du jasmin toscan qui grimpait sur le devant du bâtiment puis elle se dirigea vers les niveaux supérieurs de La Leggenda, où Antonio plantait des vignes sur un des terrains les plus hauts.

Pendant sa montée rapide de la colline, Olivia décida d'en apprendre autant que possible sur ce qu'il faisait et sur la raison pour laquelle il le faisait. Ces niveaux supérieurs de l'exploitation viticole paraissaient très similaires au terrain de sa nouvelle ferme. Il devait y avoir des secrets qui permettaient de faire pousser avec succès des vignes dans ce sol aride et pierreux.

Un petit tracteur, deux des SUV de l'exploitation viticole et une camionnette aux panneaux blancs indiquèrent à Olivia où Antonio et son équipe étaient en train de travailler.

— Bonjour, Olivia, cria Antonio quand il la vit. J'ai oublié de t'apporter de nouveaux vins ! Que te faut-il ?

— Je n'ai plus qu'une bouteille de Miracolo et nous sommes aussi à court de Sangiovese, dit Olivia.

— Je te les apporterai cet après-midi, promit Antonio.

Il s'étira les bras au-dessus de la tête puis se tapota les poches pour y chercher des cigarettes, visiblement soulagé d'interrompre ce travail laborieux.

— Est-ce que cette vigne a été plantée récemment ? demanda Olivia.

— Oui, c'est du neuf. Nous avons décidé de reposer le terrain précédent, car il a mal produit l'année dernière.

— Quelle variété plantes-tu ? demanda-t-elle.

— Du Nebbiolo. C'est un raisin rouge à la peau fine qui produit un vin très acide au bouquet absolument incroyable. Ces vins-là sont difficiles à faire pousser et il faut choisir les sites avec soin. Ils aiment le soleil et les sols sablonneux et ce vin de cépage préfère les pentes élevées du sud-ouest, mais l'acidité des sols peut poser problème dans les endroits plus étendus, comme ici.

— Vraiment ? demanda Olivia en dressant les oreilles et en se disant qu'elle devrait tester le sol de sa ferme avant de planter.

— Nous ajoutons un engrais biologique et une couche de compost mélangé à de la chaux. Le compost aide aussi à conserver l'eau. Ces sols élevés s'assèchent très vite, trop vite pour que les raisins poussent de façon saine, surtout quand ils sont jeunes.

Cela faisait beaucoup d'informations. Olivia se les répéta tout en constatant qu'Antonio la contemplait avec curiosité.

Elle était tentée de lui parler de son projet fou, mais décida qu'il valait mieux l'éviter. Rien que prononcer ces mots à voix haute pourrait porter malheur, à ce stade précoce. Elle se sentait nerveuse à l'idée de planter ses premières vignes, parce que cela signifierait qu'elle risquerait d'échouer.

Pour l'instant, elle ne dirait rien et essaierait de récolter toutes les connaissances qu'elle pourrait.

Quand elle eut à nouveau remercié Antonio, Olivia repartit à l'exploitation viticole.

Quand elle entra, elle vit Marcello sortir de son bureau, qui se trouvait au fond de la salle de dégustation.

— Olivia. Puis-je vous parler maintenant, si vous avez le temps ?

— Bien sûr, dit Olivia en jetant un coup d'œil au comptoir où Paolo servait un groupe de jeunes Danoises avec grand enthousiasme.

Quand elle regarda les sourires qui l'entouraient, Olivia constata qu'il avait la situation parfaitement en main et relevait ses manches pour exposer ses bras musclés avant de présenter une bouteille de blanc vermentino avec brio.

— J'ai tout à fait le temps, confirma-t-elle.

— Demain matin, il faut que j'aille à Pise, expliqua Marcello. C'est un voyage d'affaires et j'aimerais que vous veniez avec moi, car je crois que ça sera une expérience enrichissante pour vous. Nous devrons partir d'ici à sept heures du matin et nous serons partis toute la journée.

Olivia eut le souffle coupé par l'excitation. La possibilité de passer une journée entière à s'instruire sur le vin était en soi une opportunité intéressante, mais le faire en compagnie de Marcello, c'était la cerise sur le gâteau.

— J'aimerais beaucoup vous accompagner, convint-elle.

Sa faisait-elle des idées ou est-ce que Marcello avait l'air ravi qu'elle ait accepté avec autant d'enthousiasme ?

— Ce sera un plaisir, dit-il. Je crois que ce sera une journée productive pour nous deux.

Olivia débordait d'excitation. Cette expérience enrichissante était exactement ce qu'elle avait espéré trouver en travaillant à La Leggenda. Ce serait une aventure de voir comment travaillaient les autres exploitations viticoles de la région et à quoi ressemblaient leurs vins.

— J'ai vu que vous parliez à Antonio, fit observer Marcello. Est-ce qu'il doit vous apporter du vin ?

— Oui, dit Olivia. Il a promis d'apporter les bouteilles plus tard dans la journée.

Marcello hocha la tête.

— Nous avons pris du retard en plantant cette vigne. Nous espérons récolter des raisins en milieu de saison l'année prochaine, mais il est peut-être déjà trop tard pour que les vignes mûrissent à temps. Nous avons décidé que la journée d'aujourd'hui était la dernière possible pour planter les vignes. Même si on doit travailler très tard, les graines devront être dans le sol au coucher du soleil.

À ce moment, quelqu'un appela Marcello et, s'excusant rapidement, il sortit précipitamment pour lui parler.

Olivia le contempla avec préoccupation.

Elle avait cru qu'elle avait encore des jours, sinon des semaines, pour planter ses premières vignes et qu'elle pourrait réfléchir et récolter des informations avant de prendre cette mesure importante. Maintenant, ce que venait de dire Marcello avait produit l'effet d'une bombe et l'emploi du temps d'Olivia avait changé.

Elle n'aurait même pas le luxe d'une autre soirée si elle voulait, elle aussi, bénéficier d'une récolte de mi-saison l'année prochaine.

Juste après le travail, elle allait devoir acheter et planter ses premières graines.

CHAPITRE QUATRE

Haletantes et impatientes, Olivia et Charlotte entrèrent hâtivement dans le magasin de bricolage du village voisin de Collina, juste cinq minutes avant sa fermeture.

Olivia était encore en tenue de travail. Elle n'avait même pas pris le temps de se changer. Elle était revenue à la villa et, tel un mini-ouragan, elle les avait précipitées dans la Fiat et elles avaient foncé vers le village à une vitesse dont les Italiens du coin auraient été fiers.

Olivia n'avait même pas pris le temps de ralentir en passant devant le château pittoresque en ruine qui se dressait à l'entrée de la ville. Le regarder était devenu un de ses rituels et elle savait qu'elle avait déjà provoqué des embouteillages en tendant le cou pour l'admirer. Elle ne se fatiguait jamais de contempler ses murs croulants et ses remparts en pierre grise et de se demander à quoi il avait pu ressembler des centaines d'années auparavant, dans toute sa gloire.

Cette fois-ci, pleinement concentrée sur l'urgence de ce qu'elle avait à faire, elle n'avait même pas jeté un coup d'œil dans sa direction.

Saluant la vendeuse maternelle d'un aimable *buon giorno*, Olivia se dirigea vers la section qui contenait les équipements de vinification.

Le magasin de bricolage était comme le village de Collina, pensa Olivia. Il était étonnamment petit et exigu, et pourtant, il contenait tout ce qu'il fallait.

Qu'allait-elle acheter ? Elle contempla les étagères bien remplies, confuse. Elle avait espéré aborder cette activité de manière beaucoup plus systématique. Elle n'avait même pas eu le temps de faire une liste.

— Il va nous falloir un caddie, n'est-ce pas ? Je vais le chercher, dit Charlotte.

Elle repartit hâtivement vers l'entrée pendant qu'Olivia parcourait les allées en se demandant avec inquiétude quel type d'engrais elle devait choisir et si le sol de sa ferme aurait aussi besoin d'un ajout de chaux. Il était trop tard pour ne serait-ce qu'envisager d'utiliser du compost.

Ensuite, il fallait qu'elle décide quels raisins faire pousser. C'était une autre chose à laquelle elle n'avait pas réfléchi. Olivia se remémora frénétiquement la conversation qu'elle avait eue avec Antonio et aussi les connaissances qu'elle avait amassées en travaillant derrière le comptoir de dégustation.

Sa ferme se situait en altitude, sans nul doute, et elle avait des pentes accidentées.

Donc, le vermentino devrait bien y pousser et, si tel était le cas, le chardonnay y arriverait peut-être aussi.

Antonio avait planté du nebbiolo mais, d'après ce qu'il avait dit, c'était un raisin difficile à cultiver et, en tant que débutante, Olivia avait besoin de raisins coriaces et rustiques. Les raisins rouges sangiovese conviendraient mieux, décida-t-elle. Ils étaient adaptés à cette région et on pouvait espérer qu'ils pousseraient plus facilement.

Elle ajouta un arrosoir au caddie et aussi un râteau et une pelle.

Olivia pensa aux vastes étendues accidentées de terre qu'elle allait devoir planter et se dit qu'un petit arrosoir en plastique semblait insuffisant, mais l'autre solution aurait été d'installer un système d'irrigation et cela aurait coûté cher en argent et en temps. Pour l'instant, il faudrait se contenter de l'arrosoir.

— Je suis une fille positive, se dit-elle avec optimisme.

— Je pourrai t'aider à arroser, dit Charlotte, qui regardait elle aussi l'arrosoir citron vert d'un air dubitatif. Je peux t'aider à faire tout ce qu'il faudra. Après tout, la ferme est un projet fascinant.

— Vraiment ? demanda Olivia, qui trouvait ce projet plus intimidant qu'amusant.

— Absolument. J'ai toujours adoré l'idée de faire pousser quelque chose. Je crois que j'ai les mains vertes.

Olivia jeta un coup d'œil reconnaissant à Charlotte, mais aperçut alors les yeux marron étincelants de l'homme qui se tenait derrière son amie. Olivia se demanda depuis combien de temps il attendait patiemment pendant qu'elle fouillait dans les étagères, obsédée par ses achats de dernière minute.

— Pardon, on vous retarde, dit Olivia en faisant tout son possible pour écarter le caddie afin qu'il ait la place de passer.

— Pas de problème. Je ne suis pas pressé, dit-il avant de la regarder de plus près.

Olivia se retourna vers lui. Même si elle était préoccupée par ses courses, elle n'avait pas pu s'empêcher de remarquer qu'il semblait avoir environ son âge, qu'il était en bonne forme physique et apparemment fort, qu'il avait un sourire espiègle et que ses cheveux

25

étaient exceptionnellement bien coiffés. Ses cheveux foncés étaient coupés en un dégradé parfait avec un détail en zigzag le long de sa raie et le sommet doté de pointes parfaites figées par du gel. Même sa barbe de trois jours était taillée avec précision.

— Pardonnez ma curiosité, *signora*, dit-il. Je ne connais qu'une seule ferme à vendre par ici. Est-ce la propriété à flanc de coteau, au-dessus de la *strada regionale* ?

Il parlait de la route goudronnée étroite qui menait de Collina au prochain village, à cinq kilomètres, supposa Olivia.

— Oui, c'est celle-là.

— Vraiment ? Vous avez acheté cette ruine ?

Son sourire s'élargit et se fit incrédule.

— Oui, dit Olivia, sur la défensive.

Est-ce qu'il se moquait d'elle ? C'était visiblement un homme du coin qui connaissait bien la région. Savait-il une chose qu'elle ignorait ?

Cet investissement avait-il été une énorme erreur ? se demanda Olivia en frissonnant.

— C'est une très belle ferme, insista-t-elle. La vue est splendide.

Il leva un sourcil d'un air narquois.

— C'est vrai. Elle est idéalement située pour y bâtir une maison de vacances.

Maintenant, il regardait ce qu'elles avaient dans leur caddie.

— Pourtant, vous n'êtes pas en vacances, dans cette ferme. Vous y plantez des vignes ? Des vignes ? Maintenant ? Sur ce terrain à flanc de coteau ?

— Oui, je vais les planter ce soir. J'espère avoir une récolte de mi-saison l'été prochain, dit Olivia.

L'homme secoua la tête en riant joyeusement.

— *Americanos !* Quels gens extraordinaires ! J'adore votre folie, votre optimisme. Aucun défi n'est trop grand ! Ma jolie dame, je vous souhaite de réussir, mais vous aurez besoin de plus que mes souhaits.

Gloussant encore, il se faufila au-delà du caddie et se dirigea vers la caisse.

Charlotte le regarda partir en fronçant les sourcils.

— Est-ce qu'il t'a averti de quelque chose ? demanda-t-elle.

Olivia haussa les épaules.

— Je crois qu'il ne faisait que nous taquiner, dit-elle.

Du moins, elle l'espérait. Quand elle observa le contenu de son caddie, elle se rendit compte que ces achats frénétiques de dernière minute allaient coûter cher. Elle espérait que sa décision ne tournerait pas au désastre.

Après avoir chargé leurs courses le mieux possible dans le coffre minuscule de la Fiat, elles repartirent à la ferme. Comme c'était le milieu de l'été, il leur restait approximativement trois heures et demie de jour mais, malgré cela, Olivia savait qu'elles allaient avoir beaucoup de travail. Quand elles auraient fini de planter la vigne, elles pourraient se réconforter en mangeant une pizza et en buvant du vin au restaurant qui se trouvait plus loin sur la route.

Elle fut soulagée d'avoir laissé un pantalon de survêtement de rechange dans la chambre poussiéreuse située à l'étage, car elle avait prévu qu'il lui faudrait des vêtements sales pour travailler sur site.

Elle remonta l'escalier à toute vitesse, quitta son chemisier de travail et se mit le pantalon délavé. Elle le portait pour tout ce qu'elle faisait à la ferme et aussi pour le jardinage. Non seulement ce pantalon était taché et sale, mais il y avait un grand trou au fond, où un rosier sauvage l'avait déchiré.

Olivia plia sa jupe et sa veste élégantes et les plaça sur le cadre de la fenêtre, qu'elle avait essuyé la veille et qui était ainsi une des seules surfaces non-poussiéreuses de la maison.

Elle s'arrêta l'espace d'un instant et regarda par la fenêtre.

Un jour, cette pièce vide et résonnante serait sa chambre. Elle dormirait dans cette pièce réchauffée par les rayons du soir et, quand elle se réveillerait, elle contemplerait les collines illuminées par le soleil levant. Le plafond élevé et la place abondante seraient parfaits pour y installer un lit double et un fauteuil confortable ainsi qu'un bureau en bois et peut-être une énorme armoire à l'ancienne.

À moins que des placards encastrés ne soient plus faciles à installer ?

Olivia hésitait encore, alors qu'elle savait qu'il faudrait bientôt qu'elle se décide. Cependant, c'était une décision pour le plaisir, parce qu'elle savait qu'une erreur dans ce domaine-là serait sans conséquence et que les deux solutions fonctionneraient. C'était comme pour les murs de la chambre. Fallait-il qu'elle les ravive en conservant leur couleur crème doré ou qu'elle choisisse une couleur plus claire et plus brillante comme du blanc cassé ? Une fois de plus, l'un conviendrait autant que l'autre.

Par contre, choisir où semer les graines qu'elle venait d'acheter était une décision difficile parce qu'elle risquait fortement de se tromper.

En bas, elle entendit Charlotte pousser un cri d'excitation.

Olivia descendit à toute vitesse pour voir ce qui se passait.

— Regarde, il est revenu ! Tu te souviens de ce chat que nous avons vu il y a quelques jours ? Le revoilà ! Les gens qui réparent le plafond l'ont peut-être effrayé quelque temps.

— Oh, je suis vraiment contente de le voir.

Olivia se pencha en avant, agita les doigts et appela tendrement le petit chat noir et blanc nerveux qui semblait s'être installé dans la ferme abandonnée. Il était encore peureux mais moins fuyant qu'avant. Il espérait peut-être qu'on lui donne à manger. Charlotte fouilla dans son sac à main, à la recherche d'un paquet de nourriture pour chats.

— Il m'en reste un.

D'un air triomphant, elle versa le contenu du paquet dans le bol en plastique qu'elles avaient acheté et laissé sous le porche.

Debout à côté de Charlotte, Olivia se rendit compte qu'elles avaient le même sourire attendri en regardant le chat dévorer son souper. Même si semer les graines était important, Olivia ne put s'arrêter de contempler cette scène gratifiante que lorsque le chat eut terminé de manger le dernier morceau de nourriture dans le bol et commencé à se laver le visage d'un air satisfait.

— Au travail, annonça-t-elle.

Fouillant dans le coffre de la Fiat, elle prit un sac d'engrais et, au hasard, un paquet de graines.

— C'est du vermentino, annonça-t-elle. Ce sera la première récolte de Glass Farm.

Elle examina le terrain.

— Logiquement, je pense qu'on devrait semer les graines à l'écart. Comme nous allons beaucoup travailler sur la maison, il ne faut pas semer là où des véhicules devront passer ou là où il faudrait livrer des matériaux.

— Pourquoi ne pas semer les graines tout au fond de la ferme, près de cette réserve fermée à clé ? proposa Charlotte.

— Il n'y a pas d'alimentation en eau de ce côté, se souvint Olivia.

Charlotte hocha la tête.

— Les raisins ne préfèrent-ils pas les sols arides ? On pourrait les arroser maintenant. Deux passages avec l'arrosoir pourraient faire l'affaire.

— Bonne idée, décida Olivia.

— Je porte l'eau, aujourd'hui, proposa Charlotte.

Saisissant la pelle, Olivia monta la colline.

Au bout de quelques pas rapides, elle arriva à l'annexe.

Quelle distance devrait-elle laisser entre les ceps ? Olivia repensa vite aux vignes qu'elle avait vues à La Leggenda. Deux grands pas entre deux ceps devraient suffire.

Avec le bout de la pelle, elle traça un grand rectangle, dessinant sa silhouette sur le sol sablonneux et sa profusion d'herbes et de plantes sauvages. Alors, elle se mit à créer de petits lits de semences pour les graines et saupoudra une poignée d'engrais dans chacun d'eux. Elle creusa chaque trou avec vigueur, constatant non sans inquiétude que le bout de sa pelle semblait souvent heurter du rocher. Ce n'était quand même pas possible ? Ce qui était plus probable, c'était que le sol était cuit par le soleil.

Au bout d'une demi-heure de travail laborieux, son premier site était prêt à semer.

Quand Charlotte remonta sur la colline pour amener son troisième arrosoir en s'essuyant une goutte de sueur du front, Olivia commença à semer les graines dans ses lits de semences fraîchement creusés et arrosés.

C'était à la fois passionnant, épuisant et terrifiant, décida-t-elle en essayant de maîtriser ses peurs et de se remplir d'énergie positive, agenouillée sur le sol humide, tapotant la terre pour l'aplanir. Ne disait-on pas que les plantes percevaient nos pensées et nos sentiments ? Il fallait qu'elle apporte de l'espoir et du bonheur à ces graines.

— Poussez, mes chéries ! s'écria Olivia pendant que Charlotte la regardait d'un air étonné.

Elle se redressa en enlevant de la terre aux genoux maintenant boueux de son pantalon de survêtement.

— Et si on faisait demi-tour, semait un peu de chardonnay près du bâtiment en ruine puis le sangiovese sous la grande cabane à outils ?

— Bonne idée mais, honnêtement, ça a l'air épuisant, dit Charlotte en riant. Bon, on s'y met. Le plus vite ces graines seront dans le sol, le plus vite elles pourront commencer à produire du vin !

Quand elle repartit, Olivia constata avec étonnement qu'elle avait mal à tous les muscles du corps. Ce travail de vigneron était épuisant ! Elle commençait à comprendre pourquoi Antonio avait l'air si mince et en si bonne forme.

Elle ramassa le paquet de graines de sangiovese. Elle était enthousiaste à l'idée de les semer. Même si les autres cépages donnaient de moins bons résultats, un vin de cépage local devait avoir un avantage inné.

Elle descendit la colline et marqua le trou avec le bord de sa pelle.

Après avoir marqué le trou, Olivia se reposa en s'appuyant sur le manche de sa pelle tout en frottant ses fesses endolories.

Voyant approcher une ombre derrière elle, elle dit :

— Celles qui sont à gauche sont prêtes à arroser, Charlotte.

— Vraiment, *signora* ?

Sous le choc, Olivia laissa tomber sa pelle.

La voix qui venait de derrière elle était chaude, grave et indéniablement masculine.

Olivia se retourna brusquement et se retrouva face au regard amusé de l'homme qu'elle avait croisé dans le magasin de bricolage.

CHAPITRE CINQ

— Que faites-vous ici ? hurla Olivia.

Son indignation cachait son embarras, mais tout juste. Elle avait été penchée vers l'avant et en train de se masser les fesses quand il était arrivé derrière elle.

Pire encore, elle avait un trou géant au fond de son pantalon de survêtement. Olivia se sentit rougir sous l'humiliation quand elle s'en souvint.

Ce n'était pas le meilleur moment pour arriver sans prévenir.

— Désolé pour la surprise, dit l'homme avec un clin d'œil complice. Je passais par là. Je me suis dit que je pourrais venir vous proposer mon aide.

Il se pencha et ramassa la pelle. Olivia fit hâtivement demi-tour pour se placer face à lui. Elle voulait que le trou dans son pantalon soit hors de vue, même s'il avait déjà dû le voir.

Quels sous-vêtements avait-elle mis ?

Elle se dit qu'elle avait dû choisir du gris ce matin. De plus, comme le pantalon de survêtement était gris, on pouvait espérer que la grande déchirure n'avait pas été trop visible.

— Vous avez travaillé dur, dit l'homme en baissant les yeux vers les deux rangées de lits de semences qu'elle avait creusés jusque-là. Toutefois, je remarque d'entrée de jeu que vous faites mal certaines choses. C'est la première vigne que vous semez, n'est-ce pas ?

Elle s'y prenait mal ? C'était très impoli de le dire ! Olivia se sentit outragée par le ton insultant de son commentaire. Comment pouvait-on mal creuser un trou ? Il suffisait d'enfoncer la pelle dans la terre et de la remuer. Olivia ne pensait pas qu'il puisse exister une bonne façon et une mauvaise façon de le faire. En outre, elle était très fière de la qualité des lits de semences qu'elle venait de creuser.

— J'en ai déjà semé, dit-elle d'un ton de défi.

C'était vrai. Elle venait de semer environ cent graines dans d'autres domaines de la propriété. Après presque trois heures fatigantes de travail dans la chaleur, elle était une experte.

31

— Je ne crois pas, répondit l'homme aux cheveux en pointe en la mettant au défi. Je vois déjà ce que vous faites mal. Vous êtes une débutante qui ne sait rien et qui a besoin d'apprendre à faire les choses correctement. Voulez-vous que je vous montre où vous avez commis la grosse erreur avant que vous ne gâchiez tout l'argent que vous avez dépensé ?

Il tenait encore la pelle d'une façon qui indiquait à Olivia qu'il ne comptait pas la rendre tout de suite et elle n'aimait ni son sourire ni le ton de sa voix, qui lui donnaient l'impression qu'il se moquait d'elle. En fait, il était probablement venu ici pour pouvoir lui imposer son attitude macho et essayer de l'humilier.

Il se rendit rapidement de l'autre côté de son mini-vignoble et Olivia virevolta, consciente du fait qu'elle devait rester face à lui.

Avait-elle mis sa culotte grise ce matin ? Maintenant qu'elle y repensait, la grise avait été tout au fond du tiroir et elle s'était habillée à la hâte.

Elle aurait voulu s'en souvenir. Son incapacité à se remémorer ce fait et le choc causé par cette visite non voulue la faisaient rougir. Elle était sûre qu'il avait aussi remarqué ça. Olivia avait l'impression que rien n'échappait à cet homme antipathique, qui avait une coiffure trop belle pour sa personnalité.

— Rendez-moi la pelle, exigea-t-elle, soudain incapable de faire face à la complexité de la situation ne serait-ce qu'une minute de plus.

— Vous êtes prête à ce que je vous montre ? demanda-t-il, visiblement satisfait qu'elle se range à son opinion.

Olivia ne voulait pas ça non plus. En fait, elle le voulait encore moins. S'il la regardait, il se tiendrait derrière elle quand elle se pencherait. Elle sentait quasiment la brise du soir souffler par la grande déchirure du fond de son pantalon.

Elle décida soudain qu'elle ne voulait vraiment pas que cet homme soit ici. Il n'avait pas pris de rendez-vous. Il n'avait même pas demandé la permission d'entrer dans son vignoble tout neuf. Il se comportait avec elle de manière insultante et dégradante en laissant entendre qu'elle était une viticultrice incompétente. Enfin, le pire, c'était qu'il avait peut-être vu sa culotte !

— J'aimerais que vous partiez, demanda-t-elle en avançant et en lui reprenant la pelle. À ce stade, je n'ai pas besoin de votre aide et, en fait, je n'en aurai sans doute jamais besoin. Je travaille pour une exploitation viticole et je sais ce que je fais. Nous nous débrouillons

32

très bien toutes seules. Vous m'embêtez et vous me faites perdre mon temps. Il faut que je finisse de semer ces graines avant qu'il fasse trop sombre parce que, mon amie et moi, nous avons très faim toutes les deux et nous avons besoin d'aller manger une pizza et boire du vin.

À sa grande surprise, elle crut remarquer que l'homme avait l'air momentanément vexé, comme s'il ne s'était pas attendu à se faire renvoyer aussi franchement.

Alors, il haussa les épaules.

— Je m'appelle Danilo, dit-il. J'aimerais connaître votre nom, moi aussi, mais je vois que ce n'est pas le moment de faire les présentations. Voici ma carte de visite. Si vous avez besoin d'aide, vous pouvez m'appeler.

Il lui fit un nouveau clin d'œil et Olivia se demanda si elle avait imaginé l'air vexé qu'elle avait vu passer brièvement dans son regard.

— Je suis sûr que nous nous reverrons bientôt !

Elle sentit qu'elle s'indignait à nouveau. Quelle arrogance ! Il ne pouvait vraiment pas s'empêcher d'insinuer qu'elle était incompétente.

À contrecœur, Olivia prit la carte qu'il lui tendait. L'homme se retourna pour partir et, quand il le fit, Charlotte contourna la maison en portant son arrosoir.

Elle vit Danilo lever les sourcils quand il aperçut Charlotte et sentit qu'il essayait de réprimer un rire en la regardant descendre la colline avec le petit arrosoir vert.

— Bonsoir, mesdames. *Buona sera*. Bonne pizza et bon vin.

Il sortit joyeusement par le portail et monta dans un pick-up blanc garé sur le côté de la route.

Un moment plus tard, il disparut dans un rugissement de moteur.

Olivia ne pouvait pas s'en empêcher. Il fallait qu'elle sache.

Baissant la ceinture de son pantalon de survêtement, elle regarda la couleur de sa culotte.

Elle fronça les sourcils et ferma les yeux. Elle aurait voulu que ces dix dernières minutes se déroulent différemment. Elle avait choisi la culotte orange vif ce matin. Elle était de couleur si vive qu'elle paraissait phosphorescente.

Elle avait dû donner l'impression d'un coucher de soleil éblouissant qui trouait un nuage gris. Danilo ne pouvait pas ne pas l'avoir remarquée. Rien d'étonnant à ce qu'il ait souri aussi fort.

— Beurk ! dit Olivia à voix haute.

Elle se secoua en essayant d'oublier la sensation que son regard lui avait imposée.

— Que s'est-il passé ? demanda Charlotte. Était-ce l'homme du magasin de bricolage qui essayait de microgérer nos semis ?

Olivia hocha la tête d'un air sombre.

— Je ne savais pas qu'il me faudrait gérer les autochtones insistants, par ici. Comme si j'avais besoin d'aide non sollicitée !

Charlotte eut l'air étonnée.

— Semer, c'est du jardinage de base, n'est-ce pas ? Il essayait clairement de se mêler de nos affaires.

— Exactement, acquiesça Olivia.

En son for intérieur, elle était la proie du doute. Même si elle essayait de ne pas y penser, elle se demandait ce qui se passerait si sa première récolte s'avérait être un désastre.

— Poussez, les graines, je vous prie, supplia-t-elle, consciente du fait qu'elles sentaient peut-être son anxiété, sinon même son désespoir, en ce moment.

Ces lits de semences étaient visibles de la route. À n'importe quel moment, Danilo pouvait passer dans son pick-up blanc poussiéreux et observer si la vigne poussait ou pas.

Olivia ne pouvait supporter de penser à quel point il serait embarrassant de devoir le rappeler pour lui demander les conseils qu'il avait proposés avec tant d'assurance.

Elle espérait que les graines germeraient rapidement pour que Danilo soit étonné par l'efficacité de leur travail et se rende compte que ses critiques avaient été impolies et inutiles.

À ce moment, le téléphone d'Olivia sonna.

Elle fouilla dans sa poche. Aussi tard le soir, c'était probablement quelqu'un qui appelait des États-Unis, où il était quelques heures plus tôt.

C'était sa mère qui appelait.

Olivia poussa un soupir.

Cela faisait plus d'une semaine qu'elles n'avaient pas parlé. Olivia espéra que cette conversation ne réduirait pas le temps de leur repas. Comme sa mère n'était pas connue pour dire les choses rapidement, Olivia décida de monter rapidement et de se remettre ses vêtements élégants pendant qu'elles parlaient.

— Bonjour, maman, dit-elle en se dirigeant vers la ferme.

— Olivia ! dit sa mère d'un ton anxieux. Tu as essayé de m'appeler ce week-end.

Olivia imaginait sa mère mince et nerveuse perchée sur son fauteuil à fleurs dans leur salon ensoleillé, avec le père d'Olivia qui lisait dans le fauteuil d'en face. Olivia savait que son père ne lèverait les yeux de son livre que lorsque la voix de sa mère atteindrait une hauteur particulière.

— Oui, j'ai bien appelé. Tu as dit que tu conduisais et que je devrais rappeler une autre fois.

— Je dois te dire de toute urgence que ton compte de courriel a été piraté.

— Ah bon ?

Pendant qu'Olivia montait rapidement l'escalier, elle sentit son cœur accélérer sous l'effet de l'inquiétude. C'était la dernière chose qu'il lui fallait.

— Oui. Il faut que tu le signales immédiatement.

Olivia activa le haut-parleur du téléphone et se tortilla pour s'extraire de son pantalon. Elle devrait vraiment le jeter ou, au moins, réparer la déchirure. Il y avait peut-être une couturière en ville, mais elle se sentait gênée de faire repriser un pantalon aussi usé.

Il serait plus facile de le garder ici, déchiré et confortable, en l'état.

— Comment sais-tu qu'il y a un problème ? demanda-t-elle.

Sa mère dévoila sa nouvelle sensationnelle sur un ton théâtral.

— Les pirates m'ont envoyé un courriel avec ton nom et ont déclaré une chose vraiment ridicule. Ils ont affirmé que tu avais acheté une ferme en Italie.

Olivia cligna des yeux.

— Euh, maman —

Cependant, Mme Glass continua sur sa lancée sans tenir compte d'Olivia.

— Ils n'ont pas directement demandé d'argent mais, comme je connais le monde, je sais qu'ils le feront dans le courriel suivant. Ça s'appelle le hameçonnage, ma chérie.

Olivia entendit son père marmonner quelque chose en retrait.

— Oh. Ce n'est pas du hameçonnage, mon ange, c'est une fraude 419. C'est ce que les pirates ont fait. Est-ce plus grave, Andrew ?

Elle attendit pendant que le père d'Olivia reprenait la parole.

— C'est la même chose, apparemment, mais c'est différent. De toute façon, ma chérie, tu as été hameçonnée. Je veux dire, tu as subi un

419 et tu devrais en avertir tes contacts tout de suite. Ils ont probablement envoyé ça à toute ta base de données ! Ce n'était pas un courriel bien écrit et on voyait que c'était un non-anglophone qui l'avait rédigé mais, malgré ça, une de tes amies les plus naïves pourrait facilement y croire.

Olivia leva les yeux au ciel tout en se faufilant dans sa jupe et en se remettant ses sandales poussiéreuses.

— Maman, c'était moi. J'ai écrit ce courriel et c'est vrai. J'ai acheté une ferme en Italie. Tu étais occupée et tu ne pouvais pas me parler quand je t'ai appelée, donc, j'ai décidé de t'écrire tous les détails.

Olivia se mit à papoter pour remplir le silence choqué qu'elle entendit soudain sur la ligne.

— Elle est vraiment ravissante. En fait, je suis dans la chambre, maintenant, et maintenant, je descends l'escalier. La maison est un peu négligée, mais le bâti est très bon et elle couvre huit hectares, comme je l'ai dit dans mon courriel. Je vais produire du vin ! Je compte lancer ma propre marque de vin l'année prochaine.

— Tu quoi ? répondit faiblement sa mère.

Olivia était certaine qu'elle en savait assez sur tous les faits et que le signal du téléphone portable était parfaitement clair. Sa mère avait seulement du mal à accepter ces nouvelles.

— Ma propre marque de vin, répéta-t-elle au cas où sa mère n'aurait vraiment pas entendu.

— Incroyable, chuchota sa mère. Olivia, c'est impensable, poursuivit-elle d'un ton soupçonneux. As-tu fréquenté des gens peu recommandables ? Est-ce qu'on t'a lavé le cerveau ? As-tu été kidnappée par une secte, qui utilise ton argent à ses propres fins ? Si tu as besoin d'aide, mon ange, je veux que tu dises le mot … le mot … quel mot pourrait-on prononcer innocemment dans une conversation ? Le mot « arrosoir » fera l'affaire ! Prononce-le très clairement quand tu me répondras et j'alerterai les autorités.

Olivia atteignit le bas de l'escalier.

— On est prêtes à y aller ? demanda Charlotte en se relevant du porche, où elle avait attendu assise en tailleur.

— Oui, dit hâtivement Olivia à son amie.

Il fallait qu'elle mette fin à cette conversation énervante et dise au revoir à sa mère. Elle avait envie d'aller dîner et, maintenant, après la journée qu'elle avait eue, elle avait encore plus envie de vin.

Olivia contempla le vignoble nouvellement semé.

— Oh, il faudrait qu'on range l'arrosoir, ajouta-t-elle rapidement en remarquant l'éclat vert vif dans le lit de semences sablonneux.

La mère d'Olivia poussa un hurlement.

— Le code ! Je le savais ! Andrew, une secte a lavé le cerveau à Olivia et ils se servent de son argent pour acheter une ferme en Toscane et en faire leur quartier général ! Il faut qu'on localise cet appel de toute urgence et qu'on lui envoie de l'aide ! Est-ce que le FBI a des antennes en Italie ?

— Maman, je vais bien ! protesta Olivia. Il faut que j'y aille. Je n'ai pas besoin d'aide et je ne suis pas dans une secte. Pour l'instant, je vais au restaurant. Je t'appellerai demain. Bises ! Bises à papa ! Tout va bien, je le promets !

Elle raccrocha en espérant avoir convaincu sa mère.

Si sa mère appelait tout le FBI pour qu'il envahisse la Toscane afin d'arracher sa fille à sa secte imaginaire, Olivia ne serait pas surprise.

CHAPITRE SIX

Le lendemain matin, le réveil d'Olivia la réveilla à cinq heures trente.

Elle se leva d'un bond, tout excitée, et regarda le soleil se lever par la grande fenêtre de la villa. Quelle splendide matinée ! L'air était frais et les ombres des arbres s'étendaient sur la pelouse vert profond. Au-delà, les collines et les champs menaient à l'horizon lointain dans la lumière embrumée du matin.

Comme la salle de dégustation n'ouvrait qu'en milieu de matinée, Olivia avait pris l'habitude de dormir jusqu'à huit heures. Se lever à l'aube, cela lui paraissait être une aventure.

Aujourd'hui, elle partait en excursion à Pise avec Marcello. En voyage d'affaires, corrigea hâtivement Olivia. Il fallait qu'elle en soit clairement consciente : ce n'était pas une excursion, mais un voyage d'affaires.

Cette journée allait probablement être longue et exigeante, se dit-elle sévèrement. Elle allait devoir rester professionnelle, prête à apprendre tout ce qu'elle pourrait, même si les discussions avec les collègues et les clients de Marcello auraient lieu en italien.

Certes, c'était un voyage d'affaires, mais elle ne pouvait s'empêcher d'espérer qu'ils auraient la possibilité de visiter la Tour Penchée de Pise, même si ce n'était que pour l'apercevoir de la route. C'était un des monuments qu'elle avait toujours voulu voir. Si elle la visitait avec Marcello, ce serait formidable.

Olivia se dit fermement qu'il fallait qu'elle se calme. C'était un voyage d'affaires et elle devait l'accepter sans sourciller.

Quand elle quitta la chambre spacieuse et entra dans la luxueuse salle de bain attenante, elle se doucha, passa quelque temps à coiffer ses cheveux blonds mi-longs et apporta quelques modifications de dernière minute à la tenue qu'elle avait préparée la veille au soir. Elle remplaça les chaussures élégantes à talons hauts qui avaient été son premier choix par des sandales d'été à petits talons qui seraient plus commodes pour marcher. Sa robe turquoise lui descendait jusqu'aux genoux et était parfaite, mais elle allait aussi amener sa veste en cuir

38

beige, qui affichait une élégance plus italienne que la veste en coton blanc qu'elle avait choisie la veille.

Dans son sac à main, elle mit un calepin, un stylo et le chargeur de son téléphone, ainsi que, bien sûr, du rouge à lèvres, du brillant à lèvres et du parfum au cas où elle aurait besoin de se rafraîchir pendant la journée.

Par exemple, quand elle et Marcello auraient déjeuné ensemble.

Arrête, se dit Olivia. Le déjeuner serait probablement un sandwich mangé sur le pouce dans la voiture.

Elle jeta un coup d'œil par la fenêtre et remarqua qu'Erba avançait avec résolution vers les arbres fruitiers de la villa, où elle avait récupéré des grenades tombées à terre. D'habitude, elle profitait du soleil matinal sur le rebord de la fenêtre d'Olivia, qui avait pris l'habitude d'ouvrir ses rideaux pour contempler le spectacle inhabituel d'une chèvre en train de lézarder au soleil.

— Aujourd'hui, on va travailler tôt, dit-elle à Erba pour l'avertir.

Après avoir vérifié une dernière fois qu'elle avait tout ce qu'il lui fallait, Olivia se rendit précipitamment à la cuisine. De toutes les pièces de la villa, c'était sa préférée. Une grande frise de raisins aux couleurs vives couvrait un mur carrelé et les pots d'herbes en argile qui se trouvaient sur le rebord de la fenêtre dégageaient des senteurs de romarin, de basilic et de thym. Bien sûr, sa partie préférée de cette cuisine aux tons chauds était forcément la grande machine à café en chrome rouge qui dominait le plan de travail.

Olivia se prépara rapidement un double cappuccino et le sirota tout en contemplant la cour carrelée, où d'autres herbes et d'autres arbustes étaient plantés le long des murs de pierre, par la fenêtre. Elle voulait une cour comme celle-là devant la cuisine de sa ferme. Peut-être pourrait-elle en poser le dallage elle-même. Elle aimait l'air qu'avaient les dalles, qui étaient toutes séparées par du thym et de l'herbe-aux-chats.

Assez rêvé, se dit-elle en finissant son café et en prenant son sac à main.

— Viens, Erba, appela-t-elle en parcourant le couloir et en refermant l'impressionnante porte en bois derrière elle avec soin. On va marcher !

*

Elle arriva à La Leggenda à sept heures moins dix. Marcello était déjà dehors, en train de charger des bouteilles dans une glacière à l'arrière du SUV. Il avait l'air particulièrement beau, ce matin. Ses cheveux foncés étaient fraîchement coupés et la frange en pagaille lui tombait juste au-dessus des sourcils. Il portait une chemise élégante gris anthracite et un jean chic.

— Nous emportons un cadeau, expliqua-t-il avec un sourire. Vous avez l'air ravissante ce matin. Je suis impatient de commencer notre journée.

— Moi aussi, dit Olivia en se sentant fière de ce compliment.

Il l'embrassa sur les deux joues et elle sentit ses genoux ployer momentanément, affolée par sa proximité et par la nuance d'après-rasage épicé qu'elle repéra sur sa mâchoire forte et bien définie.

Heureusement, elle commençait à s'habituer à l'effet que Marcello produisait sur elle et son cœur affolé n'eut besoin que de quelques moments pour retrouver une vitesse normale.

Entrant dans la salle de dégustation, elle saisit les deux bouteilles restantes sur le comptoir et les inséra dans la glacière matelassée sur mesure.

Une minute plus tard, ils quittaient l'exploitation viticole par son portail élégant.

— Notre voyage va nous faire découvrir de beaux paysages, car nous allons prendre les routes les plus tranquilles, expliqua Marcello en montant la musique pour que les accents subtils d'un opéra, qui firent frissonner Olivia par leur romantisme, leur procurent un accompagnement mélodieux. Nous allons à une exploitation viticole et j'aimerais avoir votre opinion sur elle.

Son opinion ? Sur une exploitation viticole ? Olivia se sentit simultanément flattée et anxieuse. De quel point de vue ? Que pouvait-elle espérer apporter en matière d'expertise ?

Elle fut contente d'avoir bu ce cappuccino fort avant de partir. Au moins, elle était bien réveillée et elle réfléchissait à toute vitesse. La voiture parcourut la route goudronnée bordée de cèdres et alla vers la *strada principale*, la grande route qui menait à Pise.

Cependant, avant qu'ils n'atteignent la ville, Marcello tourna à droite et accéléra sur un ruban de goudron qui traversait les collines en zigzag. Chaque tournant de la route révélait une autre vue exquise. Olivia repéra une forêt sombre et mystérieuse cachée dans une vallée profonde et ombragée. Il y avait un énorme château en pierre sur une colline verte avec une rivière qui serpentait en formant une douve de fortune autour du château et des drapeaux qui flottaient sur ses remparts.

Olivia avait cru qu'elle ferait l'effort d'avoir une conversation polie et maîtrisée pendant le trajet mais, en fait, l'opéra remplissait la voiture et son cœur et lui permettait d'admirer le paysage le souffle coupé sans se sentir gênée.

Soudain, Marcello ralentit. Il tourna sur un chemin de sable et, un kilomètre et demi plus tard, il fit passer le SUV par une entrée étroite dans la clôture en fil de fer.

Il y avait une pancarte à côté du poteau en bois planté à droite. Que disait-elle ? Olivia tendit le cou pour regarder, mais la peinture était trop ternie pour qu'elle puisse lire ce qui était écrit.

L'endroit ne ressemblait en rien aux exploitations viticoles qu'elle avait visitées jusque-là. Est-ce qu'ils allaient s'arrêter ailleurs en premier ? Sinon, que faisaient-ils ? se demanda-t-elle, interloquée.

L'allée était broussailleuse et envahie par les mauvaises herbes, mais riche en fleurs sauvages et en papillons. Au bout, on voyait une clairière juste assez grande pour deux voitures. La première, un humble pick-up bleu délavé usé, y était déjà garée.

Au-delà de la clairière, on distinguait une petite maison en pierre.

— *Salve*, Franco ! cria Marcello en descendant de la voiture.

— *Salve !*

Un homme maigre aux cheveux gris apparut à la porte d'entrée.

— Bienvenue, bienvenue, dit-il pour les accueillir en écartant largement les bras.

L'homme et Marcello se serrèrent l'un l'autre dans les bras.

Alors, l'homme prit la main d'Olivia et, surprise et ravie, elle le vit se pencher pour l'embrasser.

— Bienvenue, *signorina*, dit-il avec enthousiasme pendant que ses yeux foncés étincelaient dans son visage ridé et bronzé.

Marcello enleva la glacière de vin de la voiture et ils se dirigèrent vers la porte d'entrée usée par les éléments.

Olivia suivit Franco à l'intérieur et eut le souffle coupé par la stupéfaction.

L'intérieur de la maison ne ressemblait pas du tout à ce qu'elle avait attendu. Elle avait l'impression d'être passée dans un autre monde.

Ce n'était pas du tout une maison. À l'intérieur, on voyait que le bâtiment, qui avait semblé si petit, était un peu plus grand qu'elle l'avait cru et qu'il était aéré et avait un toit haut.

C'était un établissement de vinification rustique mais productif.

L'intérieur débordait d'activité. Deux ouvriers remuaient un long tuyau dans un des tonneaux en bois de chêne disposés le long du mur opposé. Il y avait trois grandes cuves de l'autre côté de la pièce. Ce n'étaient pas des cuves flambant neuves comme à La Leggenda. Elles avaient l'air plus anciennes et plus usées, mais bien entretenues et en état de marche.

Olivia inhala l'arôme qui lui était devenu familier, l'odeur évocatrice du bois bien mûri et du vin en cours de fermentation. Cet arôme lui apportait toujours un frisson d'excitation.

— Venez, venez, dit Franco pour les inviter à entrer. Suivez-moi.

Le sol était en en stuc sans décoration et usé avec une irrégularité de temps à autre, comme s'il avait été versé étape par étape puis lissé à la main. Olivia se demanda si Franco avait lui-même créé cet établissement avec passion.

Il n'y avait ni portes spectaculairement grandes ni fenêtres larges et lumineuses comme à La Leggenda mais, quand Olivia jeta un coup d'œil par une des humbles fenêtres étroites, elle aperçut des rangées de vignes qui, dehors, s'étendaient le long du coteau et jusque dans la vallée.

— Notre salle de dégustation n'est pas aussi belle que la tienne, dit Franco pour s'excuser quand ils le suivirent dans une petite annexe située en face du bâtiment principal où l'on trouvait une grande table en bois de chêne avec quatre chaises autour, un buffet à l'ancienne et une vitrine pleine de verres d'une propreté impeccable.

— Bon, permettez que je vous présente nos enfants ! annonça Franco.

Olivia ne fut que modérément étonnée quand il ouvrit le buffet et en sortit respectueusement plusieurs bouteilles de vin. Elle avait déjà deviné que la ferme de cet homme était sa passion et son monde.

— Voici notre Chianti Quotidien, annonça-t-il en retirant le bouchon de la bouteille et en tendant la main vers trois verres. Je sais qu'il faudrait un meilleur nom.

Cela faisait longtemps qu'Olivia n'avait pas dégusté de vin. Elle avait pris l'habitude de le verser, pas de tenir le verre et de faire tourner le vin, d'inhaler le bouquet avant de le goûter.

Quel délice !

— Il est merveilleux, s'exclama-t-elle.

Elle espéra qu'elle n'était pas trop impertinente. Aurait-elle dû attendre que le vieil homme explique son vin ou que Marcello donne son opinion ?

Cependant, Marcello souriait en hochant la tête d'un air approbateur pendant que le vieil homme applaudissait, ravi.

— Continuez, dit Marcello.

— Ce vin est doux et a un goût très équilibré. C'est la sorte de vin, dit Olivia en cherchant les bons mots non sans difficulté, auquel on s'identifie facilement. On n'a pas besoin d'être expert pour l'apprécier. Je pourrais en verser à tous mes amis et ils l'adoreraient, même s'ils ne boivent que rarement du vin.

— Exactement ! s'exclama Franco, tout sourire. C'est l'intention que nous avons eue avec ce vin. Et maintenant, notre Assemblage Quotidien.

Olivia sirota ce vin rouge et l'apprécia autant que l'autre. Elle était presque sûre de pouvoir en identifier les saveurs et se sentit fière de ses progrès depuis qu'elle avait commencé à travailler à La Leggenda, mais elle craignait de commettre une erreur en présence de Marcello. Heureusement, cette fois-ci, ce fut lui qui prit la parole.

— Voici une note vivace de baie mûre, dit-il pour complimenter Franco. Je détecte une nuance de pêche et de cerise. Je soupçonne que ton assemblage contient un peu de merlot de bonne qualité.

— Bien sûr, tu as raison, dit Franco en souriant. Maintenant, voici notre trebbiano, dit-il fièrement.

Il versa du vin blanc dans trois verres.

Olivia le sirota.

— Oh, ouah, voici un autre vin auquel on s'identifie facilement. Il est sec, mais riche en fruit et en goût. J'imagine qu'il irait bien avec n'importe quel plat, dit-elle avec enthousiasme.

Marcello hocha la tête d'un air approbateur.

— Exactement. Le trebbiano est facile à boire et c'est un des vins les plus populaires en Italie pour accompagner la nourriture. On trouve un trebbiano dans les listes de vin de tous les restaurants et le tien se trouve sur plusieurs d'entre elles, n'est-ce pas, Franco ?

Franco haussa les épaules avec modestie.

— Nous avons la chance que trois restaurants locaux aient décidé de vendre notre vin, dit-il.

Sans pouvoir s'en empêcher, Olivia sirota encore ce blanc délicieux et Franco sourit encore plus. Quel vin ! Il semblait demander que l'on ajoute de la nourriture, des amis et la famille à la table.

L'espace d'un instant, Olivia regretta de ne pas pouvoir mener de campagne publicitaire pour ces vins. À Chicago, elle aurait aimé pouvoir promouvoir ce vin plutôt que la lavasse de Valley Wines dont on l'avait chargée. Ce serait un plaisir de trouver des moyens d'aider le consommateur à apprécier une série de vins d'une telle qualité et tellement riches en personnalité.

Marcello se leva.

— Je suis content d'annoncer que nous allons pouvoir nous entendre, dit-il.

Olivia regarda, étonnée, Marcello et Franco se prendre encore dans les bras l'un de l'autre avant de se serrer fermement la main.

Que voulait-il dire par là ? Que se passait-il ? Fabriquaient-ils un vin en collaboration ? Si tel était le cas, quel pouvait-il être ? Olivia ne comprenait pas vraiment comment les vins de La Leggenda pourraient s'accorder avec ces vins-là, car ils avaient des styles et des goûts très différents. Elle craignait de ne pas assez bien comprendre comment fonctionnait la vinification et que ses connaissances soient trop pauvres pour qu'elle puisse saisir comment les produits de ces deux exploitations viticoles allaient pouvoir s'associer.

Elle se dit que cela devait être la raison principale du voyage de Marcello à Pise. Il avait l'air ravi et les deux hommes rirent, excités, quand Franco prit une liasse de papiers sur l'étagère qui se trouvait au-dessus du buffet.

Olivia sentait que c'était une occasion favorable mais, même quand elle essaya de jeter un coup d'œil aux pages, elle n'y comprit rien, car elles étaient entièrement en italien et, en plus, en petits caractères. Si elles avaient été imprimées sur de grands panneaux, elle était sûre qu'elle serait parvenue à comprendre quelques mots.

Faisant appel à toute sa patience, elle se percha sur la chaise en bois en attendant le moment proche où, espérait-elle, Marcello révélerait le but de leur passage dans cette exploitation viticole humble mais excellente.

CHAPITRE SEPT

Marcello plaça le dossier noir qui contenait son exemplaire des papiers signés dans le coffre du SUV et ils montèrent dans le véhicule.

Franco, encore tout sourire, se tenait sur le seuil de son exploitation viticole et il leur fit signe de la main avec enthousiasme quand ils partirent. Marcello baissa les vitres et ils lui firent signe eux aussi jusqu'à ce que le petit bâtiment ait disparu.

— Bien ! dit Marcello. Je crois que j'ai peut-être agi de manière un peu impulsive, mais je savais que c'était la bonne décision. Vos réactions sur le vin m'ont aidé à me décider.

Il poussa un soupir.

— Je suis très pauvre, maintenant. Sans un sou, mais heureux et plein d'espoir !

Son exaltation était contagieuse. Olivia s'aperçut qu'elle lui souriait alors qu'elle ne savait pas encore pourquoi.

— De quoi s'agissait-il ? demanda-t-elle.

— Franco est un vieil ami de la famille, dit Marcello. Il a mis des décennies à créer son entreprise à partir de rien, mais il a connu quelques revers au cours des années et ses vins n'ont jamais obtenu les ventes qu'il avait espérées.

— Ce n'est pas à cause d'un manque de qualité. Ces vins étaient délicieux, dit Olivia.

Marcello hocha la tête.

— Cela fait maintenant des années qu'il nous demande si nous accepterions d'investir dans ses vins. Il voudrait prendre sa retraite bientôt et il veut que sa création aille plus loin, bénéficie d'une meilleure promotion et d'une production plus importante. J'ai commencé à comprendre que, pour nous, c'était une étape nécessaire. Comme vous le dites, il est facile de s'identifier à ces vins-là. Ils sont faciles à boire. Cela nous permettra de nous faire notre place dans ce marché très important tout en continuant à proposer un produit de qualité.

— Donc, vous avez décidé d'investir ?

Olivia était fascinée par cette idée et comprenait que ce serait une situation gagnant-gagnant pour le gentil Franco ainsi qu'une entrée stratégique dans un nouveau marché pour La Leggenda.

Marcello hocha la tête.

— Nous avons fait mieux que ça. Nous avons purement et simplement acheté l'exploitation viticole.

Olivia eut le souffle coupé.

— C'est une décision monumentale, en même temps qu'un moment exceptionnel.

— Je suis très heureux. Jusqu'à maintenant, nous ne pouvions pas nous le permettre, car nous étions en train de rembourser nos prêts professionnels contractés lors de notre grande expansion d'il y a cinq ans. Je crois que Franco n'a pas énormément essayé de vendre son exploitation à d'autres pendant ce temps-là. Il espérait que nous pourrions l'aider à réaliser son rêve. Maintenant, nous pouvons nous le permettre … tout juste. Ce sera dur, car cet endroit nécessite beaucoup de rénovations. Il y a beaucoup à faire, mais le potentiel est là.

— Eh bien, je suis vraiment contente pour vous, dit Olivia.

— Maintenant que les affaires sont faites, je crois que nous devrions nous amuser un peu. Fêtons ce rachat, dit Marcello. Que voulez-vous faire ?

*

Une demi-heure plus tard, Olivia se tenait sous l'arche de la Porta Santa Maria et contemplait les pelouses vertes et les magnifiques bâtiments en marbre blanc qui formaient une partie de la Piazza dei Miracoli. C'était là où se dressait la Tour Penchée de Pise, le monument qu'elle voulait le plus visiter. En regardant les photos de ses amis, elle avait toujours trouvé que c'était une tour ordinaire bâtie sur une pelouse verte. Elle n'avait jamais imaginé qu'elle faisait partie d'un complexe aussi fascinant d'une importance historique, religieuse et culturelle.

Quand elle entra dans la Place des Miracles, la présence de Marcello à ses côtés rendit l'expérience encore plus mémorable. Elle avait énormément de chance de visiter cet endroit incroyable en compagnie du plus bel homme d'Italie.

— Il y a beaucoup de choses à voir ici.

Marcello désigna un bâtiment circulaire aux décorations surprenantes.

— Voici le baptistère Saint-Jean de Pise, où le fameux Galileo Galilei a été baptisé. Aujourd'hui, il est vide, mais l'endroit a une acoustique étonnante. Quand nous marcherons et parlerons à l'intérieur, vous entendrez l'écho qu'il produit. Ou alors, nous pourrons peut-être même essayer de chanter.

Il sourit.

— Quand j'étais un enfant et que je venais ici, c'était ce qui me fascinait le plus.

Olivia fut fascinée par l'écho de ce bâtiment historique spacieux. Ensuite, ils allèrent vers le Duomo, la Cathédrale du onzième siècle. Olivia n'avait pas su que la Tour Penchée qu'elle aimait tant n'était que le campanile de la cathédrale, même si, parce qu'elle penchait, elle récoltait la plus grande partie de la gloire et des photos.

Quand elle entra dans la fraîcheur de l'immense cathédrale, Olivia se prit à contempler les détails incroyables du haut plafond carrelé et des sculptures à couper le souffle qui entouraient la chaire hexagonale géante. Il avait sans doute fallu une quantité immense de passion et de talent artistique pour achever ce projet, sans compter un grand nombre d'années.

Alors, fascinée, elle monta l'escalier de pierre en spirale qui se trouvait dans la Tour Penchée elle-même. Elle constata avec étonnement à quel point les marches basses en pierre étaient usées. Combien de pieds avaient dû monter et descendre cet escalier pour finir par creuser cette dépression subtilement incurvée au milieu ? Ce lieu dégageait une aura historique qui l'enchantait. Après cette montée sinueuse, elle fut contente d'avoir choisi de mettre des sandales avec lesquelles il était facile de marcher.

— Ouah ! soupira Olivia quand elle atteignit le sommet et se tint sur la passerelle circulaire qui entourait la tour. Quelle vue !

L'espace d'un instant, elle se demanda si elle pourrait apercevoir sa ferme à l'horizon, perchée à flanc de coteau.

La partie la plus mémorable de toute cette expérience était encore à venir.

Après être descendue de la tour, Olivia se tint sur l'herbe scrupuleusement tondue et se pencha les bras tendus en avant, dans le vide. Elle eut du mal à les garder complètement immobiles quand elle tourna la tête. Ses muscles lui faisaient mal.

— Reculez un peu la main droite, dit Marcello. Juste un peu. Plus. Non, moins. Voilà. Souriez ! Ne bougez plus ! Souriez encore.

Olivia fit un grand sourire au téléphone qu'il tenait et il prit rapidement quelques photos à la suite l'une de l'autre.

Il jeta un coup d'œil à l'écran puis hocha la tête pour approuver le résultat.

— Venez voir, dit-il.

Olivia alla le retrouver en courant presque et en évitant un groupe de touristes japonais qui allaient se placer au même endroit qu'elle.

Elle contempla impatiemment l'écran du téléphone.

La photo était parfaite. Il y avait la tour penchée de Pise dans tout son charme et il y avait Olivia, penchée en avant, les mains parfaitement alignées sur le bord du bâtiment pour donner l'impression qu'elle le retenait pour l'empêcher de tomber !

Olivia rit, ravie. Quelle expérience fascinante ! Elle était impatiente de poster ce cliché sur Instagram. Elle avait toujours rêvé de se tenir sur cette pelouse verte, en présence de cette tour à l'histoire unique, et de prendre la même photo amusante que Marcello avait si patiemment chorégraphiée aujourd'hui.

Quand elle releva les yeux vers la tour en pierre pâle, elle sourit quand elle vit les touristes japonais faire exactement la même chose qu'elle. Elle espérait que leurs photos seraient aussi réussies que les siennes.

— Maintenant, un selfie avec nous deux, proposa Marcello.

Olivia se demanda si elle avait tort de prendre aussi longtemps que possible pour mettre en scène leur cliché, pendant que Marcello avait un bras passé autour de sa taille et le visage appuyé contre le sien. Non, décida-t-elle quand elle appuya finalement sur le bouton. Elle n'avait pas tort de le faire et, en fait, c'était très rusé de sa part.

De son point de vue, toute cette expérience était de moins en moins un voyage d'affaires et de plus en plus une excursion touristique avec la possibilité de flirter quelque peu, surtout si l'on tenait compte du fait qu'ils semblaient avoir fini leur travail.

Quand ils remontèrent dans la voiture, Marcello traversa la ville de Pise et s'arrêta devant une ruelle minuscule qui menait dans un restaurant que seuls les locaux fréquentaient.

— C'est un de mes endroits préférés, expliqua-t-il. J'ai très rarement le plaisir de pouvoir déjeuner ici, surtout pendant l'été, et avec une compagnie aussi charmante. J'ai attendu cette occasion avec impatience depuis que j'ai planifié cette excursion.

Il la regarda fixement dans les yeux et, l'estomac noué, Olivia sentit, non, sut qu'il suggérait fortement ce qu'il ressentait pour elle.

Le propriétaire salua Marcello avant de les emmener à une table minuscule dans un coin. Elle était si petite que leurs genoux se touchèrent dès qu'ils s'assirent.

Olivia fut ravie de voir quelques crus de La Leggenda sur la liste des vins.

Ils passèrent leur commande : des *pici* locaux, pâtes épaisses faites à la main et servies avec une sauce à la tomate et à l'ail, et de grandes portions de cabillaud grillé.

— Avec ça, je crois qu'un bon vin blanc serait parfait, proposa Marcello. Peut-être un vermentino. Même si je serais tenté de commander notre propre vin, je crois que ce serait une excellente occasion de goûter le vin d'un concurrent. Qu'en pensez-vous ?

— C'est une très bonne stratégie.

Olivia était fascinée par la variété du menu.

— Pourquoi ne pas en choisir deux différents qui viendraient d'exploitations viticoles plus éloignées ? Comme ça, nous aurons deux chances d'espionner la concurrence.

Marcello rit.

— Excellente idée. De plus, nous pourrons partager les deux.

Quand ils échangèrent leurs verres tout en savourant leur déjeuner paisible, Olivia décida que cette excursion était le meilleur rendez-vous qu'elle ait jamais connu.

Était-ce un rendez-vous ?

Marcello était tout à fait en train de flirter avec elle. Elle le voyait dans ses yeux, à l'expression espiègle qui en faisait étinceler le bleu foncé. Elle l'entendait dans la façon dont il lui parlait. Il lui touchait les bras et les mains plus souvent que nécessaire pendant leur conversation et, quand il le faisait, ses doigts s'attardaient sur sa peau et envoyaient ainsi un message sans ambiguïté.

Quant à Olivia, eh bien, elle flirtait elle aussi, avec subtilité mais avec charme, espérait-elle.

Elle ne voulait pas faire sortir leur situation de la zone de confort, en croissance lente, qu'ils semblaient avoir créée. Après tout, Marcello était son patron et cela compliquait toute relation potentielle.

Elle ne voulait pas finir comme Gabriella, à arpenter l'exploitation viticole perpétuellement aigrie tout en se raccrochant désespérément à son travail alors que sa relation avec Marcello n'avait pas fonctionné.

Olivia décida que toute prise de décision sérieuse devrait venir de Marcello. Leur situation était si idyllique qu'elle ne voulait pas détruire son bonheur en agissant précipitamment.

Avec un travail de rêve, un flirt romantique avec son employeur et ses propres raisins qui, espérait-elle, poussaient en ce moment, Olivia décida que sa vie avait atteint son plus beau moment. La vie ne pouvait tout simplement pas être plus belle.

Bien sûr, dès qu'elle eut pensé cela, elle sentit l'inquiétude l'envahir.

Et si ce moment était le meilleur qu'elle connaîtrait jamais ?

Et si elle avait atteint le sommet ? Et si, dorénavant, sa vie n'était qu'une descente inexorable ?

CHAPITRE HUIT

Olivia s'enfouit le visage dans les mains et regarda entre ses doigts pour s'assurer que la date indiquée sur son téléphone soit la bonne, pas un affreux cauchemar.

Comment cela avait-il pu se produire ?

Les semaines avaient défilé à toute vitesse. Les jours qui lui avaient paru sans fin avaient disparu dans le passé. Ils étaient partis. L'été se terminait. Qu'avait-elle fait de son temps ?

Elle retira les mains de son visage pour contempler la ferme.

Même si elle contrôlait plus ou moins la poussière et les araignées, la maison était loin d'être prête. Elle ne semblait même pas habitable. Les problèmes d'alimentation en eau ne paraissaient pas faciles à résoudre. L'eau était tantôt disponible tantôt indisponible et arrivait quand elle le voulait, en général les jours de pluie, ce qui ne l'aidait en rien.

À l'idée d'habiter seule ici, elle se sentait terrifiée. Terrifiée ! Cela faisait des années qu'elle n'avait pas vécu toute seule et sans compagnie. La dernière fois qu'elle avait vécu toute seule, cela avait été dans un petit appartement, avec des gens des deux côtés.

Comment allait-elle se débrouiller dans cette ferme tranquille et isolée, avec seulement une chèvre et un chat à temps partiel comme compagnons ? Le chat n'était même pas encore apprivoisé. De ce point de vue, elle avait progressé de manière décevante.

Olivia ne pouvait s'empêcher de se demander si tout ce projet n'était pas une erreur aussi énorme que malencontreuse.

Son souci le plus grand de tous était qu'aucune de ses graines n'avait germé. Pas un seul cep de vigne n'avait crevé la surface de la terre.

Sa première tentative de production de raisin avait été un désastre total.

Elle s'enfouit à nouveau le visage dans les mains. Elle se sentait à l'abri dans l'obscurité.

— Argh, gémit-elle.

— Que se passe-t-il ?

Olivia releva hâtivement la tête et constata que Charlotte était arrivée.

— Pas grand-chose, admit-elle.

Charlotte la gratifia d'un regard ironique.

— Je devine. Tu as très peur de ce qui arrivera quand je partirai et qu'il faudra que tu habites toute seule dans cette ferme. Ensuite, tu crains de ne pas avoir assez travaillé dessus et de ne jamais y être heureuse parce que, de temps à autre, il n'y a pas d'eau dans les robinets.

Olivia sentit les larmes lui piquer les yeux. Charlotte comprenait tout !

— De plus, déclara Charlotte, tu as probablement peur parce que tes raisins n'ont pas encore poussé. Je suis certaine qu'ils attendent leur heure. Ce sont peut-être des vignes tardives.

Olivia hocha la tête avec gratitude. Charlotte avait raison sur tout, sauf sur les vignes. Ses tentatives de faire pousser du raisin avaient échoué, mais elle ne voulait pas le dire.

— C'est vrai, soupira-t-elle. j'ai la sensation d'avoir pris une mauvaise décision. En outre, je me sens coupable d'avoir transformé tes vacances en projet amateur de rénovation de ferme. Tu as enlevé presque toutes les araignées ! Tu m'as aidée à rénover la cuisine et tu as participé au nettoyage. Tu aurais mieux fait de t'amuser !

Charlotte leva les yeux au ciel. Pour réconforter Olivia, elle passa un bras autour de ses épaules tremblantes.

— Tu te trompes complètement, dit-elle pour l'apaiser.

Quand Olivia lui envoya un regard dubitatif, elle se dépêcha de s'expliquer.

— J'adore faire ce genre de chose et je ne le pourrai jamais. Mon petit appartement est en banlieue et je m'en contente parfaitement ! Je n'ai jamais rien à faire de plus difficile que changer une ampoule électrique et ça sera toujours comme ça. Ce séjour a été la plus grande aventure bricolage que j'aurais pu imaginer. J'en ai aimé chaque minute.

Elle regarda Olivia de plus près.

— De plus, tu ferais mieux de comprendre que c'est un investissement. L'année prochaine, en juin, je t'appellerai pour te rappeler tout le travail que j'ai consacré à cet endroit et que la chambre d'amis sera peut-être prise pendant deux semaines.

Olivia rit en tremblant.

— Tu as raison. Désolée. J'ai juste traversé un moment difficile. Je suis impatiente qu'on se retrouve en juin l'année prochaine. La chambre est à toi aussi longtemps que tu le veux, de préférence tout l'été.

Charlotte hocha la tête, visiblement satisfaite qu'Olivia ait fini par se calmer.

— Maintenant, tu ferais mieux de te mettre au travail. Je vais attendre ici que les dalles arrivent. Comme ça, nous pourrons bâtir la cour de ta cuisine demain. De plus, je verrai si je retrouve le chat. Je me doute que tu t'inquiètes aussi pour lui.

*

Après avoir révélé ses craintes à Charlotte, Olivia se sentit plus légère. Elle eut vite fait d'arriver à l'exploitation viticole à pied et, quand elle y entra, elle se souvint qu'elle était très heureuse d'avoir changé de vie. Elle vivait ici une aventure qu'elle n'aurait jamais cru pouvoir concrétiser. Même si sa famille et ses collègues avaient tous su qu'elle adorait l'Italie et qu'elle avait une passion pour le vin, aucune des personnes qui la connaissaient n'aurait imaginé qu'elle oserait se lancer dans un monde aussi différent.

Sa mère prenait encore des tranquillisants à base d'herbes pour essayer d'accepter qu'Olivia avait changé de vie. Quand Olivia appelait sa mère, une fois par semaine, elle apprenait tous les détails sur leur dosage et leurs effets. Sa mère lui soumettait un compte-rendu détaillé à chaque fois et suggérait avec subtilité que l'effet secondaire de diarrhée occasionnelle pouvait être directement attribué au comportement irréfléchi de sa fille.

Olivia décida qu'elle ne permettrait pas que l'inquiétude et la peur de sa mère affectent son propre optimisme. Bien sûr, il y aurait des échecs momentanés. C'était inévitable. Ce qui comptait, c'était qu'elle n'accepte pas qu'ils la démoralisent.

Elle avait tellement l'habitude qu'Erba trotte derrière elle qu'elle remarqua à peine que la chèvre s'en allait et rejoignait le chemin de sable sinueux bordé de rosiers sauvages et de pieds de lavande. Le petit animal se dirigea vers la laiterie située au sommet de la colline pour passer la journée avec ses amies.

Quand Olivia entra dans la salle de dégustation, Marcello arriva. Olivia admira l'élégance avec laquelle il portait sa veste foncée et son écharpe blanche. Même si les journées étaient ensoleillées, les matinées commençaient à refroidir, notamment dans le bureau de Marcello, qui était exposé à la brise fraîche qui venait du flanc du coteau.

Quand Marcello la vit, il sourit et elle frissonna de bonheur.

Depuis le début de l'achat de l'exploitation viticole de Pise, Marcello avait été doublement occupé. Olivia était heureuse qu'ils aient pu vivre ce jour exceptionnel ensemble, parce qu'elle n'avait pas pu passer de bon temps en sa compagnie depuis. Quand il n'était pas à la nouvelle exploitation viticole, il était à la banque, chez des marchands de vin, au restaurant, ou alors, il participait à des séances de cession avec Franco.

Elle chérissait le souvenir de leur merveilleuse journée de flirt, mais elle ne pouvait s'empêcher de se demander si ce genre de chose se reproduirait un jour.

— J'ai une bonne nouvelle pour vous, lui dit-il.

Depuis qu'elle était sommelière en chef, Olivia avait appris à déchiffrer les tons de voix employés par Marcello. Dès qu'il commença à parler, elle sut intuitivement que c'était une nouvelle qui concernait le travail.

En d'autres termes, Marcello n'allait pas lui dire qu'il avait réservé une semaine de vacances dans le sud de la France et lui demander si elle voulait venir.

Pourtant, quand il lui annonça la nouvelle, Olivia fut captivée par ses mots.

— Un invité célèbre va nous rendre visite pendant quelques jours et cela sera une opportunité incroyable pour vous, dit Marcello.

Il avait l'air très impatient de voir arriver ce jour.

— Qui ? demanda Olivia.

— Alexander Schwarz. Vous avez peut-être entendu parler de lui.

Olivia hocha la tête. Elle connaissait ce nom et écarquilla les yeux quand elle se souvint où elle l'avait vu.

— A-t-il écrit *Devenez Sommelier* ? Ce livre que vous m'avez prêté ? Il était excellent. De tous les livres que j'ai lus, c'était le meilleur.

Marcello hocha la tête avec un sourire.

— C'est un auteur prolifique, un viticulteur primé et aussi un expert et conseiller de renommée mondiale. Nous avons beaucoup de chance de l'accueillir ici.

— Oh, c'est vraiment merveilleux, murmura Olivia.

54

Pourrait-elle apprendre des choses grâce à l'expertise de cette star ? se demanda-t-elle.

Avant même qu'elle ait pu poser la question, Marcello poursuivit.

— Il passera une matinée avec vous pour vous enseigner les saveurs, les nuances et les subtilités de la dégustation. Je serai présent, moi aussi. Je suis impatient qu'il arrive, dit Marcello.

Olivia sentit son cœur accélérer. Quelle opportunité ! Bénéficier des conseils d'une des légendes de la vinification. Elle pourrait en apprendre beaucoup et lui poser toutes les questions qu'il faudrait. Cette légende pourrait peut-être même lui fournir des conseils sur la fabrication et l'assemblage du vin.

— Je suis impatiente, moi aussi. Merci, dit-elle en souriant.

Olivia se plaça derrière le comptoir de dégustation et se sentit folle de joie quand elle contempla la salle spacieuse, les tonneaux en chêne et les étagères en bois dont elle adorait la présence, car ils l'aidaient à se sentir plus proche du processus de vinification. C'était vraiment très aimable que Marcello ait demandé à cet expert de prendre le temps de l'aider. De plus, elle avait vraiment beaucoup de chance de travailler dans une exploitation viticole assez raffinée pour être fréquentée par de tels experts.

Elle ferait mieux de réviser sa dégustation, se dit-elle. Elle espérait qu'elle pourrait impressionner Alexander Schwarz en lui montrant tout ce qu'elle avait appris jusque-là.

Olivia se demanda si elle devrait demander à Nadia, la vigneronne en chef, de lui fournir un tutoriel sur l'assemblage des vins. Cela pourrait lui être utile avant sa séance avec le conseiller légendaire.

À ce moment-là, Nadia entra précipitamment.

La petite femme brune et dynamique avait l'air stressée et débraillée, mais c'était normal. Nadia avait la personnalité la plus orageuse des trois enfants de la famille. Olivia allait lui demander si elle pouvait lui réserver un peu de temps.

Alors, elle vit le visage de la viticultrice et se rendit compte non sans effroi qu'il se passait quelque chose de très grave.

Elle n'avait jamais vu Nadia aussi désemparée.

— Marcello ! cria Nadia. Où est Marcello ? Vite, il y a eu un désastre.

CHAPITRE NEUF

Alerté par les mots de Nadia et par son ton très inquiet, Marcello sortit de son bureau à toute vitesse.

— Que se passe-t-il ? cria-t-il.

Le torrent d'italien que Nadia cria en guise de réponse était trop rapide et trop compliqué pour qu'Olivia puisse en saisir le sens. Elle ne comprenait pas du tout ce qui se passait.

Elle constata avec inquiétude que Marcello avait maintenant l'air aussi désemparé que Nadia.

Olivia serra les doigts avec anxiété, espérant que l'un d'eux allait s'arrêter de parler italien assez longtemps pour lui communiquer les détails exacts de cette catastrophe.

— Appelle Antonio, dit Marcello à Nadia. Vite, téléphone-lui, dis-lui de tout laisser tomber et de venir dans mon bureau.

Alors, il tourna vers Olivia.

— Voulez-vous venir avec nous, s'il vous plaît ?

Olivia hocha la tête, tendue par l'appréhension. Elle jeta un coup d'œil à la pendule en bois fixée au mur latéral et remarqua que ses aiguilles dorées affichaient juste dix heures du matin.

Elle ne pouvait pas laisser la salle de dégustation déserte après l'ouverture. Peut-être Paolo pourrait-il la remplacer pendant un moment.

Quand Nadia composa nerveusement le numéro d'Antonio sur son téléphone avant de se lancer dans un monologue criard, Olivia courut vers le restaurant.

Elle trouva Paolo qui essuyait des verres en penchant assidûment sa tête brune bien peignée au-dessus des étagères.

— Peux-tu m'aider pendant une demi-heure ? demanda-t-elle.

Alors, le visage de Paolo s'éclaira.

— Bien sûr, répondit-il immédiatement. Ce serait un plaisir.

Alors, un doigt frappa rageusement Olivia à l'omoplate.

— Qu'est-ce qui se passe ? cria Gabriella.

Olivia n'avait même pas vu la directrice du restaurant quand elle était entrée en toute hâte et avait supposé qu'elle n'était pas encore arrivée pour sa journée. Bien sûr, elle était apparue soudainement, comme invoquée par la voix d'Olivia.

Les cheveux écaille de tortue de Gabriella étaient élégamment attachés en arrière et son visage parfaitement maquillé avait l'air furieux. Le doigt manucuré à la française qu'elle avait utilisé pour frapper Olivia si impoliment dans le dos était encore pointé vers elle d'un air accusateur.

— Vous ne me volez pas mes serveurs, insista-t-elle. Paolo travaille pour moi. Pas pour vous ! Et puis, il est très occupé pour l'instant. Il essuie les verres.

— C'est une urgence, expliqua poliment Olivia.

— Ça m'est égal ! répondit Gabriella très agressivement, mais Olivia tint bon.

— On m'a demandé de participer à une réunion urgente avec Marcello, dit-elle.

Bien qu'elle se soit exprimée d'une voix calme, elle n'avait pas pu résister à l'envie de mettre l'accent sur le mot *Marcello*, car ses désirs étaient des ordres, même si elle savait que prononcer son nom risquait d'énerver Gabriella encore plus.

Olivia ne fut pas déçue. Gabriella serra les lèvres, son visage s'assombrit et elle contempla Olivia avec un regard plein de flèches empoisonnées. Cependant, elle ne pouvait rien faire.

— Vous me le remmenez dans une demi-heure, cracha Gabriella.

Olivia sourit avec compassion.

— Il vous reviendra dès que possible, dit-elle d'un ton apaisant.

En son for intérieur, elle était satisfaite d'avoir réussi à troubler la directrice du restaurant si tôt le matin. Elle n'avait jamais oublié que Gabriella l'avait méchamment insultée devant des clients peu après qu'elle avait commencé à travailler à l'exploitation viticole.

Chaque petite victoire faisait partie de la vengeance, décida Olivia.

Quand Paolo quitta le restaurant et se rendit au comptoir de dégustation en sautillant presque de joie, Olivia courut dans le couloir pour aller dans le bureau de Marcello.

Les petits triomphes ne comptaient guère. Ils avaient un désastre à gérer et, de plus en plus anxieuse, Olivia entra dans le bureau. Marcello avait l'air plus grave que jamais et Nadia, en larmes, sanglotait et tendait la main vers la boîte de mouchoirs en papier qui se trouvait sur le bureau en bois poli.

Olivia se hâta d'en saisir une poignée et de les passer à Nadia. Ensuite, elle s'assit à côté d'elle.

Un moment plus tard, Antonio entra en toute hâte. Il portait encore ses bottes de travail poussiéreuses. Il avait un thermos de café dans une main et sa casquette de base-ball délavée dans l'autre.

— *Salve, salve*, dit-il pour saluer tout le monde. Que s'est-il passé ?

Marcello jeta un coup d'œil anxieux à Nadia, mais la viticultrice était encore en larmes. Elle lui fit signe de poursuivre.

— Une cuvée entière de notre sangiovese a été contaminée par le TCA, expliqua solennellement Marcello.

Olivia écarquilla les yeux quand elle entendit Antonio inspirer brusquement, horrifié.

— Qu'est-ce que c'est ? demanda Olivia.

Elle détestait avoir l'air ignare, mais elle n'avait jamais entendu parler de ce problème. Il semblait que la vinification regorge de risques inattendus. Plus elle en apprenait, plus elle se rendait compte qu'elle ne savait pas grand-chose. Dire qu'elle avait gaiement supposé que c'était une activité simple où rien ne pouvait mal se passer ! Il semblait que le processus soit semé d'embûches.

— Le TCA est un composé chimique qui apparaît parfois dans les établissements de vinification. La plupart du temps, on le trouve dans les bouchons et c'est pour cela que les gens disent qu'un vin a « le goût de bouchon ». Bien que ce composé ne soit pas dangereux pour la santé, il donne au vin un arôme de moisi et gâche complètement le goût, expliqua solennellement Marcello. Il peut affecter non seulement les bouchons, mais aussi toutes les surfaces qui entrent en contact avec le vin, en général le bois. Cette fois-ci, il a contaminé les tonneaux en bois.

— Dix des tonneaux spéciaux de cinq cents litres, dit Nadia en sanglotant. Toute la vendange tardive de sangiovese a été affectée. Jusqu'à la dernière goutte.

Marcello pâlit de manière visible. Il serra les lèvres en se passant distraitement les doigts dans les cheveux. Olivia voyait à quel point la nouvelle le secouait.

— C'étaient les tonneaux que nous avions achetés l'année dernière ? demanda Antonio.

Nadia hocha la tête.

— Je croyais que nous les avions vérifiés et nettoyés, dit-elle en sanglotant. On dirait qu'on ne l'a pas fait assez bien.

Marcello inspira profondément et Olivia vit qu'il avait du mal à parler et probablement à réfléchir calmement à cause de la panique.

— C'est un des risques du métier, dit-il après un moment de silence. Parfois, on ne peut pas l'empêcher. Quels vins seront affectés ?

Nadia compta sur ses doigts.

— Notre sangiovese tardif, évidemment. Notre assemblage Miracolo tardif. Notre assemblage spécial cabernet-merlot, qui contient aussi un peu de sangiovese, qui est essentiel pour le caractère de l'assemblage et qu'on ne peut pas supprimer. Au total, environ trente mille bouteilles seront perdues.

Olivia porta la main à la bouche. Maintenant, elle comprenait l'étendue du désastre. C'était une catastrophe qui aurait un grand impact sur les ventes de fin de saison de l'exploitation viticole. Beaucoup des produits les plus rentables de La Leggenda seraient invendables.

Elle se sentit encore plus découragée quand elle se souvint que Marcello venait d'effectuer un énorme investissement pour acquérir le vignoble de Franco.

Ce désastre n'aurait pas pu arriver à un pire moment. L'exploitation viticole avait pris trop de risques financiers et il ne restait plus de liquidités.

Antonio baissa la tête et se massa les tempes du bout des doigts.

— Nous avions besoin de ces ventes, dit Marcello comme en se parlant à lui-même, mais Olivia entendit le désespoir dans sa voix.

— Nous avons encore deux cents caisses de Miracolo de mi-saison dans l'entrepôt, dit Antonio.

— Nous pourrions les vendre plus cher, dit Marcello. La rareté apporte de la valeur. Toutefois, ça ne suffira pas à nous sauver.

À nous sauver ? Olivia déglutit avec difficulté. C'était encore plus grave qu'elle l'avait cru.

— Je peux augmenter les totaux en cabernet sauvignon et en merlot, dit Nadia en reniflant. Nous pouvons mettre en bouteille le vin que nous avions gardé pour les assemblages.

— Ça aussi, ça nous aiderait, dit Marcello d'une voix lourde, mais il faudra en faire plus.

Il y eut un silence dans la pièce.

— Nous allons devoir mettre en place une vente aux enchères, dit-il finalement.

— Non ! s'écrièrent Nadia et Antonio en même temps.

Une vente aux enchères ? Pour quoi faire ? Pourquoi cette suggestion avait-elle rencontré un veto aussi véhément ? Confuse, Olivia regarda les frères et sœurs Vescovi l'un après l'autre. Ils savaient visiblement ce que cela signifiait et cette idée les horrifiait.

De quoi pouvait-il bien s'agir ? se demanda-t-elle.

Marcello leva les mains.

— S'il vous plaît, essayons de raisonner logiquement.

— Cela reviendrait à vendre notre héritage ! Notre histoire ! supplia Nadia.

Se tournant vers Olivia, Marcello s'expliqua.

— Nous parlons de la bouteille de vin historique, du tout premier cru produit sur la ferme originelle de mon arrière-grand-père, longtemps avant la création de La Leggenda. Depuis des décennies, nous conservons cette bouteille en sécurité dans la cave. Cela représente une partie irremplaçable de notre passé et un collectionneur lui attribuera énormément de valeur.

— On ne peut pas faire ça ! supplia Nadia, mais Marcello secoua la tête.

— Je sais que cette bouteille fait partie de notre histoire, mais nous devons penser à notre avenir, pas seulement à notre passé. Aussi douloureux que ce soit, il va falloir le faire. Avec l'achat de la seconde ferme, une vente aux enchères arrivera à point nommé pour l'exploitation viticole et attirera l'attention des médias de manière favorable. Cela provoquera un résultat positif, souligna-t-il fermement. Nous pourrons l'organiser pendant qu'Alexander sera là. La présence de ce VIP légendaire sera un atout. Nous pourrons présenter et vendre ses livres.

Même si ses mots étaient encourageants, Olivia sentait la peine qu'il ressentait à l'idée de se séparer du patrimoine de sa famille.

— Quel type de vin contient cette bouteille spéciale ? demanda Olivia d'une petite voix.

— C'est un magnifique vin rouge Brunello di Montalcino. Deux années après son lancement, un nouveau prix d'excellence réservé aux vins est apparu en Italie et ce cru a été le tout premier à remporter une médaille d'or.

Nadia se mit le visage dans les mains. Constatant qu'elle avait besoin de soutien, Olivia lui frotta gentiment le dos. Elle se sentait très mal à l'aise d'assister à l'abattement sincère de cette femme. Cela lui rappela que cette exploitation viticole était bien plus qu'une entreprise. C'était leur vie et leur âme.

Marcello se redressa et s'exprima avec autorité.

— Je vais confirmer la date dès maintenant et lancer le processus, dit-il d'un ton qui ne tolérait aucune contradiction.

*

Après le travail, Olivia revint directement à la ferme. Elle y avait rendez-vous avec Charlotte, un tas de graviers et environ vingt dalles de granit. Ce serait leur dernier projet de bricolage : créer un jardin de fines herbes similaire à celui de la villa.

Même si elle était impatiente de commencer ce projet, Olivia avait de la peine pour la famille Vescovi et même les pitreries d'Erba, qui gambadait à ses côtés, ne pouvaient pas lui remonter le moral. Marcello, Nadia et Antonio faisaient maintenant partie de sa famille étendue et elle ressentait profondément leur douleur.

Cela lui rappela aussi que la viticulture était une activité très risquée. Elle ne s'était pas rendu compte qu'elle s'embarquait dans une aventure riche en problèmes, sinon même en échecs.

L'ignorance est un gage de bonheur, décida tristement Olivia.

Quand elle atteignit sa ferme et vit le tas de dalles de granit qui attendait près de la porte d'entrée, elle se sentit mieux. Au moins, ce projet-là serait réalisable grâce à juste quelques heures de travail acharné. Elle était impatiente d'avoir un jardin de cour. Olivia l'imagina avec une table et des chaises dans le coin, abrité par une clôture en bois le long de laquelle elle aurait installé des parterres de légumes et d'herbes aromatiques. Ce serait un endroit paisible et beau et les herbes aromatiques lui permettraient de mener des expériences culinaires sur beaucoup des plats italiens qu'elle avait appris à aimer.

— J'ai apporté du Prosecco, un vin pétillant, dit Charlotte. J'ai aussi acheté de quoi faire un pique-nique. De la ciabatta, du jambon de Parme, de la mozzarella, des olives et des artichauts. Je sais que tu n'as pas encore de meubles, mais j'ai pensé que nous pourrions nous asseoir sur une couverture. Je l'ai aussi emmenée.

Olivia se sentit de mieux en mieux. D'une façon ou d'une autre, ce jour stressant avait repris son équilibre et elle avait la sensation qu'elle allait retrouver son optimisme coutumier.

— Bravo ! dit-elle. Bon, commençons par disposer ces dalles et par amener le gravier dans la brouette.

Olivia posa les dalles au bon endroit, soigneusement mais pas trop précisément. Elle voulait que son jardin ait l'air naturel, avec une touche de désordre italien, comme si c'était un élément vivant du paysage, pas un élément rapporté.

Cela signifiait aussi que, en alignant les dalles au coup d'œil au lieu de prendre la peine de les mesurer, elles allaient pouvoir faire avancer le travail beaucoup plus vite.

Quand les dalles eurent été placées, Olivia constata qu'elles ressemblaient à un damier de cour de récréation avec des grands interstices. Olivia avait mal aux bras, à force de les soulever, les déplacer et les poser. Charlotte, qui avait pris l'autre côté de chaque dalle de granit, secouait les doigts et se frottait les biceps.

— Je n'avais pas compris que, dans le calendrier sportif toscan, c'était le jour d'entraînement des bras, dit-elle en se plaignant avec bonhomie.

Olivia avait choisi de mettre du gravier entre les dalles au lieu d'y semer une plante de protection des sols parce que cet endroit était petit et douillet et qu'elle ne voulait pas que des plantes recouvrent les dalles. Avec la brouette, elles amenèrent des chargements de gravier de l'autre côté de la maison, les versèrent puis les râtelèrent et les balayèrent pour les faire entrer dans les interstices qui séparaient les dalles. Alors, Olivia fut certaine d'avoir fait le bon choix. Cet endroit serait facile à entretenir et le gravier fin argenté avait l'air beau entre les dalles gris doré.

Olivia s'imagina en train de marcher pieds nus sur la pierre lisse dans le soleil matinal en allant cueillir des épinards et de la ciboulette dans les parterres environnants pour sa frittata matinale.

Elle se sentit folle de joie quand elle vit ce qu'elles avaient accompli.

Alors que le soleil se couchait, elles ouvrirent le Prosecco et s'installèrent avec reconnaissance sur la couverture pour profiter de leur tout premier pique-nique à la ferme.

Quand Olivia trinqua avec sa meilleure amie, assise en tailleur sur les dalles qu'elles avaient placées avec tant de soin, elle comprit qu'elle ne pourrait pas être plus heureuse. Il y aurait des obstacles à franchir, bien sûr. Elle aurait été folle de croire le contraire ! Pourtant, elle avait vraiment fait un très bon début. La maison prenait forme peu à peu et le jardin de plantes aromatiques dont elle avait toujours rêvé était à présent une réalité.

Quand elles emballèrent les restes du pique-nique, il faisait presque noir. Il ne restait pas beaucoup de nourriture. Le travail manuel acharné leur avait donné bon appétit à toutes les deux.

Quand elles fermèrent les lieux et repartirent à la villa dans la pénombre de fin de soirée, Olivia ne put s'empêcher de jeter un autre coup d'œil inquiet aux lits de semences les plus proches où elle avait semé ses vignes. Depuis, rien n'avait émergé de la terre, même pas une pousse minuscule. Si les coups d'œil anxieux avaient pu faire germer ces graines, Olivia était sûre que ses vignes mesureraient presque deux mètres, maintenant. C'était à peu près la deux-centième fois qu'elle regardait dans leur direction avec un froncement de sourcils inquiet.

Elle avait dû faire quelque chose de travers, mais quoi ?

Elle aurait voulu pouvoir le demander à Marcello, mais il lui semblait peu éthique de le faire, et surtout pas maintenant, quand la famille était aussi stressée après le désastre qui avait mené à la contamination de son vin.

Olivia décida qu'elle ne pouvait tout simplement pas embêter la famille Vescovi avec ses problèmes égoïstes.

Il y avait une autre personne qui pouvait lui apporter des conseils. En fait, cet homme les avait proposés gratuitement.

Olivia poussa un soupir.

Fallait-il en arriver là ? Vraiment ?

Elle leva les yeux au ciel, exaspérée.

Même si elle aurait voulu ne plus jamais revoir ce Danilo qui l'agaçait, elle allait sûrement devoir s'asseoir sur sa fierté et lui demander son aide si elle voulait avoir une récolte l'année prochaine.

CHAPITRE DIX

Olivia avait oublié ce qu'elle avait fait de la carte de visite de Danilo et, quand elle fouilla frénétiquement dans son sac à main et sa voiture, elle commença à se demander si elle l'avait jetée parce que sa manière de se mêler de ses affaires l'avait agacée.

Finalement, à son grand soulagement et à sa grande honte, elle retrouva la carte dans la chambre de la ferme. En y réfléchissant, elle se souvint qu'elle l'avait mise dans la poche de son pantalon de survêtement miteux. Quand elle l'avait enlevé, la carte avait dû s'envoler hors de vue et se coincer dans une plinthe mal fixée sous le rebord de fenêtre poussiéreux.

Danilo était menuisier et artisan du bois professionnel, selon sa carte de visite.

Dans ce village, où tout était bois, chaleur et surfaces naturelles, Olivia était sûre qu'il devait être très occupé, mais elle ne savait pas comment il avait acquis ses compétences sur le vin. Peut-être habitait-il dans une ferme.

Quand elle composa son numéro, elle soupçonna soudain que Danilo attendait son appel. Il l'attendait probablement depuis qu'elle l'avait chassé de sa propriété.

— *Salve, turista* fermière ? répondit-il.

Il avait l'air réservé mais suffisant. Malgré ce qu'elle s'était promis, Olivia sentit une nouvelle vague d'agacement la submerger. Cet homme avait quelque chose qui l'énervait. Pourquoi fallait-il que la personne qui l'irritait le plus soit celle qui offrait des conseils gratuits ?

— Bonjour, Danilo. Je m'appelle Olivia, dit-elle froidement en décidant d'adopter une approche distante et professionnelle.

— Olivia !

Il avait l'air ravi d'avoir appris son prénom. En fait, elle était ravie qu'il le connaisse, elle aussi. C'était largement mieux que *turista* fermière.

Elle décida d'aller droit au but.

— Mes graines n'ont pas poussé, admit-elle.

— Bien sûr que non, acquiesça-t-il.

Olivia soupira.

— J'apprécierais que vous puissiez me fournir quelques conseils, dit-elle.

— Avec plaisir ! dit-il comme s'il était heureux, ravi, en fait. Quand puis-je venir ?

— Dès que possible. Ce soir, si ça vous va ? demanda-t-elle.

Elle avait besoin de résoudre ce problème aussi vite que possible. Le manque de productivité de son vignoble la préoccupait.

— Je serai là à dix-huit heures, promit-il.

Olivia raccrocha en ressentant un mélange d'excitation, d'inquiétude et d'agacement à l'idée qu'elle allait enfin pouvoir résoudre ses problèmes de culture de vigne, même si cela la forcerait aussi à se confronter à sa propre absence totale d'expertise.

*

À La Leggenda, Olivia trouva l'atmosphère fébrile. Nadia et Antonio avaient clairement dépassé leur réticence initiale et accepté d'organiser une vente aux enchères. Maintenant, tout le monde s'y impliquait avec enthousiasme, même si tous les intervenants semblaient choisir une approche différente.

Quand Olivia arriva, ils étaient au milieu d'une énorme dispute, ou plutôt d'une discussion, car elle savait qu'ils nieraient tous s'être disputés si elle les en accusait.

Les trois frères et sœurs se tenaient au milieu de la spacieuse salle de dégustation. Nadia tenait un bloc-notes et un stylo. Marcello brandissait un mètre de couturière pendant qu'Antonio arpentait la pièce.

— Donc, si nous plaçons le podium de la vente aux enchères ici, les clients pourront s'asseoir le long du pourtour de la salle et il y aura plus d'espace, disait Marcello d'un ton qu'il se forçait à garder raisonnable.

— Pourtant, si nous plaçons le podium près du comptoir de dégustation, les clients pourront voir le décor de bois et de tonneaux. Ça les passionnera ! Ils dépenseront plus d'argent ! insista Nadia en agitant les bras.

Antonio se serra la tête et cria d'un air exaspéré.

— Non, non, non ! La vente aux enchères ne devrait pas du tout avoir lieu ici. Pourquoi ne pas l'organiser dans la salle de vinification ?

Marcello et Nadia lui crièrent dessus de concert.

— Il n'y a pas d'espace dans la salle de vinification ! Tu t'imagines que seuls dix clients vont venir ?

— J'ai déjà une cuvée de contaminée. Je ne veux pas que des riches odieux se promènent partout et en contaminent une autre !

Quand ils virent qu'Olivia se tenait là, le silence s'installa.

Antonio frotta le sol du bout de sa chaussure, comme s'il était gêné d'avoir été surpris en pleine dispute, tandis que Nadia se retrouva soudain fascinée par le plafond voûté de la salle de dégustation.

— Qu'en penses-tu, Olivia ? demanda Marcello. Où devrions-nous organiser la vente aux enchères ?

— Euh, dit Olivia.

Elle sentait qu'elle était en terrain miné. Jamais elle ne pourrait plaire à tout le monde et il était très probable qu'elle n'arriverait à apaiser personne.

— Eh bien, je n'y connais rien en ventes aux enchères, dit-elle, reconnaissante de pouvoir se servir de sa récente expérience avec Danilo, grâce à laquelle elle avait maintenant le courage d'avouer son ignorance. Comment cela va-t-il se dérouler ? Combien de gens y aura-t-il ? Y aura-t-il des en-cas ?

— Des en-cas. Bonne idée, dit Nadia. Il nous faudra de la nourriture et du vin.

— La nourriture, c'est primordial, acquiesça Antonio.

— Absolument, confirma Marcello. Pour ce qui est du nombre de personnes, nous nous attendons à recevoir environ cent clients, ce qui inclut les acheteurs, les invités VIP, les négociants et les médias.

Heureuse d'avoir réussi à dire quelque chose d'utile sans avoir attisé les conflits déjà existants, Olivia se faufila par la porte latérale et s'occupa derrière le comptoir de dégustation, organisant les bouteilles et les fiches de dégustation pour la journée qui commençait.

— S'il y a des tables de nourriture, il faudra les installer le long du côté de la salle, dit Marcello. Dans ce cas, tu as raison, Nadia. La vente aux enchères devrait avoir lieu au comptoir, avec le décor de tonneaux. Ça marchera mieux. Prévoyons la disposition et nous pourrons alors décider quels autres articles inclure à la vente.

Olivia était sûre qu'ils auraient tous des opinions tout aussi marquées sur les autres articles. Elle espérait qu'ils parviendraient à s'accorder sur l'inventaire de la vente aux enchères avant que les clients du jour ne viennent commencer leur dégustation.

Quand Olivia regarda les trois Vescovi mesurer la salle et noter le nombre de chaises et de tables qu'il fallait, elle eut un moment d'excitation. Même si la famille trouvait déchirant d'être obligée de se séparer d'un objet de collection historique et précieux, l'événement rappellerait l'importance de La Leggenda dans le monde du commerce du vin.

Assister à une vente aux enchères de vin de haut niveau serait une toute nouvelle expérience pour elle.

*

Les derniers clients de la journée quittèrent la salle de dégustation juste après dix-sept heures et il fut dix-sept heures trente quand Olivia eut terminé de nettoyer le comptoir et de le préparer pour le lendemain matin.

Elle se rendit compte qu'elle n'aurait pas le temps de repartir à la villa, ou alors, elle serait en retard pour son rendez-vous avec Danilo. Il faudrait qu'elle aille directement à sa ferme dans sa tenue de travail. On pouvait espérer que, suite aux conseils de Danilo, elle n'aurait pas besoin de trop creuser, parce que ses jolies sandales argentées n'y survivraient pas.

Erba l'attendait à l'entrée de service de l'exploitation viticole et elles partirent ensemble sur les petites routes tranquilles.

Dès qu'Erba se rendit compte dans quelle direction Olivia allait, elle accéléra le pas. La petite chèvre adorait la ferme et préférait plus que tout monter à la colline escarpée et prendre le chemin d'accès en sable.

— Tu es une vraie chèvre des montagnes, lui dit Olivia pour la complimenter quand elle remonta joyeusement la chaussée rocailleuse pour aller chaparder une bouchée de lavande dans un buisson parfumé.

Elle se sentit nerveuse quand elle vit que le pick-up de Danilo était déjà garé près du portail. Elle espérait que cette entrevue se passerait bien et que l'on pourrait sauver ses vignes.

— *Buon giorno*, cria-t-il, sortant de son pick-up dès qu'il la vit.

À sa grande surprise, elle vit qu'il avait changé de style de coiffure. Maintenant, il avait les cheveux avec la raie de l'autre côté et plus longs et le sommet de sa tête était plus clair avec des mèches marron chaud dans ses cheveux foncés. Il était clair que Danilo passait beaucoup de temps chez son coiffeur.

Olivia remarqua que, à l'arrière du pick-up, il y avait un magnifique meuble de rangement en bois. Danilo avait dû le fabriquer à la main et devait être en train de le livrer.

— *Buon giorno*, répondit-elle.

Elle inspira profondément. Autant s'excuser tout de suite.

— Je suis désolée d'avoir été impolie avec vous quand nous nous sommes rencontrés. Je voulais essayer de faire les choses à ma façon.

Danilo sourit et des dents blanches brillèrent dans son visage bronzé.

— On est tous comme ça, pas vrai ? Mais vous voulez aussi que vos vignes poussent, non ?

Olivia poussa un soupir.

— Je ne sais vraiment pas pourquoi elles n'ont même pas germé. Je n'arrive pas à croire que je me suis trompée aussi gravement.

Elle lança un regard suppliant à Danilo.

— Alors, c'était quoi ? Trop profond, pas assez profond, pas assez d'engrais ? Aurais-je dû ajouter du compost ?

— Rien de tout cela, expliqua-t-il, souriant encore de toutes ses dents.

— Qu'est-ce que c'est, alors ?

— Venez avec moi et je vous montrerai, expliqua-t-il.

Danilo prit une sacoche en cuir dans son pick-up. Il passa le portail en fer forgé et alla à la plantation la plus proche. Olivia le suivit anxieusement. Ses sandales argentées se mirent à crisser sur le sol sablonneux quand elle atteignit sa plantation de vignes infructueuse.

Danilo examina le lit de semences.

— Qu'avez-vous semé, ici ? demanda-t-il.

— C'étaient mes raisins sangiovese, dit Olivia en écartant les bras par pure frustration. C'est la variété la plus répandue par ici et ils n'ont pas poussé !

Elle se rendit compte qu'elle en avait parlé au passé. Avait-elle tort d'avoir déjà renoncé à voir germer ces graines ?

Danilo hocha la tête.

Il fouilla dans sa sacoche et en sortit un paquet en plastique plein de graines.

— Les graines de raisin ne germent pas facilement, expliqua-t-il. D'abord, il faut qu'elles croient qu'on est en hiver. Donc, soit vous attendez l'hiver et ces graines qui sont maintenant dans le sol dormiront l'hiver et commenceront à germer au printemps, ou alors, vous pouvez planter des graines qui ont déjà subi ce processus, comme les miennes. Comme ça, vous aurez des petits plants avant l'hiver et peut-être même une récolte l'été prochain.

Olivia cligna des yeux.

Qui aurait pensé qu'il fallait faire une telle chose ? Elle n'aurait jamais imaginé cette étape simple, basique mais pas forcément logique.

— Parfois, on a de la chance, expliqua Danilo. Certaines graines germent et poussent sans passer par cette étape. Cependant, en général, la majorité des graines ne pousse que si on fait ça d'abord.

— Comment avez-vous fait pour leur faire subir ce processus ? demanda-t-elle avec curiosité.

— On s'assure que les graines soient bonnes et en bonne santé. Alors, on les mouille et on les met dans une poche en plastique au réfrigérateur. On peut ajouter du coton humide ou de la mousse. Moi, j'utilise du coton. Il faut les laisser là pendant au moins trois mois. Ainsi, vous avez convaincu la graine qu'elle avait passé l'hiver, expliqua Danilo.

— Oh, mon Dieu, dit Olivia.

— Le compost les aide à pousser, dit-il. Je vous enverrai une liste de ce que vous pouvez acheter mais, comme vos graines n'ont pas encore connu l'hiver, elles pourraient ne commencer à pousser que l'été prochain.

Olivia hocha tristement la tête.

Si seulement elle avait su. Maintenant, elle allait devoir attendre longtemps avant d'obtenir des résultats. Il fallait beaucoup de patience pour faire pousser des raisins, c'était sûr.

Cependant, Danilo lui tendait le paquet.

— Tenez, semez ces graines de sangiovese, dit-il. Elles sont prêtes, car elles ont déjà été au réfrigérateur. Mettez-les dans le sol, entre celles que vous avez déjà plantées. Ensuite, vous pourrez déplacer les nouveaux plants quand ils germeront.

Olivia fut interloquée par sa générosité.

— Je devrais vous les acheter, insista-t-elle, mais Danilo secoua sa tête aux cheveux parfaitement sculptés par le gel.

— Ce n'est pas nécessaire, dit-il. Ce sont des restes et, de toute façon, il est tard dans la saison, maintenant. C'est risqué. S'il y a une gelée précoce, ça pourra tourner au désastre.

Olivia le contempla en fronçant les sourcils. Il poursuivit.

— J'ai une petite ferme et j'y ai déjà semé mes nouvelles vignes. Ces graines-là étaient en trop. Je crois qu'elles étaient censées être offertes à une débutante qui n'aime pas écouter.

Il lui fit un clin d'œil et Olivia sentit immédiatement qu'elle s'énervait.

Qu'est-ce qu'il entendait par là ? Elle n'aimait pas écouter ? Bien sûr que si ! Elle écoutait très bien. Elle n'avait pas été prête à le faire dès la première fois, c'était tout.

— Allez, voyons ce que vous avez fait de cet endroit.

Danilo avança à grands pas vers la ferme et Olivia le suivit, à nouveau en colère. Elle ne l'avait pas invité chez elle. Pourquoi n'avait-il pas attendu qu'on l'invite avant de s'immiscer dans sa ferme encore en piteux état et non meublée ? Quelle impolitesse !

Serrant les lèvres, elle fit de son mieux pour réprimer son agacement. Cet homme à la coiffure impeccable venait, très généreusement, de lui donner ses graines pour qu'elle puisse avoir une récolte l'année prochaine, et elle, elle voulait déjà l'expulser de sa ferme une deuxième fois.

Olivia se rappela qu'il fallait qu'elle arrête d'être aussi irascible. La patience était une vertu de viticultrice et il fallait qu'elle se mette aussi à appliquer cette maxime aux autres domaines de sa vie.

— Hé ! Vous avez un chat ? dit Danilo en s'arrêtant sur place pendant qu'Olivia lui fonçait presque dedans. J'adore les chats !

Le chat noir et blanc était de retour. Assis sur le porche, il clignait nerveusement des yeux en les regardant approcher.

— Il, ou elle, est encore très sauvage, expliqua Olivia. Je lui laisse à manger tous les soirs. J'essaie de l'apprivoiser.

— Psspsspss, dit Danilo en se mettant à quatre pattes et en rampant tel un léopard vers le chat tout en lui murmurant des paroles tendres. Quel chat ravissant ! Tu es vraiment rusé, n'est-ce pas ? Et si beau ! On dirait que tu vas cambrioler une banque avec ce masque sur les yeux.

Interloquée, Olivia constata que, pendant que Danilo tendait la main, le chat restait immobile.

Il s'écarta quand Danilo l'effleura du bout des doigts puis arqua le dos et poussa la tête contre la main de Danilo quand ce dernier le caressa.

Olivia ne put s'empêcher de se sentir trahie par cette attitude déloyale. Elle avait passé des mois à nourrir patiemment ce chat errant, des mois ! Il ne l'avait pas laissée approcher et, maintenant, il frottait les moustaches contre les doigts de Danilo comme si c'était Olivia qui avait eu un problème, pas lui !

Danilo se releva.

— Je crois que votre chat sera très bientôt apprivoisé, dit-il. Bientôt, il sera aussi apprivoisé que la chèvre orange qui se tient sur votre rebord de fenêtre.

Il entra à grands pas dans la maison.

— Bel endroit, dit-il d'un air approbateur. Il a l'air plus grand à l'intérieur que de dehors. Les chambres sont à l'étage, n'est-ce pas ?

Il passa dans la cuisine et Olivia le suivit, anxieuse et sur la défense. Voir cet endroit par le regard d'un inconnu lui rappelait qu'il restait beaucoup à faire. Elle devait acheter tous les meubles et nettoyer l'endroit à fond ! Charlotte partait la semaine prochaine et la location de la villa prenait fin le jour d'après.

Maintenant, Danilo regardait par la fenêtre crasseuse de la cuisine et contemplait le jardin de plantes aromatiques qu'Olivia et Charlotte avaient si fièrement installé la veille.

En regardant les dalles organisées en un savant désordre et entourées par le gravier et en se souvenant de la précision du meuble de rangement en bois qu'elle avait aperçu dans son pick-up, Olivia se prépara à recevoir une autre critique cinglante.

Cependant, à sa grande surprise, Danilo sourit.

— C'est beau, dit-il d'un air approbateur. Cet air naturel fonctionne bien. Organique, en harmonie avec les environs. Vous l'avez fait vous-même ? J'aime beaucoup.

— Oui, c'est mon premier projet, dit Olivia en se sentant amadouée par ses compliments.

Alors, elle hurla.

À un bras de distance d'elle, sur le mur de la cuisine, il y avait une autre grande araignée.

— Quoi ?

Danilo se retourna brusquement, alarmé, et Olivia recula.

— Là, là, bafouilla-t-elle en pointant un doigt tremblant vers l'arachnide menaçant.

— Vous voulez que je l'enlève ? demanda Danilo d'un air incertain.

— Ne la tuez pas, je vous en prie ! supplia Olivia. Je me sens vraiment désolée pour ces créatures, mais j'en ai tellement peur ! Je veux juste qu'elle soit ailleurs !

— Je ne vais pas la tuer. Je vais juste essayer de la faire sortir.

Soigneusement, Danilo retira la chemise à carreaux qu'il portait, révélant un torse bronzé et sculptural. Il avança et inspira profondément en fléchissant les muscles comme pour se préparer à un travail difficile.

Olivia le regarda, horrifiée, figée sur place. Et si sa manœuvre échouait ? Et si l'araignée s'enfuyait à l'étage ? Elle ne pourrait plus jamais dormir dans sa ferme.

Danilo agita doucement sa chemise devant l'araignée.

Au grand soulagement d'Olivia, elle fila sur le mur et sortit par la fenêtre ouverte de la cuisine.

Olivia laissa échapper un soupir de soulagement et se rendit compte qu'elle tremblait de la tête aux pieds.

— J'ai eu si peur ! Merci.

— Aucun problème.

Danilo secoua sa chemise très soigneusement avant de se la remettre. Il consacra pas mal de temps à cette tâche.

Alors, il sortit à toute vitesse.

Peut-être en avait-il assez d'explorer la ferme d'Olivia, ou peut-être s'était-il souvenu qu'il fallait qu'il livre son meuble de toute urgence.

De toute façon, il était parti beaucoup plus brusquement qu'elle ne s'y était attendue.

— Merci, cria-t-elle.

— À bientôt, répondit-il.

Il monta dans son pick-up et partit rapidement. Olivia était perplexe.

Est-ce que, à son tour, elle l'avait offensé d'une façon ou d'une autre ? Avait-elle dit, ou fait, une chose qu'il aurait mal prise ? S'était-il mis en colère parce qu'il avait sali sa chemise en s'occupant de l'araignée ?

Elle se remémora leur conversation mais ne trouva aucune explication rationnelle.

Elle poussa un soupir et décida de passer à autre chose.

Pour l'instant, elle avait un paquet de graines viables et une seule chance de faire pousser des plants cette année.

Pousseraient-ils ou pas ? Seuls le destin, le gel et le calendrier en décideraient.

CHAPITRE ONZE

C'était la veille de la vente aux enchères et l'exploitation viticole était transformée.

Le parking avait été embelli et débarrassé de ses feuilles mortes et le hall était devenu un accueil temporaire avec un bureau en chêne poli entouré de plantes en pot et de belles compositions florales.

Olivia inhala leur odeur en se frayant un chemin autour du bureau pour entrer dans la salle de dégustation. Cette salle avait été rénovée méticuleusement, elle aussi. Même si les chaises n'y seraient installées que le jour de la vente aux enchères, les grandes tables en bois prévues pour la nourriture étaient déjà alignées contre le mur de droite, entrecoupées d'autres plantes et fleurs. Tout avait l'air propre et brillant, frotté et poli à l'extrême. L'enseigne « La Leggenda » fixée au mur du fond de la salle de dégustation brillait si fort qu'elle en était aveuglante.

Le lendemain, la salle de dégustation serait fermée l'après-midi parce qu'il faudrait la préparer pour la vente aux enchères qui commencerait à 18 heures.

Alors qu'Olivia disposait les fiches de dégustation le long du comptoir, elle se rendit compte qu'un client était arrivé en avance.

Un homme courtois aux cheveux gris qui portait une veste noire parfaitement coupée attendait à l'autre bout du comptoir.

Même s'ils ouvraient dans seulement une demi-heure, Olivia ne voulait en aucun cas éconduire une personne qui venait, enthousiaste, vivre une expérience de dégustation à La Leggenda. Elle serait très heureuse d'aider ce tout premier client.

— Bonjour et bienvenue, dit-elle avec un sourire, prenant une feuille de dégustation en se hâtant de le rejoindre. *Buon giorno.* Aimeriez-vous voir notre carte des vins ?

À sa grande surprise, l'homme lui rendit son sourire chaleureux.

— Vous devez être Olivia, dit-il. C'est un plaisir de vous rencontrer.

Elle le contempla, étonnée. Elle ne connaissait pas cet homme. Son nez pointu, ses sourcils broussailleux et sa structure osseuse anguleuse étaient caractéristiques et marquants. Qui pouvait-il être ?

— C'est moi, admit-elle. Puis-je vous demander votre nom ?

— Je m'appelle Alexander Schwarz. J'ai la chance de visiter cette merveilleuse exploitation viticole pendant quelques jours. Votre salle de dégustation est ma première escale.

Olivia eut le souffle coupé. C'était le conseiller renommé dont tout le monde attendait l'arrivée.

Son anglais était excellent, mais elle repéra un léger accent. Pas italien ; c'était autre chose. Allemand ? Autrichien ? De plus, il était beaucoup plus gentil qu'elle ne s'y était attendue, pour un expert en vin de renommée mondiale. Elle ne le trouvait pas du tout snob, même si elle ne pouvait s'empêcher d'être intimidée par un tel expert.

Son anxiété revint en force. Elle espéra qu'il lui trouverait de l'intérêt.

À ce moment, Marcello entra précipitamment dans la salle de dégustation avec un sourire charmeur.

— Ah, Alexander. Je vois que vous avez déjà trouvé notre belle sommelière en chef.

Olivia se souvint, avec un frisson d'attente, que Marcello avait dit qu'il participerait lui aussi à la dégustation. Était-ce pour cela qu'il était venu, ou allait-il annuler sa participation parce qu'il était trop occupé ?

Son cœur bondit quand Marcello tendit le bras par-dessus le comptoir, lui serra la main de son étreinte chaude et dit à Alexander :

— Il est temps que nous profitions de notre cours privé avec le maestro. Quels vins voulez-vous nous présenter ?

— J'ai préparé cinq vins différents pour cette dégustation, répondit Alexander.

— Nous devrions le faire dans le restaurant, dit Marcello.

Le cœur d'Olivia bondit à nouveau mais, cette fois-ci, ce fut pour une autre raison.

Gabriella allait être terriblement jalouse si elle la voyait participer à cette séance avec Marcello. De plus, il faudrait que Paolo s'occupe de la salle de dégustation et Gabriella serait encore plus furieuse.

Eh bien, Olivia n'y pouvait rien.

Malgré cela, elle détourna les yeux de la réception quand elle entra dans le restaurant. Elle ne voulait pas être transpercée par le regard furieux de Gabriella.

— Asseyons-nous ici, proposa Alexander en indiquant une table dans le coin.

Olivia se hâta de choisir la chaise qui tournait le dos à la salle.

Elle vit tressaillir les lèvres de Marcello et se demanda s'il avait capté la fureur qui brûlait quasiment un trou dans le dos d'Olivia. De toute façon, elle se dit qu'il avait forcément compris pour quelle raison elle avait choisi cette chaise.

— Trois sens principaux interviennent quand nous dégustons du vin, commença Alexander. Ils ont tous leur importance. D'abord, la vue, qui nous donne une bonne idée de l'âge et du type du vin. Ensuite, l'odorat, un sens primordial. Troisièmement, le goût, qui fournit aussi une autre opportunité de se servir de l'odorat. Il faut tout cela pour se former une opinion sur le vin et pour apprendre à reconnaître les saveurs que nous décrivons alors en tant qu'autres expériences auxquelles nous pouvons nous identifier, comme les fruits et les herbes, alors que nous ne mangeons pas d'herbe, d'épices, de tabac, et ainsi de suite ; la liste est longue.

Olivia hocha la tête, fascinée.

— Quand vous sentez du vin, vous sentez des centaines de nuances différentes qui vous sont transmises à mesure que l'alcool s'évapore. Chacune d'elles a un effet différent et peut affecter la saveur du vin quand on le goûte.

Alexander sourit.

— Ce qui complique les choses, c'est que deux goûteurs auront toujours une expérience différente, car tous les nez traduisent le bouquet de façon différente. Le nez d'une personne pourra sentir des pêches alors qu'une autre reconnaîtra des nectarines, mais les deux conviendront que, quand après avoir goûté le vin, elles ont repéré un fruit à noyau.

Olivia eut le souffle coupé quand le pied de Marcello toucha le sien sous la table.

Son pied appuyait contre le sien. Il était impossible que ce soit accidentel. Il flirtait délibérément avec elle et, malgré l'innocence de la manœuvre, il lui envoyait un message très clair.

Des frissons d'anticipation lui parcoururent le dos.

Quand Olivia sentit le premier vin qu'Alexander versa, un sauvignon blanc de climat froid exquis importé de France, elle se demanda si elle pourrait boire du sauvignon blanc une autre fois sans repenser à ce moment inoubliable.

*

Ce soir-là, Olivia rentra à la maison en ayant l'impression de flotter sur un nuage. Elle sentait qu'elle savait beaucoup mieux reconnaître les saveurs, ainsi que l'âge du vin, sa qualité et beaucoup d'autres choses. Elle savait qu'elle avait progressé dans son éducation. Elle était encore près du bas de l'échelle, mais assez haut pour commencer à apprécier la vue.

Bien sûr, quand le pied de Marcello puis son genou avaient appuyé contre les siens, cela avait ajouté énormément d'intérêt à l'expérience.

Le souffle coupé, elle se demanda si, un jour, ils finiraient par sortir ensemble. Avec le temps, il créerait peut-être une exception à la règle qu'il s'était imposée sur les relations sentimentales avec les employées.

Olivia était impatiente d'aller au restaurant avec Charlotte, de commander une bouteille de vin qu'elle n'avait jamais essayée et d'étonner son amie en lui montrant ses nouvelles connaissances en termes de notes de tête, de nuances et d'arômes.

— Allons-y, acquiesça Charlotte dès qu'Olivia eut passé la porte d'entrée en bondissant de joie et eut proposé de sortir.

— Je vais fermer. Passe par le potager et attire Erba avec des carottes, dit Olivia.

La chèvre adorait ce restaurant, elle aussi, mais elle manquait de savoir-vivre et avait la mauvaise habitude de manger directement la salade dans les assiettes des gens. Elle semait inévitablement le désordre et elles étaient obligées de la remmener à la maison couvertes de honte.

Les carottes occuperaient la chèvre en l'absence de ses maîtresses.

Pendant qu'elles marchaient vivement sur la route, Olivia ravit Charlotte en lui racontant les aventures de sa journée.

Cependant, quand elles atteignirent le restaurant, elles ralentirent et contemplèrent avec étonnement les rangées de SUV étincelants et de voitures de sport qui, très mal garées, bloquaient presque la route.

— Que se passe-t-il ? demanda Olivia.

Quand elles descendirent le chemin pavé, la propriétaire se précipita vers elles. D'habitude très joyeuse et souriante, cette femme aimable d'âge mur avait l'air stressée ce soir.

— Ciao, mes belles amies, ciao. Je suis vraiment désolée. Nous affichons complet, avec beaucoup de gens qui attendent au bar.

— Que se passe-t-il ? demanda Olivia, perplexe.

D'habitude, ce soir-là de la semaine, il n'y avait pas autant de monde. La propriétaire agita les bras.

— Beaucoup de gens sont arrivés en ville pour assister à la vente aux enchères de demain soir et on dirait qu'ils sont presque tous venus ici.

Elle baissa la voix.

— Ce sont des étrangers, très différents des gens du coin. Vraiment impolis ! Avons-nous du salami importé ? Importé d'où ? Nous utilisons le meilleur *salame* de Milan !

Elle leva les yeux au ciel. Olivia hocha la tête avec compassion.

— Pas de problème, dit-elle pour rassurer la propriétaire, qui repartit alors s'occuper de ses clients en toute hâte.

Olivia entendit la conversation flotter jusqu'à elle sur la brise et comprit quelques phrases.

— J'ai agrandi ma cave parce que j'ai acquis quelques autres bouteilles très prisées. Ça m'a coûté deux cent mille dollars, car ils ont dû faire exploser de la pierre massive. Est-ce la pizza qui est censée être si renommée ? Par rapport à celle que nous avons mangée à Milan et qui avait plusieurs étoiles sur le Michelin, elle n'a pas l'air formidable.

Olivia reconnut une voix traînante typiquement américaine et, quand elle tendit le cou, elle vit l'homme qui avait parlé, un brun corpulent avec des lunettes à monture dorée. Elle poussa un soupir. Ses compatriotes devraient éviter de se donner en spectacle et d'être tapageurs et odieux en public.

Il n'était pas le seul. Elle entendit un accent français arriver d'ailleurs.

— Oui, nous allons au Grand Prix cette année. Nous avons des sièges VIP au premier rang, bien sûr, et un accès VIP au stand de ravitaillement. Garçon ! Ce vin est imbuvable. Je crois que qu'il a goût de bouchon. Vous ne savez pas gérer votre cave ? Apportez-moi une autre bouteille.

Qui était cet homme maigre qui perdait ses cheveux ? se demanda Olivia. Était-il dans l'industrie du vin ou était-ce juste son passe-temps ?

Alors, elle tourna brusquement la tête quand elle entendit quelqu'un d'autre dire :

— Eh bien, Harold et moi, nous avons envisagé de vendre notre maison de Londres, mais elle est si bien située ! Si nous habitions en permanence à Marbella, dans notre manoir de front de mer, ce serait un problème pour les excursions au ski ainsi que pour les voyages internationaux.

La femme blonde qui s'était exprimée avec cet accent britannique snob portait un haut sans bretelles qui mettait en valeur ses bras très bronzés et bien musclés. Elle avait passé l'un d'eux autour de l'épaule de son mari. Il tirait sur un cigare, dont la fumée s'élevait en formant des volutes vers la pancarte Non-Fumeurs affichée au mur au-dessus de leur table.

Olivia en avait assez entendu et, d'après son expression, Charlotte aussi.

— Partons, proposa-t-elle.

Quand elle se détourna, Olivia ne put s'empêcher de se sentir anxieuse parce que, le lendemain, ces personnes déplaisantes convergeraient vers l'exploitation viticole. Cette vente aux enchères allait être une expérience plus difficile qu'elle ne l'avait pensé.

— Il y a deux bouteilles de vin dans le réfrigérateur, dit Charlotte, ce délicieux vermentino que nous avons acheté au marché et le sauvignon blanc que nous avons trouvé chez le marchand de vins. Tu pourras démontrer tes compétences en dégustation avec eux.

Elles firent demi-tour et reprirent le sentier entre les parterres tranquilles, soulagées de n'entendre que le sifflement de l'irrigation.

— Il y a des pâtes dans le placard, se souvint Olivia.

— Il y aussi ces palourdes fraîches que j'ai achetées au marché aujourd'hui. Cela faisait longtemps que nous disions que nous devrions préparer des pasta vongole. Nous avons tous les ingrédients, notamment le persil, l'ail et les piments, et nous pourrions y ajouter quelques tomates écrasées. C'est notre chance, acquiesça Charlotte. C'est le plat idéal pour finir le vin restant.

— C'est quoi, le vin restant ? demanda Olivia en plaisantant.

Elles éclatèrent de rire.

— Avant de commencer le dîner, faisons la dégustation, décida Charlotte.

Elle sortit les deux bouteilles du réfrigérateur et plaça deux verres devant Olivia.

— Je crois que tu devrais faire une dégustation à l'aveugle, décida Charlotte. Je vais chercher une écharpe. Ne lis pas les étiquettes pendant que je suis partie !

Elle courut dans la chambre et Olivia regarda par terre, résolue à ne pas jeter le moindre coup d'œil à une des bouteilles, au cas où elle repérerait accidentellement un détail susceptible de l'aider.

— Voilà !

Charlotte lui passa une écharpe noire argentée.

— Mets-la autour des yeux.

Olivia serra l'écharpe si fort qu'elle ne voyait pas le moindre rayon de lumière.

— Passe-moi le premier verre, dit-elle.

Elle entendit le son d'une bouteille que l'on ouvrait et du vin que l'on versait. Alors, un verre toucha ses doigts tendus.

— Voilà !

Épaulée par l'assurance que sa séance de la journée lui avait apportée, Olivia inhala le bouquet du vin et l'analysa soigneusement avant de le siroter.

— C'est un très bon sauvignon blanc, affirma-t-elle avec autorité. Je repère des saveurs herbacées fortes et des nuances d'agrume.

— Très bien, dit Charlotte pour la complimenter. C'est en grande partie ce que dit l'étiquette. Aimerais-tu boire un peu d'eau avant de goûter le suivant ?

— Oui, s'il te plaît.

Olivia avait appris que le pain était ce qu'il y avait de plus efficace pour s'éclaircir le palais, mais elle était sûre que, avec seulement deux vins à goûter, l'eau suffirait.

Elle sirota le verre d'eau que Charlotte lui tendait puis l'écouta verser le vin suivant.

Quand Olivia inhala l'arôme, elle fronça les sourcils. Elle goûta le vin et sentit son assurance s'évaporer. Ce n'était pas ce qu'elle avait attendu de la part d'un vermentino, qui avait une finale amère caractéristique ou, de temps à autre, comme Alexander l'avait expliqué, une nuance d'amandes fraîches.

Qu'arrivait-il à son palais ? Pourquoi n'arrivait-elle pas à identifier les saveurs et les nuances de base qui caractérisaient ce vin de cépage délicieux et distinctif ?

— Euh, dit-elle.

Elle n'arriverait peut-être jamais à devenir sommelière.

Pourquoi ce vermentino avait-il exactement le même goût qu'un sauvignon blanc ?

Olivia trouva brusquement la réponse et se rendit compte qu'elle n'avait pas entendu de deuxième bouteille s'ouvrir.

— Charlotte ! s'exclama-t-elle. Tu essaies de me rouler !

Elle s'arracha le bandeau et vit son amie éclater de rire de l'autre côté de la table, la bouteille de vermentino en main, encore bouchée.

— Je n'ai pas pu résister à la tentation ! bredouilla-t-elle pendant qu'Olivia commençait à rire elle aussi, car la joie de Charlotte était contagieuse. Tu as brillamment réussi. Ils devraient t'augmenter, à La Leggenda. Quelle sommelière exceptionnelle !

— Je déclare que cette dégustation à l'aveugle est un succès total, entièrement grâce à la rapidité de réflexion de la dégustatrice, dit Olivia en souriant. Mangeons.

Elle remplit deux verres du sauvignon blanc pendant que Charlotte rassemblait les ingrédients.

Des arômes délicieux se répandirent pendant qu'elle faisait rapidement revenir l'ail, les piments et la tomate dans de l'huile d'olive avant d'y ajouter les palourdes bien rincées et une dose généreuse de vin.

Olivia n'aurait rien pu imaginer de plus agréable que ce repas préparé à la maison, dans cette belle villa, en compagnie de son amie. C'était le dîner idéal avant le stress du lendemain.

Elle espérait que rien n'irait mal le lendemain et que rien ne gâcherait cette vente aux enchères soigneusement préparée.

Pourtant, elle ne pouvait s'empêcher de craindre que quelque chose ne dérape, en présence de tant d'individus qui se croyaient tout permis et qui avaient tous l'habitude d'obtenir exactement ce qu'ils voulaient.

CHAPITRE DOUZE

L'après-midi du lendemain, La Leggenda était en effervescence. Tout le monde se préparait frénétiquement pour l'événement.

Les chaises avaient été livrées tard et Marcello et Antonio se dépêchaient de placer les sièges luxueux et tapissés en rangées organisées et similaires, pas trop proches les uns des autres, car les riches aimaient avoir de l'espace. La salle de dégustation était pleine de bruits de toutes sortes et de conseils criés par Marcello et Antonio, qui travaillaient ensemble. Peu après avoir commencé à les aider, Olivia s'était rendu compte que rien ne se faisait en silence quand plusieurs membres d'une même famille italienne travaillaient ensemble.

Olivia allait précipitamment çà et là, emmenant les plats de nourriture du restaurant aux tables de la salle de dégustation. Ce n'était pas là où elle aurait voulu travailler, mais il fallait bien que quelqu'un aide avec la nourriture et elle était la seule à être disponible.

Les élégants plateaux de canapés avaient l'air appétissants. Gabriella avait choisi de créer un buffet international plutôt que traditionnellement italien. Olivia pensait que c'était une bonne idée, car leurs clients venaient de tous les coins du monde.

Alors qu'elle attendait les plateaux colorés de sushis avec le saumon rose vif, le thon rouge profond et l'avocat vert vif, elle se dit qu'elle aimerait bien un peu de conversation amicale, mais Gabriella travaillait dans un silence absolu et regardait tout juste Olivia quand elle vérifiait chaque plateau.

Olivia alla chercher un autre plateau de mets fins : des brochettes de gambas cuites dans du miel et de l'ail et des mini-burgers de homard avec des tranches généreuses de viande coincées entre des petits pains brun doré aux graines.

— Attendez, lui dit Gabriella. Vous pouvez aussi emporter le plateau avec les biscuits salés au caviar.

Même si Olivia n'aimait pas Gabriella, elle devait admettre qu'elle s'était mise en quatre. Sur les crackers parfaitement dorés, il y avait une écaille de feuille d'or, une branchette de roquette et un tas somptueux de caviar noir.

Olivia était convaincue que la nourriture satisferait les attentes élevées des clients.

Elle plaça les plateaux sur la table et repartit à l'endroit où Gabriella finalisait un autre chef-d'œuvre : des tranches de ciabatta dorée surmontées de bœuf wagyu, un mets rare, de mayonnaise aux truffes et de pecorino râpé.

Avec des pinces, Gabriella ajoutait un brin de cresson sauce moutarde à chaque bouchée.

— Nous sommes en retard, dit-elle d'un ton agacé. J'entends les premiers clients qui arrivent.

Olivia écouta et entendit des voix, des salutations chaleureuses, fortes et pleines d'assurance. Le raclement des chaises sur le sol s'était arrêté. On pouvait espérer que les sièges étaient en place et que la salle de dégustation était organisée à la perfection.

— Marcello s'occupera d'eux. Il sert le champagne, dit-elle à Gabriella pour la rassurer, mais elle se rendit compte trop tard que prononcer le nom de Marcello ne ferait que plonger Gabriella dans une humeur encore plus noire.

Gabriella jeta un regard noir à Olivia, poussa vers elle les plateaux de bruschetta aux poires rôties à la cannelle puis prit les deux derniers plateaux d'œufs de caille à la diable.

— J'aurai besoin qu'on me laisse préparer les desserts sans m'interrompre, dit-elle sèchement.

Olivia comprit qu'elle venait de lui intimer l'ordre de sortir de sa cuisine.

Alors qu'ils plaçaient les derniers plateaux sur la table, décorés de compositions colorées de roses et de gardénias, et y posaient aussi les livres d'Alexander à l'autre bout, les premiers invités commencèrent à se diriger impatiemment vers le buffet.

— Tu sais, Vernon, je suis venu acheter le vieux tonneau de vin pour embellir ma nouvelle cave agrandie. J'espère que cet événement commencera à l'heure, car je reprends l'avion pour Londres juste après. Mon jet privé m'attend. Sur quoi comptes-tu faire une offre ?

L'homme qui parlait était l'Américain costaud qu'elle avait entendu la veille au soir. Olivia se souvint non sans agacement qu'il s'était vanté des rénovations ridicules de sa cave à vin tout en insultant la pizza.

Olivia refusait que l'on manque de respect à cette pizza. Elle était excellente et, si quelqu'un d'autre ne le pensait pas, c'était son problème, pas celui de ces mets délicieux parfaitement dorés, à la pâte croustillante et généreux en tomates et en fromage de qualité supérieure.

— Eh bien, Patrick, je vais faire une offre sur l'article principal. J'ai prévu un lancement très intéressant.

Olivia se retourna brusquement, sentant son cœur accélérer.

Elle reconnaissait cette voix. Elle savait qui était cet homme. Son nom, Vernon, lui avait rappelé quelque chose, mais sans qu'elle puisse retrouver quoi.

Horrifiée, elle se retrouva face à Vernon Carrington, ex-PDG de Valley Wines.

Cet homme mince et charmant, qui l'avait toujours fait penser à un serpent, la regardait dans les yeux. Olivia eut le souffle coupé. Elle se dépêcha de baisser la tête. Ils avaient participé à quelques réunions ensemble. Il la reconnaîtrait sûrement s'il la regardait assez longtemps.

Toutefois, en ce lieu, elle était hors contexte. Elle travaillait dans une exploitation viticole italienne et elle avait les cheveux attachés en arrière. Il ne s'attendait sûrement pas à la voir et elle pourrait lui échapper si elle faisait attention.

Vernon Carrington était ici ?

Pourquoi ?

Elle n'aurait pas cru que l'homme dont l'esprit malintentionné avait inventé le concept de la lavasse acide de Valley Wines sache faire la différence entre le vin rouge et le vin blanc et encore moins entre le chardonnay et le sauvignon blanc.

S'il était venu faire une offre pour cet objet de collection inestimable, il devait avoir une intention malfaisante. Quelle pouvait-elle être ?

Olivia voulait le savoir. Si elle lui tournait le dos, elle pourrait espionner ce qu'il disait à Patrick, qui était clairement une connaissance professionnelle.

— Je vais lancer un nouveau projet, similaire à mon dernier.

Olivia inspira brusquement, horrifiée. Le monde allait devoir supporter d'autres horreurs façon Valley Wines ?

— Cependant, depuis la dernière fois, j'ai appris ma leçon, poursuivit Vernon de la voix mielleuse qu'Olivia connaissait si bien.

Olivia sentit son estomac se dénouer un peu. S'il avait appris sa leçon, cela devait être une bonne chose, n'est-ce pas ?

— D'abord, expliqua Vernon, je me sépare de Kansas Foods et je travaille indépendamment. Ensuite, je déménage mon usine de fabrication des États-Unis. Cette maudite intervention de l'Agence américaine des produits alimentaires et médicamenteux m'a vraiment causé de gros problèmes. Ces laquais gouvernementaux avides de pouvoir se mêlent de tout ! Je suis sûr qu'ils ont mis ce rat eux-mêmes dans la cuve. Il y a beaucoup d'autres pays qui favorisent beaucoup plus les entrepreneurs et où les autorités savent fermer les yeux si on y met le prix.

Il baissa la voix et Olivia eut du mal à entendre ses derniers mots. Que disait-il ? Il recommençait comme avant mais, cette fois-ci, il s'assurait que personne ne découvre à quel point son vin était mauvais.

Elle se rapprocha discrètement, car elle voulait désespérément savoir ce qu'il prévoyait.

— De toute façon, poursuivit Vernon plus fort, je vais positionner ce nouveau vin comme un produit plus haut de gamme, pour gagner plus. Quand j'aurai acheté cette bouteille ce soir, ça fera partie de l'histoire de ma marque et ça convaincra les acheteurs que je m'intéresse au patrimoine et à la qualité. Ils penseront que j'ai une ascendance riche et noble.

Convaincre ? Olivia faillit s'étouffer de rage. Il allait utiliser cette bouteille prestigieuse pour faire croire à son histoire mensongère ?

Jamais elle ne l'aurait permis si elle avait été en charge du compte, jamais !

Cependant, comprit Olivia, Vernon pourrait bien ne pas dire la vérité à sa nouvelle agence publicitaire. Après tout, il ne lui avait pas dit la vérité, à elle.

Alors, de derrière elle, elle entendit la voix furieuse de Gabriella.

— Olivia, que faites-vous là ? Nous avons besoin de vous en cuisine. Nous sommes prêts à servir les profiteroles au chocolat et les mini-cheesecakes aux baies.

À cause de la réprimande impossible à ne pas entendre de Gabriella, elle se retourna vers Vernon.

Cette fois-ci, la combinaison entre son visage et son nom rafraîchit la mémoire à ce dernier et, horrifiée, Olivia vit qu'il l'avait reconnue.

— Olivia Glass ? demanda-t-il, surpris. Quelle coïncidence. Je parlais justement de Valley Wines. Je ne m'attendais pas à vous voir ici. Dirigez-vous des campagnes publicitaires pour un de ces acheteurs ?

La panique monta en Olivia quand elle vit Gabriella se rapprocher de la même façon qu'elle. Il était clair que la directrice du restaurant avait compris qu'un scandale juteux allait peut-être faire son apparition.

— Contente de vous voir, moi aussi, répondit Olivia avec un enthousiasme forcé. En fait, je travaille pour l'exploitation viticole.

Désirant fortement détourner la conversation, elle poursuivit.

— Il y a des vins étonnants à la table de dégustation. Je vois que vous avez fini votre champagne. Puis-je vous présenter nos crus ?

Cependant, Vernon refusait qu'elle détourne la conversation. En s'exprimant de façon à être entendu, il expliqua la situation à Patrick.

— Olivia travaillait pour l'agence de publicité que nous utilisions. C'est elle qui a donné accès au marché à Valley Wines et elle l'a fait avec excellence. La marque a obtenu un succès extraordinaire en peu de temps.

Vernon lui adressa un sourire plein de fausse compassion.

— Je suppose qu'on vous a licenciée après que l'Agence américaine des produits alimentaires et médicamenteux s'est acharnée si injustement sur mon usine. Personnellement, je pense que c'est un concurrent qui a essayé de se débarrasser de moi. Tout le monde fait des économies, n'est-ce pas ? C'est la règle du jeu.

Olivia se sentait figée par l'horreur. Cette situation lui échappait entièrement. Le pire, c'était que Gabriella avait l'air plus joyeuse que jamais.

— Il faut que j'y aille, dit Olivia d'une petite voix. Bonne vente aux enchères. Bonne chance avec vos offres.

C'était fini. Son secret avait été révélé au pire moment imaginable. Elle perdrait son travail ici, elle en était sûre. Pire encore, Marcello serait très déçu qu'Olivia ne lui ait pas avoué le rôle diabolique qu'elle avait joué en assurant la promotion du pire vin qui soit au monde.

Quand elle imagina sa déception, elle eut l'impression qu'on lui plantait un couteau dans le cœur.

Elle se détourna et repartit à la cuisine en traînant les pieds, entendant les talons hauts de Gabriella cliqueter avec résolution derrière elle.

— Eh bien ! dit Gabriella dès qu'elles se retrouvèrent seules dans la cuisine.

Olivia ne savait pas quoi répondre. Elle attendit que Gabriella remmène Olivia de force dans la salle de dégustation et annonce la nouvelle désastreuse à tout le monde.

Cependant, Gabriella se contenta de lui adresser un sourire sournois et entendu.

Le cœur serré, Olivia se rendit compte que Gabriella appréciait de savoir quelque chose sur elle et de garder le secret jusqu'à ce qu'il soit temps de le dévoiler.

Quand Olivia eut compris que Gabriella attendait le moment le plus dévastateur possible pour révéler la vérité, elle eut encore plus peur de ce qui risquait de se passer dans l'avenir.

CHAPITRE TREIZE

Olivia ramassa les derniers plateaux de petits fours, qui avaient été glacés en couleurs pastel brillantes, et les macarons aux couleurs vives. Elle les porta sur les tables de nourriture et les plaça à côté des mini-gâteaux au chocolat.

Même si ce buffet de desserts avait l'air appétissant, Olivia se sentait très mal. Comme Vernon l'avait reconnue au pire moment imaginable, sa rivale bien coiffée connaissait son secret inavouable.

Olivia ne pouvait rien faire pour l'empêcher de le révéler.

Elle devinait que Gabriella n'allait pas se presser. Après tout, si elle attendait, cela lui donnerait plus de temps pour jubiler. Cependant, elle pourrait révéler la vérité n'importe quand.

L'espace d'un instant, Olivia espéra vainement que Gabriella oublie tout simplement ce qu'elle avait entendu.

Aucune chance, se dit-elle, sachant que la directrice du restaurant avait gravé chaque mot de cette conversation dans sa mémoire.

Olivia décida qu'elle avait un besoin urgent de vin.

Elle se dirigea vers le magnifique buffet disposé le long du comptoir de la salle de dégustation. Les bouteilles étaient présentées par sections. Chaque bouteille avait une description du vin dans un cadre doré et plusieurs verres pleins à côté.

Nadia s'occupait du buffet des vins, courant d'une section à l'autre pour fournir des verres pleins aux clients et en remplir d'autres. Paolo avait pour tâche d'enlever les verres vides. Il travaillait presque aussi vite qu'elle.

Olivia choisit un verre du fameux assemblage Miracolo. C'était ce dont elle avait besoin maintenant. D'un miracle.

Elle s'écarta rapidement quand la femme blonde qu'elle avait vue la veille au restaurant se dirigea tout droit vers le buffet. Elle portait une robe scintillante et beaucoup de maquillage. Son mari la suivait, magnifique dans son smoking.

Poussant Olivia de l'épaule, elle prit deux verres de Miracolo.

— Essaie ça, Harold, ordonna-t-elle à son mari. C'est censé être très connu.

Elle sirota et grimaça.

— C'est très sec. Auriez-vous de la limonade ? demanda-t-elle à Nadia en criant. *Scusi, senorita. Limonado ?*

Olivia eut de la peine pour Nadia quand elle la vit tendre une petite canette de limonade à la femme sans dire un mot. Elle voyait que la viticultrice était obligée d'en appeler à toute sa retenue pour rester calme.

— Espérons que cet événement ennuyeux ne prendra pas trop longtemps et que nous pourrons rentrer à la maison avec le vin spécial, poursuivit la blonde. D'après les photos, il ira parfaitement dans notre salle à manger. Je crois que nous pourrons l'afficher dans un cadre, à côté de notre toile de Jenny Saville. Ça fera beaucoup parler nos clients.

Elle ajouta de la limonade à son verre de vin jusqu'au bord.

— Comme ça, nous battrons Brian et Michelle, avec cette vieille bouteille de whisky qu'ils ont achetée l'été dernier.

Décidant qu'elle ne pouvait supporter d'en entendre plus, Olivia s'éloigna.

Alors, avec effroi, elle entendit la voix mielleuse de Vernon se détacher du brouhaha ambiant. Il se tenait au stand d'à côté, où le cabernet sauvignon était présenté.

— Je sens des notes de tête de citronnelle et de jasmin, annonça-t-il à Patrick.

Il était expert en vins ? Comment cela se pouvait-il ?

Olivia se sentit désemparée à l'idée qu'une personne qui aimait vraiment le vin puisse délibérément vendre une saloperie toxique de bas étage. Il l'avait fait avec Valley Wines et comptait recommencer, en pire, et là, il jouait l'expert ?

Quelle absurdité !

Elle entendit quelqu'un se racler poliment la gorge.

— Je ne crois pas, *signor*, dit quelqu'un d'une voix polie pour corriger Vernon.

Alexander, avec ses cheveux gris impeccablement coiffés et sa veste de smoking noire élégante, avait rejoint Vernon à la section de dégustation.

Visiblement, l'expert avait été incapable de se retenir de formuler son opinion.

— Les saveurs principales de ce cru sont des fruits noirs distinctifs, expliqua Alexander, poliment mais fermement. Les fortes notes de pêche et de cerise noire sont presque entêtantes, mais très habilement équilibrées par de la vanille et juste un soupçon de poivre noir. C'est un vin de qualité exceptionnelle.

Vernon le contempla d'un air stupéfait.

Olivia voyait qu'il était vexé par ces critiques.

Il répondit d'une voix encore plus mielleuse et caressante que d'habitude, mais elle avait une résonance qui fit se tourner quelques-unes des têtes les plus proches.

— En tant que PDG d'une société de premier plan, j'ai l'habitude que l'on respecte ce que je dis, vieil homme, répliqua-t-il. J'imagine que vous vous prenez pour un expert. J'aimerais vous rappeler que la dégustation du vin est entièrement une affaire d'opinion.

— Non, répondit Alexander, dont la voix comportait maintenant un agacement sous-jacent. Il faut entraîner le palais pour détecter les saveurs prédominantes mais, quand le palais est prêt, ces saveurs sont sans ambiguïté.

Vernon rit.

— C'est de l'opinion, vieil homme. La mienne vaut la vôtre. En fait, elle vaut plus que la vôtre parce que je suis ici pour acheter la grosse bouteille. Pas vous, ça se voit.

Il rit.

Olivia se mit une main sur la bouche. Elle ne s'était jamais rendu compte que Vernon se sentait insulté aussi facilement, ou qu'il pouvait répliquer avec une telle violence.

Visiblement, Alexander en avait assez.

Il se détourna, mais Vernon l'attrapa par l'épaule et le tira en arrière.

— Goûtez ça, mon vieux.

Il agita le verre et quelques gouttes de vin éclaboussèrent le menton à Alexander.

— Je vais vous dire quel goût ça a. Ça a le goût de ferme ta gueule et occupe-toi de tes affaires.

Il lâcha la veste à Alexander et s'éloigna d'un pas raide. Patrick le suivit en éclatant de rire.

Olivia vit un éclair de fureur authentique traverser le regard d'Alexander.

Nadia, qui avait elle aussi assisté à cette altercation, abandonna son poste au comptoir de dégustation et se précipita vers Alexander.

— Olivia, prends ma place, s'il te plaît, supplia-t-elle, clairement bouleversée que leur invité principal ait dû supporter une telle insulte. Maestro, suivez-moi. Je vois qu'il y a une tache sur votre chemise. Nous allons la rincer immédiatement pour qu'elle ne s'incruste pas. Antonio a beaucoup de chemises élégantes, il les collectionne mais ne les porte jamais. C'est son obsession ! Pouvons-nous vous en prêter une à votre goût ?

D'un air protecteur, elle fit sortir Alexander de la salle.

Quand elle passa devant Olivia, Nadia marmonna furieusement à voix basse.

— *Bastardo !* l'entendit siffler Olivia en se dépêchant d'aller prendre sa place derrière le comptoir.

Le français qui perdait ses cheveux et qu'Olivia avait entendu se plaindre du vin du restaurant alla au comptoir de dégustation. Olivia le regarda nerveusement choisir un verre du stand de chardonnay.

Toutefois, le Français paraissait distrait. Il conversait à voix basse avec un autre homme qui, devina Olivia, devait faire partie de son personnel, car il disait tout le temps « Oui, monsieur ».

— Il est essentiel que nous achetions cette bouteille ce soir, expliqua le Français.

— Oui, monsieur, acquiesça l'autre homme en hochant vigoureusement la tête.

— Ce sera un progrès énorme pour notre magasin d'antiquités, expliqua l'homme. Cette vente aux enchères a été mal préparée, à trop brève échéance. C'est typiquement italien, mais ça nous fournit une opportunité. Si le prix de base est modeste, et je crois qu'il le sera, nous pourrons revendre cette bouteille deux fois le prix que nous l'aurons payée. J'ai déjà averti des collectionneurs privés, qui sont intéressés. L'un d'eux a fait une offre définitive.

— Oui, monsieur.

— Vous n'avez pas oublié notre stratégie, hein ? Vous commencez la guerre et vous restez dans la course jusqu'à ce que je vous adresse un hochement de tête. Alors, après ça, j'interviens. Comme je serai un nouvel enchérisseur et que je ferai des offres élevées, je prédis que nos ennemis se laisseront intimider et abandonneront.

— Oui, monsieur.

Ils s'éloignèrent et Olivia se demanda quel serait l'aboutissement de cette vente aux enchères. Il semblait y avoir beaucoup de gens intéressés par cette bouteille, pour beaucoup de raisons différentes.

À ce moment, un coup de marteau la fit sursauter.

Dans la salle, les conversations s'arrêtèrent peu à peu.

Marcello avait pris sa place au podium.

— Avez-vous tous vos cartes d'enchérisseur ? Veuillez lever la main si vous avez besoin d'aide.

Quand deux mains se levèrent, Olivia vit les invités se jeter des coups d'œil d'aversion et de méfiance.

Une certitude désagréable envahit Olivia. Cette vente aux enchères allait être exactement ce que le Français avait dit : une guerre.

CHAPITRE QUATORZE

— Sommes-nous prêts ?

Marcello ouvrit le catalogue papier et le lut.

Même si sa voix grave était parfaitement neutre et son apparence irréprochable, Olivia voyait qu'il avait l'air beaucoup plus grave que d'habitude. Dans ses yeux bleu profond, il n'y avait plus aucune étincelle. C'était un événement douloureusement nécessaire qui fournirait à cette famille l'argent dont elle avait tellement besoin, mais aussi une perte grave sur le plan émotionnel.

Olivia jeta un coup d'œil à la porte latérale. Alexander était de retour, avec une chemise propre. Derrière lui se tenait Nadia, qui se tordait les mains, visiblement incapable de contrôler la consternation que lui inspirait ce qui allait se passer.

Même si certains des souvenirs de La Leggenda étaient à vendre, la vente aux enchères présentait aussi plusieurs objets de collection venant d'exploitations viticoles voisines, car La Leggenda avait ouvert la vente aux enchères à d'autres exploitations par esprit de coopération.

— Article un : un tonneau en chêne de vin antique, acheté comme objet de collection par le fondateur de La Leggenda.

Les enchères commencèrent vivement. Les viticulteurs locaux bataillèrent jusqu'à ce que le prix soit trop élevé. Alors, Patrick, l'ami de Vernon, se jeta dans la mêlée avec une offre importante. À la grande déception d'Olivia, il remporta le tonneau. Visiblement content de lui-même, il remplit le bulletin d'expédition avant de vérifier quelle heure il était et de sortir en toute hâte.

— Article deux : un tire-bouchon en cuivre de la fin du dix-neuvième siècle, en parfait état.

Pendant que la vente aux enchères continuait, Olivia fut soulagée de voir le caractère naturel de Marcello et son art de la mise en scène prendre le dessus. Il accomplissait son travail avec plaisir, fournissait des informations intéressantes sur les articles et faisait montre de son sens de l'humour caractéristique.

À son tour, le public se faisait plus animé, applaudissait et poussait des cris de joie quand le marteau s'abattait et Olivia commençait à se rendre compte qu'il s'agissait d'un événement très distrayant. Même si les exploitations viticoles locales se séparaient d'objets historiques, ces objets allaient se retrouver chez de nouveaux propriétaires qui allaient leur attacher de l'importance et les apprécier. Elle vit avec ravissement la joie qui brillait dans les yeux de la femme qui venait de remporter une magnifique peinture à l'huile d'une vigneronne au travail. Olivia savait sans aucun doute que cet article spectaculaire serait fièrement présenté chez elle.

Alors, le silence se fit.

Il était temps de mettre aux enchères l'article numéro vingt-et-un, l'atout de la vente aux enchères : la bouteille rare de Brunello di Montalcino.

Quand Marcello annonça le dernier article, ce fut d'une voix dépourvue de toute joie.

Par contre, Olivia vit que les enchérisseurs potentiels étaient alertes, avaient les yeux brillants et se tenaient prêts à utiliser leurs cartes.

Nadia apporta la bouteille dans l'exploitation viticole en la tenant avec un soin attendri. Quand elle se rendit au podium pour la montrer, tous les yeux la suivirent. Olivia se rendit compte qu'elle n'arrivait pas à détourner le regard de ce cru noble et ancien avec son verre foncé et son étiquette jaunie.

— À combien commence-t-on ? demanda Marcello d'une voix atone.

— À dix mille dollars, cria quelqu'un du fond de la pièce.

La blonde britannique leva nonchalamment sa carte.

— Quinze, annonça-t-elle.

— Vingt, proposa l'employé « Oui, Monsieur » avec un coup d'œil anxieux vers son patron.

Avec une expression de dégoût, Vernon leva sa carte.

— Arrêtez de la jouer petit, les gars. Je propose cinquante.

Cinquante mille dollars ?

Olivia grimaça en l'imaginant remporter la bouteille. Elle ne serait pas utilisée dans un but noble, mais pour créer une histoire mensongère qui servirait à écouler un mauvais vin de qualité très inférieure. Elle était sûre que ce n'était pas ce que le viticulteur d'origine avait voulu ! Elle regarda anxieusement autour d'elle.

— Soixante, proposa la blonde en envoyant un regard noir à Vernon.

Olivia fut remplie de soulagement.

— Soixante-dix, cria l'employé du Français.

— Quatre-vingts !

Olivia ne voyait pas celui qui venait de parler, mais il était au fond de la salle.

— Quatre-vingt-dix, cria un autre inconnu de l'autre côté.

Olivia ne pouvait pas croire que ces gens soient prêts à débourser une telle somme. Elle n'avait jamais imaginé que les enchères monteraient aussi haut. Marcello lui avait dit qu'ils espéraient quatre-vingt mille, mais auraient été satisfaits de toute somme supérieure à cinquante mille.

On pouvait espérer que cet argent les aiderait à accepter d'avoir dû se séparer de cette bouteille.

— Cent, poursuivit la blonde après quelques mots de discussion avec son mari.

Il était clair que, pour acquérir un objet de collection susceptible de battre la bouteille de whisky de Brian et Michelle pendant les dîners en société, il valait la peine de payer n'importe quel prix.

Il y eut un silence.

— Cent mille dollars. Une fois.

Marcello regarda dans la salle.

— Cent vingt. Que les pauvres rentrent à la maison, maintenant, et qu'ils laissent les enchères à ceux qui ont les moyens.

La voix mielleuse de Vernon fit remonter les enchères. Il avait prononcé ces mots méprisants en souriant et en jubilant, content de lui-même. Il considérait visiblement que la victoire, sous forme de la précieuse bouteille, lui appartenait déjà.

Olivia constata avec inquiétude que les autres enchérisseurs se laissaient intimider par ses insultes. Il fallait que quelqu'un d'autre remporte cette bouteille. Il le fallait !

— Une fois. Deux fois, dit Marcello.

Olivia tordit les doigts. Elle voulait désespérément que quelqu'un d'autre renchérisse.

— Cent quarante, proposa l'employé du Français.

Olivia tomba presque de sa chaise, soulagée. Elle remarqua qu'il avait échangé le hochement de tête convenu avec son patron. Le Français pensait clairement qu'il était temps qu'il intervienne pour gagner la guerre.

— Deux cents, cria l'enchérisseur du fond de la salle.

Olivia se retrouva bouche bée. Deux cent mille dollars ?

— Deux cent dix, annonça le Français avec assurance.

À présent, la blonde et son mari semblaient être en désaccord.

— Deux cent vingt, cria-t-elle avant qu'ils reprennent leur débat animé à voix basse.

— Deux cent trente ! dit la voix du fond de la pièce, apparemment aux abois.

— Deux cent quarante, dit le Français.

Marcello jeta un coup d'œil à la blonde. Son mari secoua fermement la tête.

— Deux cent quarante mille dollars, dit Marcello. Une fois. Deux fois.

Vernon se racla la gorge et Olivia frissonna, horrifiée.

— Trois cents, dit-il calmement en se retournant pour que tous les spectateurs voient son sourire arrogant. Vous autres, vous pouvez remballer vos affaires et rentrer chez vous. Je veux cette bouteille et, quoi que vous proposiez, je proposerai plus. Je suis parti pour la remporter et je n'ai pas peur, contrairement à vous autres.

Un silence choqué s'ensuivit.

Nadia inspira brusquement. Elle avait l'air furieuse.

Alexander fulminait.

— Une fois. Deux fois. Vendu, pour trois cent mille dollars à l'enchérisseur à ma droite.

La voix de Marcello était morne de désespoir.

Le marteau s'abattit bruyamment.

*

Quand elle arriva à l'exploitation viticole le lendemain, Olivia sentit l'ambiance dès qu'elle entra. La colère et la morosité semblaient remplir tout l'espace de la salle de dégustation.

Marcello et Antonio retiraient les dernières chaises pendant que Nadia nettoyait le comptoir, essuyant les taches et les gouttes de la veille au soir. Personne n'avait eu le courage de nettoyer les lieux après l'offre spectaculaire et victorieuse de Vernon. Une sensation de déception s'était installée et la plupart des clients étaient partis peu après.

— Bonjour, dit-elle doucement.

Marcello posa la pile de chaises qu'il portait et alla la rejoindre.

— Bonjour. Merci d'avoir autant travaillé hier soir. Ça a été un grand succès, du moins sur le plan financier.

Il lui passa un bras autour de la taille et l'embrassa sur les joues.

Grâce à cet accueil, Olivia accepta un peu mieux le triste dénouement de la vente aux enchères. Elle espéra que Marcello s'en était un peu réjoui, lui aussi.

— Avons-nous le paiement ? demanda Nadia d'un air soupçonneux, comme si elle ne s'attendait pas à ce que Vernon respecte sa parole.

Marcello hocha la tête.

— L'argent nous a été transféré juste après la vente aux enchères, avant que nous ayons donné la bouteille.

— Et les papiers ? Il était censé signer le formulaire de remise pour confirmer qu'il l'avait bien reçue.

Marcello et Antonio échangèrent des coups d'œil et Marcello secoua la tête à contrecœur.

— J'avais oublié ça. Je suis désolé.

Nadia jeta sa serpillière dans le seau.

— Eh bien, il faut que quelqu'un aille le faire signer ce matin. Pas moi. Je refuse de reparler à ce monstre.

Elle sortit furieusement.

Antonio et Marcello échangèrent un autre coup d'œil. Olivia voyait qu'ils ne voulaient y aller ni l'un ni l'autre, mais qu'ils ne voulaient pas non plus refuser de le faire.

— Je le ferai, dit-elle. Est-ce qu'il loge près d'ici ?

Marcello poussa un soupir de soulagement.

— Merci, Olivia. Oui, il loge dans une villa des alentours. Si tu veux bien y aller, ma voiture est dehors. Tu peux l'utiliser. Voici les clés.

Il les lui donna avec les papiers que Vernon devait signer.

Olivia se sentit soulagée de pouvoir quitter La Leggenda et de partir accomplir cette mission. C'était déprimant de voir tous les Vescovi de si mauvaise humeur. Elle espérait que, quand elle reviendrait, l'ambiance se serait détendue.

Elle ne se réjouissait pas à l'idée de revoir Vernon. Elle avait oublié à quel point il était malfaisant et arrogant. Maintenant qu'il avait gagné la bouteille, elle était sûre que sa vanité allait dépasser les bornes. Elle allait probablement devoir écouter une heure de vantardises avant qu'il soit prêt à signer les formulaires.

Il valait mieux que ce soit elle qui l'endure qu'un des Vescovi, pensa Olivia en ajustant le siège du SUV avant de démarrer. Vernon avait de très bons instincts pour repérer la faiblesse chez ses adversaires. S'il soupçonnait que la vente de ce grand vin les avait fait souffrir, il remuerait le couteau dans la plaie pendant deux heures avant d'accepter de signer.

Vernon avait loué une villa du côté le plus cher de la ville. La villa qu'Olivia et Charlotte occupaient était spacieuse et luxueusement meublée, mais le prix de la location était raisonnable. Juste après le village de Collina, une route goudronnée étroite montait dans les collines. C'était là où les résidences de luxe les plus grandes étaient situées. Trônant l'une après l'autre dans leurs cadres spacieux, les maisons se dressaient loin de la route bordée de cyprès.

Olivia ralentit quand elle approcha des montants de porte en marbre sculpté de la Villa Diamante, où Vernon logeait.

Mal à l'aise, elle se demanda combien de temps il allait rester en ville. Charlotte partait bientôt. Allaient-elles pouvoir manger une dernière fois dans leur restaurant local sans le croiser ?

Elle remonta la longue allée sinueuse impeccablement pavée jusqu'au moment où la splendide villa à trois niveaux apparut.

La première pensée peu charitable d'Olivia fut que cette villa ressemblait à un gâteau glacé. Les murs jaune pâle et les détails blanc vif n'avaient rien d'authentiquement italien et paraissaient démesurés. Elle supposa que les clients riches qui louaient cette villa ne voulaient pas d'une architecture authentique et préféraient la démesure.

Elle sortit du SUV, monta les marches basses en pierre et passa entre les colonnes en marbre, dans l'ombre du porche immense. Devant elle se dressait la porte d'entrée peinte couleur or.

Olivia frappa.

Personne ne répondit.

Vernon était-il sorti ?

Elle consulta les papiers dans le dossier qu'elle portait avec elle et vit qu'il y avait un numéro de téléphone.

Se préparant à entendre la voix mielleuse de Vernon, elle composa le numéro.

Le téléphone sonna à plusieurs reprises.

Alors, Olivia remarqua quelque chose d'étrange.

À l'intérieur de la maison, elle entendait une légère sonnerie de téléphone.

Si son téléphone était là, il devait y être lui aussi. Elle supposa que cette villa avait une cour immense, probablement équipée d'une piscine de taille olympique et d'un court de tennis. Il était sans doute dehors sur une chaise longue, peut-être en maillot de bain (Olivia grimaça en imaginant la scène) avec un cocktail à ses côtés, en train de fêter sa victoire.

Elle essaya d'ouvrir la porte.

À son grand soulagement, elle s'ouvrit.

— Bonjour, cria-t-elle en entrant, craignant qu'il ne vienne de sortir de la douche et ne soit en train de se promener déshabillé, image qui la choqua encore plus que la précédente.

— Vernon ? C'est Olivia de l'exploitation viticole. J'ai apporté vos papiers.

Elle traversa le hall richement décoré et inspira l'air frais, où subsistait un soupçon d'encaustique parfumé au citron.

— Vernon ? appela-t-elle.

Quel pouvait être le meilleur chemin jusqu'à la piscine ? se demanda-t-elle. Elle passa au hasard sous une arcade peinte en blanc et se retrouva dans une énorme salle à manger, avec une longue table blanche qui aurait probablement pu accueillir quatorze personnes. Des peintures modernes colorées couvraient les murs et la pièce était parsemée de copies de statues grecques, auxquelles il manquait divers membres et appendices.

— Eh bien ! marmonna Olivia, se sentant incapable de ne rien dire sur cette pièce étrange, qui montrait les habitudes de vie des riches.

À l'autre bout de la pièce, il y avait une autre arcade. Olivia espéra qu'elle mènerait à un salon ou à une cuisine et que, de là, elle pourrait sortir.

L'arcade menait dans un couloir court et, au bout, Olivia vit un salon énorme sur sa gauche et une cuisine de chef entièrement équipée à droite.

La cuisine contenait tant d'argent éclatant et de chrome poli que les reflets lui faisaient mal aux yeux. Il y avait un énorme réfrigérateur en argent, une cuisinière de la taille d'une voiture avec des boutons chromés, des rangées de placards finition chrome et des lampes en argent au plafond.

Le sol était d'un blanc vif et poli, mis à part la chaussure qu'il y avait dessus, de l'autre côté de l'îlot central, où se trouvaient un verre à vin et une bouteille.

Olivia contempla la chaussure un instant, étonnée, puis son cerveau comprit ce que voyaient ses yeux et elle se rendit compte que la chaussure était attachée à une jambe.

Déglutissant avec difficulté, Olivia avança et jeta un coup d'œil au-delà de l'îlot au sommet chromé.

La jambe était attachée à un corps.

Olivia eut le souffle coupé. Elle se raccrocha à la surface en chrome et contempla la scène dans toute son horreur.

Le corps était celui de Vernon Carrington.

Il portait encore le smoking tape-à-l'œil et le pantalon noir de la veille.

Il était allongé face contre terre, les bras écartés.

Sa peau était pâle et son corps immobile. D'après ce que voyait Olivia, il était complètement immobile.

Olivia laissa échapper un faible gémissement et ouvrit la bouche, les yeux écarquillés, en contemplant le corps qui gisait au sol.

Vernon Carrington était indubitablement mort.

CHAPITRE QUINZE

Olivia recula jusqu'à la porte de la cuisine. Elle ne voulait pas regarder ce spectacle dérangeant mais, en même temps, elle n'arrivait pas à détourner le regard.

— Reste calme, se conseilla Olivia, mais sa voix aiguë et voilée indiquait qu'elle n'y parvenait absolument pas.

Elle se sentait responsable de cette mort ! Elle aurait voulu ne pas être celle qui avait trouvé cet homme mort, seul dans son énorme villa, mais c'était bien elle. Même si elle était horrifiée, elle savait qu'elle devait essayer de réfléchir clairement.

Vu cette urgence imprévue, que pouvait-elle faire de mieux ?

Olivia sortit rapidement son téléphone et appela Marcello. L'appeler lui semblait être la solution la plus raisonnable en ce moment.

— *Salve*, Olivia. Est-ce que tout va bien ? répondit-il.

Elle entendit de l'anxiété dans le ton de sa voix. Visiblement, il avait craint qu'il ne soit difficile de faire signer ces papiers.

— Non, pas vraiment. Vernon est mort ! dit-elle.

Elle faisait de l'hyperventilation. Elle n'arrivait pas à détacher le regard de la chaussure qui était tout ce qu'elle voyait de son poste d'observation relativement privilégié, dans l'embrasure de la porte.

— Quoi ? cria fortement Marcello dans le téléphone. Olivia, c'est affreux. Savez-vous ce qui s'est passé ?

— Aucune idée. Il est allongé dans la cuisine. Il a peut-être eu une crise cardiaque, dit-elle.

Elle n'y croyait pas. Jusqu'à maintenant, elle avait été presque certaine que Vernon Carrington n'avait jamais eu de cœur.

— J'appelle l'ambulance et la police, dit Marcello. J'arrive tout de suite.

— Merci, dit Olivia.

Elle se sentit très soulagée que Marcello arrive dans quelques minutes. Toute cette histoire lui faisait peur. Ce ne fut qu'à ce moment qu'elle comprit le silence assourdissant qui remplissait la villa. L'unique tout petit son, la seule respiration, était la sienne.

Une minute plus tard, elle entendit le moteur d'une voiture de sport lancée à toute vitesse. Marcello était arrivé dans la Fiat Spider de Nadia.

Olivia se précipita jusqu'à la porte d'entrée pour l'accueillir.

Marcello la serra fermement dans ses bras chauds.

— Quelle catastrophe, dit-il. Je n'arrive pas à croire qu'une telle chose ait pu se produire. Est-ce que ça va ?

— Je vais bien, déclara courageusement Olivia alors qu'elle tremblait beaucoup plus qu'elle ne l'aurait voulu.

— La police arrive. Où l'avez-vous trouvé ? demanda Marcello.

Olivia lui fit rapidement traverser la salle à manger imitation Grèce et hésita quand elle atteignit la porte de la cuisine.

— Il est là-dedans, dit-elle à Marcello en s'attendant à ce qu'il aille vérifier si Vernon avait un pouls.

Marcello fit quelques pas en avant puis s'arrêta.

Il retourna à la porte.

— Attendons ici, dit-il. Si c'est un homicide, il vaut mieux que les premiers intervenants trouvent la scène intacte.

Le cœur d'Olivia battit encore plus vite.

Un homicide ?

L'idée ne lui était pas venue. Maintenant que Marcello en parlait, elle devait reconnaître que cela pouvait être le cas. Après tout, Vernon Carrington avait probablement aux alentours de quarante-cinq ans. C'était jeune pour mourir de causes naturelles. De plus, supposa Olivia, il avait beaucoup d'ennemis, vu la façon dont il traitait les gens. Rien que pendant la vente aux enchères, son comportement odieux avait allongé la liste des gens qui le détestaient.

De plus, bien sûr, il avait remporté une bouteille rare et recherchée, désirée par beaucoup d'autres pour leurs propres raisons.

— Oh, bon sang, dit-elle.

Marcello hocha la tête d'un air grave.

Quelques minutes plus tard, Olivia se retrouva dans le hall spacieux, face à une femme aux yeux noirs sévères qu'elle avait espéré ne jamais revoir.

L'inspectrice Caputi à la voix cassante était à la tête de l'équipe locale d'enquêteurs.

Il y avait seulement deux mois de cela, Olivia avait été suspecte quand le sommelier de La Leggenda avait été assassiné. En fait, l'inspectrice Caputi l'avait presque arrêtée. Heureusement, Olivia avait mené sa propre enquête de toute urgence. Tout en faisant le nécessaire pour prouver son innocence, elle avait identifié le vrai coupable.

Maintenant, elle se trouvait à nouveau dans le collimateur de l'inspectrice.

Cette situation la gênait profondément.

Honnêtement, l'inspectrice Caputi n'avait pas l'air ravie de la revoir, elle non plus.

— Vous ? dit-elle en levant ses sourcils parfaitement dessinés.

Ses cheveux gris au carré étaient aussi nets et brillants que dans les souvenirs d'Olivia. L'inspectrice n'avait pas changé du tout depuis leur dernière rencontre. Visiblement, son aversion naturelle pour Olivia était aussi forte qu'avant. Non sans agacement, Olivia se rendit compte que c'était extrêmement injuste, puisqu'elle avait résolu l'affaire précédente. Elle avait fait le travail de l'inspectrice Caputi à sa place, presque sans aide.

Maintenant, l'inspectrice la regardait comme si elle était une criminelle prête à avouer ses méfaits si seulement on s'y prenait de la manière adéquate.

— Oui, dit froidement Olivia. Moi.

— Vous avez trouvé le corps du mort ?

— Oui.

— Pourquoi étiez-vous ici ?

— J'étais venu lui apporter des papiers à signer.

Quel était donc le problème de cette femme ? se demanda Olivia. Avec elle, la personne la plus innocente qui soit commençait à se sentir coupable, même en ne disant que la vérité. C'était peut-être son regard perçant. Depuis la dernière fois qu'elle avait vu l'inspectrice, Olivia avait oublié à quel point son regard pouvait être déstabilisant.

— Et vous êtes entrée comme ça ? demanda l'inspectrice, incrédule.

Olivia eut envie de lever les eux au ciel. La campagne toscane était un endroit tranquille et sûr de l'Italie ! Mis à part quelques meurtres de temps à autre, évidemment. Cependant, Olivia et Charlotte ne fermaient pas leur porte à clé pendant la journée. Seulement le soir, quand elles n'oubliaient pas. Il leur arrivait souvent d'aller se coucher sans verrouiller la porte d'entrée. Elle était certaine que la plupart des habitants des environs faisaient de même et que l'inspectrice Caputi le savait.

— J'ai commencé par frapper, répliqua-t-elle. Comme vous imaginez, personne n'a répondu.

Elle vit l'inspectrice plisser les yeux et se rappela hâtivement de ne pas avoir l'air sur la défense. Caputi n'aimait pas beaucoup le sarcasme, même involontaire.

— Expliquez-moi pourquoi vous êtes venue à la villa louée par Vernon Carrington, dit sèchement l'inspectrice.

— Eh bien, je me suis portée volontaire pour lui amener les papiers, suite à la vente aux enchères d'hier soir, où il a remporté une bouteille de vin. Vous êtes sûre qu'il n'a pas pu mourir de cause naturelle ? Il avait un travail très stressant et les enchères ont été agressives.

— La vente aux enchères ? Quelle vente aux enchères ?

Olivia réprima un soupir. Il allait falloir beaucoup de temps pour raconter cette histoire avec précision. Visiblement, l'inspectrice était du même avis.

— Racontez-moi tous vos mouvements du moment où vous êtes entrée dans cette maison jusqu'à celui où vous avez trouvé le mort, dit-elle impatiemment. Nous mènerons les interrogatoires en bonne et due forme plus tard, cet après-midi, à l'exploitation viticole, quand nous en aurons fini à la villa.

Le ton de l'inspectrice mit Olivia mal à l'aise. Elle sentait que Caputi était sûre qu'il y avait eu un homicide. Elle supposait que l'inspectrice avait raison. Après tout, elle avait de l'expérience dans son métier et savait ce qu'il fallait chercher.

Quand un homme de la quarantaine autrement en bonne santé bien qu'odieux gisait mort dans sa somptueuse villa de location, il y avait toutes les raisons de trouver sa mort suspecte.

Comme elle avait été la première personne sur la scène de crime, Olivia savait que l'inspectrice la soupçonnait déjà et pourrait même croire qu'elle était impliquée dans les événements fâcheux qui avaient provoqué la mort de cet homme.

Elle allait avoir du mal à prouver son innocence, surtout à cause de ses relations passées avec Vernon Carrington.

Elle allait devoir faire attention à ce qu'elle dirait à l'inspectrice Caputi. Comme elle se souvenait de son expérience passée avec cette enquêtrice irascible, Olivia était sûre qu'elle essaierait de toutes les manières possibles de la piéger pour qu'elle avoue ses méfaits par inadvertance.

*

Une demi-heure plus tard, après avoir expliqué à l'inspectrice tout ce qu'elle avait fait dans la grande villa, Olivia sortit, à la fois soulagée et nerveuse.

Elle fut heureuse de constater que Marcello l'attendait, appuyé contre la portière du SUV et en train d'envoyer un SMS sur son téléphone pendant que ses cheveux bruns luisaient dans le soleil matinal.

— Pouvez-vous conduire ? demanda-t-il. Je peux revenir chercher l'autre voiture plus tard, si vous voulez faire le trajet avec moi.

— Merci, dit Olivia. J'accepte votre proposition.

Rentrer à l'exploitation avec Marcello lui semblait être le soutien moral même dont elle avait besoin.

Elle monta à la place passager du SUV et ils sortirent par la porte impressionnante de la villa sous les sons apaisants d'un opéra italien. Quand ils atteignirent l'exploitation viticole, Olivia se sentait moins nerveuse. Elle était soulagée d'avoir pu mettre de l'écart entre elle-même et cette villa.

— Nous avons fermé la salle de dégustation pour la journée, dit Marcello en ralentissant pour entrer dans la longue allée sinueuse de La Leggenda. Cela nous semblait être la meilleure chose à faire. Toutefois, je crois que vous devriez rester ici pour que nous soyons tous disponibles quand la police arrivera. Comme ça, nous pourrons nous débarrasser des interrogatoires aussi vite que possible.

Olivia hocha la tête. L'inspectrice Caputi aurait besoin de leur présence pour une durée incertaine. Il vaudrait mieux se débarrasser des interrogatoires pour que les choses puissent reprendre leur cours normal. Elle espérait que la police aurait déjà résolu l'affaire quand ils arriveraient. Dans ce cas, les interrogatoires ne seraient peut-être qu'une formalité.

— Je vais étudier un peu, dit-elle en se souvenant de la bibliothèque qui se trouvait dans le bureau de Marcello.

Il y avait quelques livres anglais sur la vinification et les saveurs qu'elle n'avait pas encore lus.

— Je vais demander à Gabriella de nous préparer un déjeuner léger, dit Marcello. Le restaurant reste ouvert aujourd'hui, comme d'habitude.

Il se gara sous le grand olivier qui poussait près de la porte d'entrée de l'exploitation viticole.

La porte de la salle de dégustation était fermée. D'habitude, elle était toujours ouverte. Voir la lourde porte en bois lui barrer le chemin donna à Olivia une autre sensation de malaise. Le plus vite ce serait terminé, le mieux ce serait.

Vernon était probablement décédé de mort naturelle, se dit-elle en poussant la grande porte et en parcourant le couloir jusqu'au bureau de Marcello. Elle choisit rapidement deux livres pour s'occuper pendant la journée.

Quand elle retourna à la salle de dégustation, Marcello briefait Gabriella sur le déjeuner. La restauratrice, qui portait une veste pourpre, écoutait attentivement mais jeta un coup d'œil dans la direction d'Olivia dès qu'elle la vit.

— Rien de compliqué, expliqua Marcello. De la ciabatta et du fromage, peut-être une salade italienne.

— Pourquoi pas des pâtes légères en entrée ? proposa Gabriella. Des raviolis de saumon avec une sauce au beurre et à l'aneth ?

— Parfait, dit Marcello. Pour quatre personnes.

— Faut-il que j'installe la table dans le coin du restaurant ? demanda Gabriella en envoyant un autre regard en coin à Olivia. Celui qui donne sur la vallée ?

Elle mit l'accent sur le dernier mot et Olivia eut tellement peur qu'elle laissa tomber ses livres avec un bruit sourd.

À cause de l'affolement de la matinée, elle avait quasiment oublié que Gabriella avait appris son terrible secret et savait tout sur son association avec Valley Wines.

Maintenant, la directrice du restaurant la narguait en sachant parfaitement bien qu'Olivia ne pouvait rien faire pour l'en empêcher.

Olivia ramassa les livres, consciente du fait qu'elle rougissait et que Marcello les regardait toutes les deux d'un air perplexe, comme s'il avait remarqué qu'un message était passé entre elles, mais sans comprendre ce que c'était.

Pour le moment.

Olivia se précipita dans le restaurant en espérant qu'elle allait pouvoir se cacher et se plonger dans son livre.

Elle avait déjà la sensation d'être sur la défensive, alors qu'elle n'avait même pas encore eu son interrogatoire avec l'inspectrice Caputi.

CHAPITRE SEIZE

Après le déjeuner, Olivia réussit à se plonger dans le livre. Elle lut avec fascination cet essai sur l'achat et le stockage du vin, ainsi que ce qu'il fallait faire pour créer une bonne carte de vins. Elle adorait améliorer ses connaissances en matière de vin parce qu'elle savait que, pour devenir viticultrice, elle aurait besoin de comprendre tous les aspects de cette industrie.

Soudain, elle sentit l'ambiance s'assombrir.

Elle leva les yeux. Les aiguilles décorées de la pendule fixée au mur du restaurant marquaient seize heures.

La porte de la salle de dégustation s'ouvrit bruyamment et elle entendit des pas autoritaires. L'inspectrice Caputi et son équipe étaient arrivées.

Nadia se leva de la table et courut vers le bureau de Marcello pour l'appeler.

Moins de cinq minutes plus tard, les trois Vescovi et Olivia étaient assis à la table, en face de l'inspectrice Caputi.

Elle avait l'air encore plus austère que d'habitude. Olivia jeta un coup d'œil nerveux au dossier épais qu'elle avait en main.

— J'ai de mauvaises nouvelles, annonça-t-elle.

Olivia se sentit angoissée. Elle aurait voulu pouvoir attraper la main de Marcello sous la table, mais elle dut se contenter de serrer les doigts et d'attendre que cette inspectrice au regard perçant leur dise ce qu'elle avait découvert.

— Monsieur Vernon Carrington n'est pas décédé de mort naturelle, annonça-t-elle. Les premières analyses toxicologiques ont été effectuées. Les résultats initiaux montrent sans aucun doute que la victime a été empoisonnée.

Olivia écarquilla les yeux. Empoisonné ? Comment ?

Elle croisa brièvement le regard avec Nadia. Apparemment atterrée, la viticultrice baissa rapidement les yeux vers la table en bois.

— Quel poison ? Comment cela a-t-il pu arriver ? demanda Marcello à voix basse.

— On a détecté de l'éthylène glycol dans son organisme, dit l'inspectrice.

Les trois Vescovi furent visiblement choqués par cette nouvelle. Marcello se serra le front, Antonio eut brusquement le souffle coupé et Nadia secoua la tête comme si elle refusait de croire que ce soit possible.

— C'était de l'antigel tel qu'on le trouve dans le commerce ou une substance chimique similaire, poursuivit inexorablement l'inspectrice. Le laboratoire ne le sait pas pour l'instant.

De l'antigel ? Olivia n'avait même pas su qu'on pouvait tuer quelqu'un avec de l'antigel. C'était un produit domestique ordinaire !

— Aurait-il pu l'ingérer par accident ? demanda-t-elle. Je veux dire, est-ce qu'on en trouve naturellement où que ce soit ?

Elle se demanda si quelque chose lui échappait. C'était peut-être comme l'arsenic qui, savait-elle, était présent dans certaines graines de fruit, mais pas dans des quantités susceptibles de tuer des gens.

— C'est une question qui m'intéresse, moi aussi.

Maintenant, Caputi regardait attentivement Marcello. Même si Olivia se sentait soulagée de ne plus être la cible de son regard perçant, elle n'appréciait pas qu'elle s'en prenne maintenant à Marcello. Caputi semblait toujours avoir un but sinistre en tête et, dès qu'elle commença à parler, Olivia se rendit compte qu'elle avait bien deviné.

— Avez-vous déjà utilisé de l'antigel dans l'exploitation viticole ? lui demanda-t-elle d'une voix qui aurait pu couper du verre.

Olivia la regarda avec des yeux ronds. Qu'est-ce qu'elle entendait par là ? Elle ne pensait pas que, dans leur salle de vinification aux murs si épais, quelque chose pouvait geler et certainement pas à ce moment de l'année. L'inspectrice faisait allusion à quelque chose, mais à quoi ? Une négligence ? Des cuves mal nettoyées ? Des morceaux de moteur dans les tonneaux ?

Olivia ne savait vraiment pas ce qui lui échappait et se demanda si un des Vescovi le savait.

Marcello se racla la gorge et Olivia se rendit compte qu'il avait compris de quoi parlait l'inspectrice.

— Dans les années 1980, il y a eu un incident où certaines exploitations viticoles européennes, dont certaines de notre pays, ont délibérément ajouté du diéthylène glycol à leur produit, dit-il. Je crois que leur but était d'essayer de renforcer le goût sucré du produit final et de donner l'impression que les vins de vendange tardive étaient de meilleure qualité et avaient plus de corps.

Olivia écouta, fascinée. Il semblait que la vinification ait une histoire en dents de scie. Comment les exploitations viticoles avaient-elles pu faire une chose aussi dangereuse ?

— Nous ne produisons pas de vins de vendange tardive, dit fermement Marcello. Nous ne participons pas du tout au marché du vin sucré.

Maintenant qu'Olivia comprenait où l'inspectrice voulait en venir, elle avait le vertige. Quant à Nadia, elle était rouge de colère ou, peut-être, de crainte, se dit Olivia.

— Vous n'avez jamais utilisé de produits chimiques interdits dans votre vinification ?

— Jamais ! dit sèchement Nadia à l'inspectrice, incapable de cacher sa colère.

Olivia se demanda si Nadia avait répondu rapidement parce qu'elle était sur la défense.

L'inspectrice nota quelque chose sur son bloc-notes.

Alors, elle continua et ses mots inquiétèrent fortement Olivia. Les instincts de Caputi lui avaient permis de repérer un point faible et Olivia se demanda avec horreur où cet interrogatoire pourrait mener.

— Je comprends que vous avez organisé cette vente aux enchères de manière très soudaine. Pourquoi avez-vous ressenti le besoin de vous séparer d'une bouteille de vin historique dans des délais si brefs ?

Elle regarda les Vescovi les uns après les autres et Olivia retint son souffle quand elle se rendit compte qu'aucun d'eux n'avait le courage de regarder l'inspectrice dans les yeux.

Finalement, ce fut Marcello qui mit fin au silence pesant. Quand il parla, Olivia se rendit compte qu'elle avait les paumes moites.

— Inspectrice, nous avons dû nous préparer de toute urgence à un manque à gagner lors de nos ventes estivales.

— Pourquoi ?

La voix de Caputi avait claqué comme un fouet. Il était clair qu'elle exigeait une réponse.

Marcello poussa un soupir.

— Nous avons constaté que plusieurs grands tonneaux de Sangiovese étaient contaminés et inutilisables.

— Ah !

Caputi se jeta sur cet aveu comme si elle l'avait attendu dès le début. Olivia se rendit compte qu'elle observait tantôt le propriétaire de l'exploitation viticole, tantôt l'inspectrice, comme si elle avait été en train de regarder un match de tennis.

Un match de tennis où le gagnant conservait sa liberté, reconnut-elle.

— Donc, vous avez récemment eu un problème avec du vin contaminé dans cet établissement ?

En entendant parler l'inspectrice Caputi, Olivia eut l'impression qu'elle venait de marquer un point.

— C'était un problème de TCA. C'est banal et inoffensif, protesta Marcello.

L'inspectrice secoua la tête.

— Les irrégularités de votre processus de fabrication devraient faire l'objet d'une enquête complète. Nous devons éliminer la contamination accidentelle et le sabotage délibéré. Donc, cette étude sera dorénavant confiée aux experts pour évaluation.

Du coin de l'œil, Olivia vit Nadia se couvrir la bouche de la main.

— Le tracker placé dans la voiture de sport que monsieur Vernon Carrington avait louée a montré qu'il était allé directement de l'exploitation viticole à sa villa hier soir. Il ne s'est arrêté nulle part en route, dit l'inspectrice Caputi. Nous n'avons trouvé aucune bouteille de vin vide ou de verre utilisé dans sa villa. Donc, nous avons dû conclure que, la dernière fois qu'il avait mangé et bu, c'était à l'exploitation viticole.

Elle s'arrêta et les contempla tous les quatre tour à tour. Olivia sentit son estomac commencer à se nouer. Elle avait autre chose à leur annoncer. Olivia en était sûre.

— Bien que la police ait fouillé très minutieusement la villa, elle n'a retrouvé nulle part le vin historique dont, selon vous, monsieur Carrington aurait pris possession à la vente aux enchères, annonça Caputi.

Une atmosphère sinistre pesait sur les occupants de la table.

Olivia avait le vertige. Comment était-ce possible ? Qu'était-il arrivé à la bouteille ? Comment cette bouteille de grande valeur aurait-elle pu disparaître ?

Visiblement, l'inspectrice pensait qu'un membre de l'exploitation viticole l'avait fait disparaître.

— Avez-vous fouillé sa voiture ? demanda Olivia, heureuse d'avoir eu cette idée soudaine. Il l'a peut-être laissée dans sa voiture ?

L'inspectrice Caputi lui adressa un regard noir.

— Nos inspecteurs très bien formés ont bien entendu fouillé tous les endroits où la bouteille aurait pu se trouver, ce qui inclut la Porsche Cayenne louée par monsieur Carrington.

Inexorablement, l'inspectrice poursuivit.

— Votre salle de dégustation restera fermée. Votre usine de vinification va fermer. Vos opérations touristiques et de fabrication vont rester en pause jusqu'à ce que j'aie réuni une équipe d'experts médico-légaux pour tester toutes les étapes actuelles de votre processus de vinification ainsi que quelques bouteilles récemment fabriquées et stockées choisies au hasard.

Olivia se sentit atterrée. L'inspectrice Caputi voulait en quelque sorte fermer l'exploitation viticole. C'était un désastre pour les Vescovi. Elle n'arrivait pas à croire aux conséquences désastreuses de cette décision. Nadia avait travaillé quatorze heures par jour pour tenir ses délais de vinification. Les ventes de fin d'été avaient peu de temps pour atteindre le marché.

— Combien de temps resterons-nous fermés ? demanda Marcello, qu'Olivia n'avait jamais entendu aussi désespéré.

L'inspectrice Caputi haussa les épaules.

— L'enquête pourra prendre d'une à deux semaines, quand l'équipe sera disponible, bien sûr, ce qui pourra prendre une semaine de plus.

Nadia laissa échapper un gémissement de défaite. Incapable de se retenir de lui apporter du réconfort, Olivia tendit le bras et prit la main glacée de la viticultrice dans la sienne, chaude et moite.

— Maintenant, continua l'inspectrice Caputi, je dois vous interroger individuellement. Je commencerai par vous, Olivia Glass. D'après ce que vous m'avez dit aujourd'hui, vous connaissiez la victime, que vous aviez rencontrée aux États-Unis. Vous autres, vous pouvez partir pendant qu'Olivia explique son lien avec le mort.

Les Vescovi tournèrent brusquement leurs regards étonnés vers Olivia puis se levèrent. Olivia était choquée par leur changement d'attitude. Nadia clignait des yeux pour en chasser ses larmes. Antonio avait les épaules baissées, comme s'il portait un fardeau. Même Marcello avait l'air grave et pinçait les lèvres depuis qu'il avait entendu la nouvelle qui, dévoilée par l'inspectrice, avait fait l'effet d'une bombe.

L'estomac noué, Olivia se rendit compte que les conséquences négatives de cette fermeture iraient peut-être beaucoup plus loin que les deux ou trois semaines que l'inspectrice avait mentionnées avec une telle nonchalance.

Une fermeture imposée par la police due à un soupçon de contamination serait extrêmement préjudiciable pour l'exploitation viticole. Comme Olivia avait travaillé dans la publicité, elle le comprenait clairement.

Cela pourrait faire plus que réduire à néant les ventes de la saison ; cela pourrait affecter la réputation de l'exploitation viticole de manière définitive. Les ventes et le tourisme en souffriraient et risqueraient de ne jamais s'en remettre.

Quand la nouvelle se répandrait, elle aurait des conséquences terribles. En tant que passionnée de vin, Olivia elle-même n'aurait pas envie de visiter une exploitation viticole qui aurait été accusée de produire des vins mortellement contaminés et elle savait que d'autres clients penseraient la même chose. En tant que cadre dans la publicité, Olivia comprenait qu'il s'agissait d'un désastre potentiel de relations publiques de la même amplitude que la débâcle de Valley Wines.

Olivia réfléchit quand l'inspectrice se tourna vers elle.

Confrontée à ces événements terribles, tout ce qu'elle pouvait faire, c'était essayer de persuader l'inspectrice que les propriétaires de La Leggenda étaient tous innocents de toute sorte de crime et leurs vins irréprochables.

*

— Parlez-moi de votre relation avec la victime, dit l'inspectrice Caputi à Olivia après avoir noté quelque chose de plus et lancé un nouvel enregistrement.

— Eh bien, aux États-Unis, je travaillais dans la publicité. J'étais employée dans une grande entreprise et Vernon Carrington était un des clients de cette entreprise. Nous nous sommes vus quelques fois à des réunions.

C'était tout ce qu'elle dirait, décida Olivia. Elle n'allait pas laisser l'inspectrice Caputi la piéger comme ça pour lui arracher d'autres aveux. Surtout, elle ne devait pas dévoiler qu'elle avait travaillé pour Valley Wines. Alors que Gabriella cachait cette information pour l'utiliser contre elle, Olivia savait que l'inspectrice Caputi révélerait tout son secret à tout le monde si elle le découvrait.

À sa grande surprise, l'inspectrice sembla se contenter de cette explication. Accrochant une mèche de cheveux gris acier derrière son oreille, elle demanda :

— Avez-vous eu des contacts avec Vernon Carrington le soir de la vente aux enchères ?

Olivia lui fit un sourire charmeur.

— Eh bien, on s'est reconnus et on s'est dit bonjour. Il a été intéressé d'apprendre que je travaillais ici. Au-delà de ça, nous n'avons pas eu beaucoup de temps pour parler. Je courais çà et là, je versais du vin, j'amenais la nourriture et je m'occupais des invités. Lui, il voulait surtout participer à la vente aux enchères et remporter la bouteille.

— Donc, vous avez versé le vin pour les clients ? demanda l'inspectrice d'un air entendu.

Olivia hésita et se demanda avec inquiétude où cette série de questions allait les mener. Elle avait l'impression que tous les mots qui sortaient de sa bouche pouvaient être interprétés comme un aveu de culpabilité.

Elle décida de ne répondre que par un hochement de tête tranquille.

— On dirait que l'exploitation viticole aurait vraiment voulu éviter de se séparer de cette bouteille, qui avait une grande valeur émotionnelle pour les Vescovi, dit l'inspectrice Caputi.

Olivia acquiesça avec enthousiasme, contente que les questions de l'inspectrice aient changé d'orientation.

— Oh, oui, tout à fait. Ils ne voulaient vraiment pas la vendre. Ils ne voulaient pas perdre l'histoire qu'elle représentait. Pour eux, cela a été une décision vraiment triste et difficile.

Alors, elle se rendit compte de ce qu'impliquaient ses mots.

— En fait, non, pas tant que ça, ajouta-t-elle précipitamment. Ce que je voulais dire, c'est que l'organisation de la vente aux enchères a été difficile. Ça leur a donné beaucoup de travail, vous voyez. Le vin, c'était juste une vieille bouteille dans une cave. Ils ne la voyaient jamais ! Ça ne les gênait pas tant que ça de la vendre. En fait, elle les indifférait profondément.

Malgré tous ses efforts, elle avait gaffé et réussi à incriminer les Vescovi. Ainsi qu'elle-même, comme elle s'en rendit compte en écoutant l'inspectrice reprendre la parole.

— C'est intéressant que vous soyez prête à faire marche arrière, et même à mentir, pour essayer de protéger vos employeurs, observa l'inspectrice. Je me demande jusqu'où vous iriez pour les aider.

Olivia sentit la sueur lui perler sur le front.

— Ce sont de bonnes personnes ! protesta-t-elle. Ils ne rêveraient jamais de tuer quelqu'un rien que pour récupérer une bouteille de vin précieuse qui avait une grande valeur émotionnelle pour eux !

— Et vous ? demanda l'inspectrice Caputi en la contemplant les yeux plissés.

L'estomac noué, Olivia se rendit compte que, à cause de ses efforts pour innocenter les Vescovi, maintenant, Caputi soupçonnait doublement ses propres raisons d'agir.

— Est-ce que vous le feriez ? insista l'inspectrice d'un air penseur en bougeant son stylo entre ses doigts.

CHAPITRE DIX-SEPT

À la fin de son interrogatoire, Olivia fut soulagée de quitter l'exploitation viticole. Elle avait l'impression de sortir de prison. C'était ce qu'on ressentait quand on avait été séquestré pour être interrogé par l'inspectrice Caputi, surtout quand elle laissait très clairement supposer qu'un simple dérapage verbal pourrait provoquer un véritable emprisonnement.

Olivia n'avait même pas pu dire au revoir aux Vescovi parce que l'inspectrice les interrogeait encore.

Marchant vivement sur l'allée en essayant de s'éclaircir les idées qui lui tournaient fiévreusement dans la tête et de mettre quelque distance entre elle-même et l'inspectrice intimidante, Olivia fut heureuse de voir Erba bondir du rebord de la fenêtre de la salle de vinification. La chèvre la rejoignit en sautillant, prête à l'accompagner à la maison.

— Erba, la journée d'aujourd'hui a été un désastre, dit Olivia à la chèvre.

Erba leva intelligemment les yeux vers elle. Olivia était convaincue qu'elle comprenait la plus grande partie de ce qu'on lui disait. Non seulement elle était très intelligente mais, avec son pelage distinctif aux taches orange, c'était aussi une des plus jolies chèvres qu'Olivia ait jamais vues.

— L'inspectrice ferme l'installation de vinification jusqu'à ce qu'elle puisse tout faire tester. C'est une tragédie complète pour l'entreprise. Cependant, je crois qu'elle menace de le faire en espérant pousser quelqu'un à avouer le crime, dit Olivia d'un air songeur.

L'inspectrice Caputi ne semblait pas se soucier du temps pendant lequel l'installation resterait fermée. Pour elle, en matière de stratégie d'enquête, faire attendre les Vescovi était une tactique gagnante.

Plus l'exploitation viticole resterait fermée longtemps, plus il y aurait de chances que quelqu'un cède à la pression et avoue.

Quand Olivia atteignit la porte de l'exploitation viticole, elle décida qu'il n'y avait qu'une solution d'envisageable. Elle allait devoir essayer d'enquêter elle-même.

Si elle pouvait découvrir qui était le tueur, cela permettrait à l'exploitation viticole de rouvrir.

Elle devait commencer dès que possible.

Pendant qu'elle descendait la route étroite bordée de cyprès qui constituait une des parties les plus belles de son trajet, Olivia admit à contrecœur que les Vescovi étaient les plus grands suspects.

Se séparer de cette bouteille avait été déchirant pour eux. Aucun d'eux n'avait voulu le faire. Cependant, l'un d'eux aurait-il pu aller jusqu'au meurtre pour la récupérer ?

Si l'un des Vescovi l'avait fait, alors, il n'avait pu administrer le poison que lorsque Vernon avait remporté la bouteille. Avant, il n'aurait pas su qui tuer.

Olivia repensa aux minutes de confusion qui avaient suivi l'offre gagnante.

Beaucoup de gens s'étaient levés pour s'en aller immédiatement. Dans la salle, une sensation de déception avait régné. Les insultes de Vernon et la façon dont il avait humilié les autres enchérisseurs avaient détruit l'atmosphère bon enfant qui s'était installée tout au long de la vente aux enchères. Toutes les autres offres gagnantes avaient été généreusement applaudies, mais pas la dernière.

Après, Marcello avait été très occupé. Il avait rempli les formulaires de cession pour les autres articles. Assis au bureau dans le hall, il avait souhaité aux clients une bonne soirée et s'était assuré qu'aucun enchérisseur gagnant ne parte sans avoir les bons papiers, sauf Vernon Carrington, qui avait été un des derniers à s'en aller.

Vernon n'avait pas approché Marcello, se souvint Olivia. Il s'était pavané dans la salle de dégustation, la précieuse bouteille dans une main et un verre de vin dans l'autre, buvant et se vantant auprès de tous ceux qui voulaient bien l'écouter pendant que le personnel de l'exploitation viticole faisait de son mieux pour tout ranger malgré sa présence. Peu de gens étaient restés pour boire un dernier verre, mais quelques-uns l'avaient fait.

Antonio n'avait pas du tout assisté à la vente aux enchères. Il avait supervisé une vendange finale de raisins de vermentino, qui avaient pris plus longtemps que prévu pour mûrir. Donc, il ne pouvait pas être le coupable.

Par contre, c'était Nadia qui avait servi le vin après la fin de la vente.

De plus, ils avaient tout su, grâce à l'incident qui avait eu lieu dans les années 1980, qu'on pouvait ajouter de l'antigel au vin pour le rendre plus sucré sans qu'il devienne imbuvable.

L'espace d'un instant, Olivia réfléchit au fait qu'il était impossible que Vernon Carrington ait repéré des saveurs inhabituelles. Il n'avait même pas réussi à proposer une analyse exacte du vin rouge qu'elle l'avait vu goûter. Il avait supposé sans réfléchir et en se trompant complètement. Si l'on avait ajouté un goût sucré au vin, il l'aurait probablement préféré, décida Olivia, et si quelqu'un l'avait compris, cela devait être les Vescovi et particulièrement Nadia.

Olivia envisagea cette hypothèse avec inquiétude puis tourna dans l'allée colorée et bordée de fleurs qui menait à la villa.

Vernon avait insulté l'invité d'honneur des Vescovi, Alexander, et avait répandu du vin sur sa chemise.

Nadia s'était précipitée pour l'aider et l'avait promptement emmené pour sauver sa chemise et sa dignité. En outre, elle avait été furieuse. Le fait que Vernon ait remporté la bouteille n'avait rien à y voir. Olivia avait vu une violence meurtrière dans les yeux de Nadia suite à ce seul incident, avant même le début de la vente aux enchères.

Nadia aurait pu ramener la substance empoisonnée avec elle après avoir aidé Alexander.

En fait, Olivia comprit que même Alexander aurait pu commettre ce crime. Il s'était fait insulter et maltraiter en public par la victime. Même si sa colère avait semblé passer rapidement, il aurait pu décider de se venger.

Olivia poussa un soupir.

Elle ne pensait pas que cet incident aurait poussé une personne raisonnable à commettre un assassinat. Pour elle, Alexander semblait être une personne raisonnable. Elle ne pouvait pas le retirer de sa liste de suspects à cause de cet incident qui s'était produit avant la vente aux enchères, mais il n'était pas en haut de la liste.

De toute façon, le but de ses efforts était d'innocenter ses amis et ses collègues et de les aider à retrouver une situation normale avant que les ventes de la saison ne soient perdues et que la réputation de l'exploitation viticole ne soit détruite.

Comment pouvait-elle le faire ? se demanda anxieusement Olivia. Elle ouvrit la porte d'entrée de la villa, contente d'être bien rentrée. Avec l'inspectrice Caputi, il semblait toujours désagréablement possible de devoir passer la nuit en prison. Olivia fut soulagée d'entendre Charlotte crier « Tu es revenue ! » dès qu'elle entendit la porte d'entrée s'ouvrir.

— Attends que je te raconte ma journée ! répondit Olivia en allant tout droit dans la cuisine.

*

Dix minutes plus tard, Olivia et Charlotte étaient assises à la table de la cuisine avec deux verres de pinot grigio glacé devant elles.

— C'est incroyable ! s'exclama Charlotte. Un autre meurtre ? Et tu es soupçonnée ?

Olivia hocha la tête avant de prendre une gorgée de son délicieux vin sec. Elle pensa repérer les pointes de chaux et de pomme et les faibles accents de miel que l'étiquette avait décrits.

— Je suis sûre que cette inspectrice effrayante va à nouveau essayer de te coller ça dessus, surtout parce que tu as fait connaissance avec Vernon Carrington quand tu travaillais dans la publicité. C'est une coïncidence très malencontreuse. Il faut que tu prouves ton innocence, dit Charlotte avec insistance.

— Et que je sauve la réputation de l'exploitation viticole ! souligna Olivia. Cette situation pourrait leur apporter de gros ennuis.

— Par où vas-tu commencer ? demanda Charlotte.

Alors, bondissant de la table de la cuisine, elle ajouta :

— Il faut commencer à préparer à dîner. Sans blague ! Jamais on n'a mené de bonne enquête le ventre vide.

— Exactement !

Olivia posa son verre et se dirigea vers le réfrigérateur.

— Pourquoi pas des pasta puttanesca ? dit-elle. Ça fait longtemps qu'on voulait en faire. La sauce n'a pas l'air trop compliquée, donc, je peux essayer.

Olivia avait été fascinée par ce plat authentiquement italien depuis qu'elle en avait entendu parler. Non seulement il contenait certains de ses ingrédients préférés (de l'ail, des piments, des anchois et des câpres) mais son histoire était fascinante en soi. Selon la légende, ce plat avait été créé par des prostituées qui utilisaient ces arômes très forts et délicieux pour attirer les clients chez elles.

— Bonne idée, acquiesça Charlotte. Je vais préparer du beurre aillé entre temps et transformer cette ciabatta que nous avons achetée hier en pain à l'ail.

Pendant qu'elle réunissait les ingrédients pour son projet culinaire, Olivia se rendit compte qu'elle repensait au mystère de la mort de Vernon Carrington.

Quels étaient les éléments importants qui lui avaient échappé ?

Elle trancha soigneusement les piments et les anchois avant de les ajouter à la poêle, où l'ail grésillait dans l'huile d'olive.

Elle ouvrit une boîte de tomates et ajouta les tomates olivettes rouges et succulentes à la poêle en les écrasant avec une cuillère en bois avant de baisser le feu. Pendant que le plat mijotait et perdait son eau, elle ajouta des linguine à la grande casserole d'eau bouillante.

Au cours des quelques derniers jours, avec la vente aux enchères et le déjeuner léger qu'elle avait eu aujourd'hui, Olivia avait compris à contrecœur que Gabriella était une experte des fourneaux.

Même si Gabriella avait peut-être une personnalité désagréable (non, décida Olivia, pas peut-être, car elle avait une personnalité affreuse), elle était une cuisinière incroyable. Elle avait conçu tous ces en-cas délicieux pour la vente aux enchères et avait aussi préparé le déjeuner léger qu'ils avaient mangé en attendant l'arrivée de la police. Elle semblait le faire sans effort et tout ce qui venait de sa cuisine était d'une perfection alléchante.

Si Olivia sortait un jour avec Marcello, et elle savait que c'était un gros « si », elle aurait de grosses lacunes à combler dans le domaine culinaire.

Quand il se détendrait le soir après une longue journée à l'exploitation viticole, Marcello apprécierait sûrement un repas préparé à la maison avec amour et savoir-faire. Est-ce qu'elle en serait capable ?

Olivia regarda la poêle qui giclait de la graisse d'un air dubitatif puis ajouta du sel et du poivre au plat.

— C'est en forgeant qu'on devient forgeron, dit-elle en ajoutant les olives noires et les câpres en tranches et en baissant le gaz avant d'égoutter les pâtes et d'ajouter du sel et de l'huile d'olive.

— Ça a l'air très bon, dit Charlotte pour l'encourager, et ça sent extrêmement bon. Si j'étais une cliente de passage, ce plat m'attirerait, c'est sûr.

Olivia le servit en contemplant le résultat de son travail d'un air satisfait.

— Est-ce qu'on ajoute du fromage ? demanda-t-elle. La recette ne le disait pas.

— On peut toujours ajouter du fromage, dit Charlotte en sortant du four la ciabatta enveloppée de papier aluminium.

Olivia râpa du parmesan frais dans un bol pendant que Charlotte remplissait leurs verres de vin.

— Maintenant, nous pouvons parler de l'affaire, décida Charlotte quand Olivia amena les plats fumants à la table.

— Je n'arrive pas à croire au nombre de problèmes graves que nous avons, résuma Olivia en ajoutant du poivre noir fraîchement moulu à sa nourriture. Nous sommes tous soupçonnés de meurtre. L'inspectrice au pire caractère de toute l'Italie est chargée de résoudre l'affaire. Enfin, la fermeture de l'exploitation viticole par la police va finir par détruire sa réputation, sans parler de la diminution massive des ventes de fin d'été.

Elle prit une bouchée des pâtes. Délicieux ! Elle était sûre que, si elle les avait servies à Marcello, il aurait pensé la même chose. Le murmure reconnaissant de Charlotte confirma que cette recette était une réussite.

La vie amoureuse de Marcello ne comptait pas, décida Olivia en se reprochant sa légèreté. Il fallait qu'elle l'aide à sauver son exploitation viticole !

— Alors, y a-t-il d'autres suspects, mis à part toi et les Vescovi ? demanda Charlotte.

— Oui. Je me dis que quelques clients présents à la vente aux enchères auraient pu avoir des mobiles, surtout parce que cela s'est produit juste après que Vernon a remporté cette bouteille de vin si recherchée, dit Olivia.

Charlotte hocha sagement la tête.

— Il y a le Français qui a été battu par Vernon. C'est le plus grand suspect. Il voulait vraiment cette bouteille, car il avait un client qui voulait l'acheter, et il semblait être un homme très organisé, qui aurait pu imaginer un plan B avec du poison. Malheureusement, je n'ai pas remarqué où il était après la fin de la vente aux enchères, donc, je ne sais pas s'il a eu la possibilité de verser quelque chose dans le vin de Vernon.

Olivia arracha une croûte de ciabatta, luisante de beurre aillé. Ce pain croustillant était l'accompagnement idéal pour manger des pâtes.

— Au fond de la salle, il y avait un enchérisseur qui a aussi participé à la guerre presque jusqu'à la fin mais, de là où je me tenais, je n'ai pas pu le voir. L'autre enchérisseur principal était la femme blonde dont le mari fumait des cigares au restaurant. Tu te souviens d'elle ? Celle qui parlait de ses manoirs ? demanda Olivia.

— Je me souviens parfaitement d'elle. Visiblement, elle a l'habitude d'obtenir ce qu'elle veut, fit remarquer Charlotte.

— Ensuite, il y avait l'ami de Vernon, Patrick. Je ne crois pas qu'il soit un suspect potentiel, car il est parti dès la fin des enchères pour le tonneau de vin. C'était le premier article.

Elles mangèrent dans un silence confortable pendant quelques minutes.

— Le Français me semble être la piste la plus prometteuse, même si on ne peut pas écarter la blonde gâtée, dit Charlotte. Ne dit-on pas que le poison est une arme de femme ?

Avec gêne, Olivia repensa à Nadia.

Charlotte continua.

— Il faut que tu trouves qui était l'enchérisseur assis au fond de la salle et que tu enquêtes aussi sur lui. Y a-t-il un moyen de le faire ?

Olivia poussa un soupir.

La seule personne qui lui vienne en tête, qui avait circulé dans la salle de dégustation et qui se souvenait peut-être de ce qui s'était passé après la fin de la vente aux enchères était Gabriella.

Olivia ne voulait surtout pas parler à sa pire rivale, qui se trouvait également être la plus grande menace contre son avenir à l'exploitation viticole.

Pourtant, si la police fermait l'exploitation trop longtemps et si Olivia n'avait pas le courage de poser les questions difficiles dont il lui fallait les réponses, elle pourrait n'avoir aucun avenir du tout.

Aussi risqué que ce soit, elle confronterait Gabriella dès qu'elle en aurait la possibilité.

CHAPITRE DIX-HUIT

Olivia se réveilla à l'aube, nerveuse à l'idée de ce qui pourrait arriver pendant cette journée qui commençait. Elle avait rêvé de ce mystère toute la nuit. Dans ses rêves, constata Olivia, elle avait résolu l'affaire au moins cinq fois et de cinq façons différentes.

Maintenant que la lumière matinale entrait par sa fenêtre, elle ne pouvait malheureusement se souvenir d'aucune de ces façons.

Olivia se redressa et repoussa les couvertures. Elle se sentait trop nerveuse pour passer la journée à la villa. Elle avait énormément de travail à faire à sa ferme et, bien que la salle de dégustation soit fermée, elle décida qu'elle irait à l'exploitation viticole à l'heure habituelle. Cela lui permettrait de poursuivre son enquête et aussi, espérait-elle, de soutenir moralement les Vescovi.

Après avoir donné à Erba un petit déjeuner rapide à base de carottes et avoir glissé un paquet de nourriture pour chat dans son sac à main, Olivia fut prête à partir.

*

Comme elle partait très tôt, elle décida de faire un détour par la ville et de s'y acheter un café à emporter et une friandise de petit déjeuner dans une des deux pâtisseries avant de travailler un peu à sa ferme.

À cette heure-ci, les pâtisseries étaient forcément les seuls magasins ouverts en ville. C'étaient des établissements concurrents, situés en face l'un de l'autre, des deux côtés de la route, et Olivia avait souvent vu les propriétaires se crier des insultes en secouant les poings par colère.

Depuis, elle s'était rendu compte que cette rivalité était si notoire que les pâtisseries avaient commencé à devenir une attraction touristique. Des visiteurs curieux venaient en ville pour voir les présentations et les prix identiques des marchandises offertes à la vente et pour assister aux échanges de cris en public qui se produisaient fréquemment entre les deux propriétaires.

Elle avait vu de nombreux touristes filmer les disputes et devait admettre que les propriétaires se mettaient dans des colères si excessives que, parfois, cela paraissait presque comique, presque digne d'être filmé pour YouTube.

Olivia prenait soin de passer d'un établissement à l'autre pour ne pas attiser encore plus cette terrible animosité. Cette fois-ci, elle devait aller se fournir chez Mazetti. Comme il était tôt, il n'y aurait pas de circulation en ville et elle pensait pouvoir emmener Erba.

Quand Olivia descendit la rue principale vide, elle constata avec déception que les deux pâtisseries avaient les volets baissés alors que l'odeur alléchante du pain en cours de cuisson lui parvenait. Les deux établissements devaient déjà travailler dur à préparer leurs pains et leurs pâtisseries identiques pour la journée qui commençait.

La porte latérale de chez Mazetti était ouverte et Olivia se demanda s'il serait possible de se faufiler à l'intérieur et d'acheter quelque chose. Peu lui importait ce qu'elle achèterait. Maintenant qu'elle avait senti cette odeur délicieuse, tout ce qui sortirait de leurs fours lui plairait, que ce soir un mini-cheesecake à la ricotta ou une tranche de torta caprese au chocolat ou même juste une focaccia fraîchement cuite.

Olivia jeta un coup d'œil par la porte et s'arrêta, les yeux écarquillés, incrédule.

Elle voyait les deux propriétaires, assis ensemble à la table du bar le dos tourné à la porte. Ils riaient et bavardaient en buvant des expressos.

Comment était-ce possible ? Les yeux exorbités, elle n'en revenait pas.

Le propriétaire de chez Mazetti montra des photos au propriétaire de Forno Collina sur son téléphone. Quand l'autre homme les regarda, il éclata bruyamment de rire et serra affectueusement l'épaule à son supposé rival.

Olivia s'écarta brusquement de la porte en se mettant la main sur la bouche pour réprimer un rire étonné. C'était absolument surréaliste !

Elle n'aurait jamais imaginé que ces deux propriétaires de pâtisserie étaient en fait de proches amis. Ils avaient dû commencer par afficher leur rivalité pour plaisanter d'une façon ou d'une autre puis continuer quand ils s'étaient rendu compte que cela attirait considérablement les touristes dans les deux magasins.

Elle ne voulait surtout pas qu'ils sachent qu'elle les avait espionnés lors d'une de leurs retrouvailles amicales.

Ça gâcherait tout.

Olivia se détourna et repartit vers la route principale sur la pointe des pieds en gloussant discrètement. Quelle chance elle avait eue de découvrir la vérité sur cette rivalité légendaire !

Elle se demanda combien d'autres habitants de la ville étaient au courant et gardaient le secret pour sauver les apparences.

Quand Olivia reprit la route qui menait à sa ferme, elle se dit qu'elle pouvait tirer une leçon de la découverte qu'elle venait d'effectuer.

Elle faisait confiance aux gens et acceptait en général l'image qu'ils donnaient d'eux-mêmes. Elle avait été convaincue que ces pâtissiers étaient des ennemis jurés. Alors, par hasard, elle avait découvert la vérité.

Olivia poussa un soupir impatient. Il fallait qu'elle arrête de supposer innocemment des choses. Il fallait qu'elle applique l'expérience qu'elle venait de vivre devant cette pâtisserie à tous les domaines de sa vie, et surtout quand elle enquêtait.

Elle ne pouvait pas se permettre de prendre pour argent comptant ce que disaient les gens alors qu'il leur arrivait de présenter délibérément une image irréaliste au monde.

*

Quand elle arriva à sa ferme, elle sentit son cœur se remplir de bonheur. La ferme avait l'air la plus belle quand ses murs étaient baignés par la lumière matinale, qui donnait un éclat doré à la pierre aux tons crème chaud.

Erba semblait elle aussi ravie de faire ce détour. Elle se dirigea avec résolution vers le jardin de plantes aromatiques qu'Olivia avait créé et prit une bouchée du buisson de romarin récemment planté.

— Seulement une bouchée, Erba, avertit Olivia.

La chèvre sembla comprendre. Elle n'était pas du tout gourmande, pensa tendrement Olivia. Elle était espiègle et amusante, mais pas du tout destructrice.

Retournant devant la maison, Olivia vit avec plaisir que le chat noir et blanc était revenu.

Elle se mit à quatre pattes comme Danilo l'avait fait.

— Psspsspss, appela-t-elle.

Elle fut ravie de voir le petit chat lui renifler les doigts puis lui frotter amicalement la main avec la tête.

Enfin du progrès ! Olivia put caresser le chat tout le long du dos. Il s'arqua contre elle en ronronnant très fort, comme s'il avait eu besoin de toute cette affection parce que la vie ne lui en avait guère apporté.

— Tu es un chat adorable, dit Olivia au félin en extase. Je devrais te donner un nom, mais je ne sais pas si tu es un garçon ou une fille. Je pourrais peut-être te donner un nom épicène comme Pirate. Aimerais-tu t'appeler Pirate ? C'est un nom plutôt masculin, en fait, mais je crois que tu es un garçon.

Olivia essaya le nom à voix haute en regardant le chat de près. Elle ne savait pas si le chat l'aimait. Le félin restait impénétrable. Olivia se dit qu'il n'avait jamais dû avoir de nom. Nommer un chat, c'était une grande responsabilité. Le nom devait refléter la personnalité de l'animal.

— Tu seras Pirate pour l'instant, décida-t-elle.

Elle était sûre que ce jeune chat était un mâle. Quand elle l'aurait assez apprivoisé pour le mettre dans une cage de transport puis le faire examiner et castrer par un vétérinaire, Olivia était sûre que son hypothèse serait confirmée.

Contente que son chat d'adoption ait maintenant un nom, Olivia parcourut rapidement sa maison en prévoyant quels meubles elle aurait besoin d'acheter et où elle devrait les placer. Elle avait laissé un bloc de croquis dans le hall et, tout en parcourant la maison, elle dessina des schémas qui indiquaient exactement où iraient ses meubles de façon à pouvoir estimer les tailles dont elle avait besoin et visualiser l'apparence qu'auraient les pièces.

C'était passionnant. Cela allait aussi coûter cher. Elle avait économisé de l'argent pour cela, mais avoir cet argent sur son compte en banque la rassurait.

Le dépenser serait à la fois nécessaire et inquiétant et cela montrerait qu'elle s'engageait finalement à vivre sa nouvelle vie.

Que se passerait-il si la fermeture de l'exploitation viticole la privait de travail ? Il vaudrait mieux qu'elle n'achète pas de nouveaux meubles avant d'avoir effectué des progrès réels dans son enquête.

Comme elle hésitait à poursuivre ses prévisions en matière de meubles, elle décida de commencer à déblayer la grange. Un jour, il faudrait enlever le gros tas de gravats qui se trouvait à l'intérieur. Même si c'était un travail énorme, on pouvait l'effectuer seul avec une pelle et une brouette. Si elle enlevait une ou deux brouettes par jour, la grange serait vite déblayée.

Olivia s'attacha les cheveux en arrière et se mit rapidement son pantalon usé.

Alors, avec sa brouette et une pelle, elle se dirigea bruyamment vers la grange.

— Salut ! Je me suis dit que j'allais passer par ici pour voir si tu étais venue.

Olivia vit avec plaisir Charlotte remonter l'allée.

— C'est une jolie robe, dit Olivia pour féliciter son amie, admirant la robe d'été vert citron qu'elle portait.

— N'est-ce pas ? Je l'ai achetée au village. Ce magasin de vêtements est si petit qu'il ressemble à un placard, mais il est rempli de vêtements superbes. Il y a une robe bleue avec ton nom dessus.

— Tu vas avoir besoin d'une valise plus grosse, avertit Olivia.

— J'en ai déjà acheté une. Ça fait partie des folies de ma dernière semaine en Italie, puisque je pars vendredi prochain. Alors, tu vas déblayer la grange, ce matin ?

Olivia fit la grimace.

— À chaque fois que je regarde ce tas, il semble grossir. Ça va me prendre des mois. Je suis tentée d'embaucher une personne qui aurait une chargeuse à godet. Ça déplacerait ces gravats bien plus rapidement.

Charlotte hocha la tête avec compassion.

— Moi aussi, ça me tenterait. Par contre, d'un autre côté, le faire soi-même apporte une certaine satisfaction.

— Oui, c'est mon dilemme. Je crois que je vais au moins commencer. Peux-tu vérifier s'il y a des araignées dans la grange ?

Charlotte regarda Olivia, puis sa robe, d'un air dubitatif.

— De loin ? négocia Olivia.

— D'accord.

Charlotte alluma la lampe de son téléphone et entra dans la grange.

— C'est très poussiéreux ! cria-t-elle. Je le fais parce que je suis une vraie amie. Cette couleur vert citron met en valeur toutes les éraflures et j'ai prévu d'aller en ville prendre mon petit déjeuner à la pâtisserie.

— Merci, répondit Olivia avec reconnaissance.

Une minute plus tard, Charlotte réapparut en s'essuyant la jupe. Elle éternua très fort.

— Aucun signe de vie sauvage non désirée. Il y a bien quelques vieilles toiles d'araignées, mais je crois que toutes les araignées ont déménagé à la ferme il y a longtemps. Il faudra vite installer une porte à cette grange pour éviter qu'elle ne se salisse encore plus.

— Seulement quand elle sera propre. Pour l'instant, une porte ne servirait qu'à garder la saleté à l'intérieur, répliqua Olivia.

Elle y fit entrer la brouette.

Enfonçant soigneusement la pelle à la base du tas, elle commença à le déblayer. Quand la pelle toucha les gravats, Olivia eut une sensation d'accomplissement. Elle commençait quelque chose. Dorénavant, la tâche ne pourrait que devenir plus facile.

— Tu te débrouilles bien ! cria Charlotte.

Quand Olivia se retourna, elle se retint de rire. Son amie se tenait à une bonne distance de l'entrée de la grange et ne regardait même pas dans la direction d'Olivia, car elle tapait des SMS sur son téléphone.

— Attention ! avertit-elle.

Elle sortit la brouette pleine, qui débordait de poussière sur les côtés, et lui fit traverser le sol inégal jusqu'à un endroit où elle voulait le niveler pour créer une place de stationnement couverte près de la maison.

Quand elle revint, sa sensation d'accomplissement s'en alla, car le tas lui parut aussi grand qu'avant.

Dans son esprit, la durée du chantier passa de quelques mois à plusieurs années. C'était le temps que ça allait peut-être prendre. Des années !

Juste une brouette de plus, dit-elle pour se persuader. Alors, elle s'arrêterait pour la journée et peut-être pour même la semaine, se dit-elle en retournant dans la grange poussiéreuse avec un fort éternuement.

Cette fois-ci, quand elle enfonça la pelle dans le tas, elle entendit un son inattendu et étrangement familier : le son sourd du métal contre du verre.

Olivia retira immédiatement la pelle. Il y avait du verre dans ce tas. Elle ne s'y était pas attendue et elle ne voulait pas briser ce qui était probablement un carreau de fenêtre jeté. Cela ne ferait que compliquer ses plans de déblaiement.

Elle s'agenouilla sur le sol poussiéreux et, soupirant parce qu'elle allait se salir dix fois plus que prévu, commença à écarter soigneusement les gravats avec les mains. Elle procédait aussi délicatement que possible, car elle savait qu'une surface de verre tranchant rôdait peut-être à l'intérieur ce tas de poussière.

Cependant, à son grand étonnement, quand elle toucha finalement le verre, il n'était ni plat ni tranchant.

C'était une forme qu'elle connaissait parfaitement et reconnut immédiatement.

— Ah ! s'exclama-t-elle, surprise. Une bouteille de vin vide !

Contente de ne pas l'avoir brisée par inadvertance avec sa pelle, Olivia écarta soigneusement les gravats. Elle était curieuse de savoir de quel cru il s'agissait, car cela pourrait lui indiquer quel type de vin c'était et depuis combien de temps la bouteille attendait ici.

Olivia saisit le goulot de la bouteille et la sortit du tas en éparpillant des petits cailloux autour.

Ce n'était pas du tout une bouteille vide. Elle était pleine et fermée hermétiquement.

Olivia eut le souffle coupé par la surprise. Quelle découverte !

— Charlotte ! cria-t-elle.

— Quoi ? appela son amie d'un endroit qu'Olivia ne voyait pas. Je suis occupée avec ta chèvre. Elle exige qu'on lui gratte la tête.

— Viens voir ! J'ai déterré un objet unique !

Olivia amena la bouteille à l'extérieur.

— Elle est fermée. Regarde.

— Ouah !

Après avoir gratté la tête à Erba une dernière fois, Charlotte se dépêcha de venir admirer la découverte d'Olivia.

— C'est incroyable. Elle pourrait venir des environs. Elle a l'air très ancienne. Penses-tu qu'il y a une date sur l'étiquette ?

— Il devrait y en avoir une, mais l'étiquette est tellement sale que je ne peux rien lire. Je ne veux pas l'endommager. Elle est peut-être trop délavée pour être lisible, mais il y a peut-être un moyen de la nettoyer et de la lire.

— Et si on cherchait sur Google ? conseilla Charlotte. Pour le moment, mettons-la à l'abri.

Abandonnant le déblaiement de ses gravats pour la journée, Olivia amena la bouteille à la ferme. Elle se demandait si cette bouteille pourrait la renseigner sur ceux qui avaient habité ici autrefois. D'où venait ce vin ? Est-ce que cette vieille grange avait été utilisée comme cave à une époque reculée ?

Le plus important, c'était que, si elle avait déjà découvert une bouteille, Olivia pensait que d'autres découvertes historiques importantes l'attendaient peut-être dans ce tas de gravats poussiéreux.

CHAPITRE DIX-NEUF

Debout dans la cuisine de la ferme, Olivia nettoyait la forme sombre en verre massif en s'émerveillant d'avoir eu autant de chance. Une bouteille de vin inutilisée, jamais ouverte et intacte lui arrivait du passé ! C'était stupéfiant. Du bout du doigt, elle effleura doucement l'étiquette sale en observant le motif presque indéchiffrable.

— Qu'en penses-tu ? Est-ce un logo ? demanda-t-elle à Charlotte.

— Je dirais que oui, tout à fait, acquiesça Charlotte.

Cela ressemblait à une image de trois ovales entortillés que l'on avait joints pour qu'ils ressemblent à des raisins. Il y avait aussi du texte, mais indéchiffrable. Peut-être quelqu'un pourrait-il nettoyer l'étiquette de manière professionnelle, la restaurer comme on le faisait avec les peintures. Alors, Olivia pourrait peut-être retrouver quel vin c'était et quelle était son origine.

Comment avait-il fini dans ces gravats, se demanda-t-elle, et qui l'y avait jeté longtemps auparavant ?

Retirer les débris avec une chargeuse à godet, comme elle avait été tentée de le faire, allait être impossible, maintenant. Elle avait failli briser cette bouteille et pouvait pas faire courir le même risque à d'autres objets importants cachés dans le tas de gravats.

— Penses-tu ce que je pense ? demanda Charlotte.

— À quoi penses-tu ?

— Je me souviens de cette réserve fermée à clé, celle que nous avons trouvée par accident, cachée dans les collines. Si tu n'as trouvé qu'une vieille bouteille dans la grange, imagine ce qu'il pourrait y avoir à l'intérieur de cette réserve !

— Tu as raison.

Soudain enthousiaste, Olivia imagina la pièce secrète, isolée dans sa cachette au milieu des collines. Et s'il y avait d'autres bouteilles là-bas, stockées dans cette cachette ?

Qui aurait cru que sa nouvelle ferme se transformerait en mine d'objets anciens passionnants et mystérieux ?

Peut-être qu'un jour cette bouteille pourrait faire partie du décor de sa propre salle à manger et l'aider à se souvenir que son nouveau pays de résidence avait une histoire viticole riche.

Espérant que la journée serait bonne grâce à cette étonnante découverte, Olivia déposa la bouteille à l'intérieur du placard récemment rénové qui se trouvait sous le plan de travail de la cuisine. Alors, elle se remit ses vêtements de travail et partit à La Leggenda.

*

Alors qu'elle approchait de l'exploitation viticole, Olivia oublia la merveilleuse découverte qu'elle avait faite à sa ferme et s'intéressa à nouveau à une question plus importante : qui avait tué Vernon Carrington ?

Si elle ne réussissait pas à résoudre ce mystère, son travail et l'avenir de l'exploitation viticole seraient en danger. Olivia savait qu'elle était sous pression et que, comme la police avait fermé l'exploitation, il fallait qu'elle résolve l'énigme le plus vite possible.

C'était déstabilisant de voir les grandes portes d'entrée de la salle de dégustation fermées et de devoir tourner la grande poignée en bronze et pousser la lourde porte pour entrer. Olivia se rendit compte que le hall était étonnamment sombre sans la lumière qui entrait par l'embrasure de la porte large et accueillante.

— Ah, Olivia. Bonjour. C'est gentil de venir au travail, dit Marcello. Cela compte beaucoup pour moi, personnellement, que tu sois ici aujourd'hui. Plus que tu ne l'imagines.

Il avança jusqu'à elle et glissa un bras autour de sa taille avant de l'embrasser gentiment sur chaque joue. Il avait l'air profondément stressé et de ne pas avoir assez dormi. Chose inhabituelle, il donnait l'impression d'avoir quelques années de plus que ses quarante ans.

Olivia eut soudain envie de le serrer fortement et tendrement dans ses bras pour le réconforter puis de redresser le col fripé de sa chemise et de lisser ses cheveux bruns, qui étaient inhabituellement décoiffés.

Cependant, elle n'en fit rien. Préférant contrôler ses émotions, elle lui offrit un sourire professionnel.

— Je suis venue vous aider et vous soutenir comme je le pourrai, souligna-t-elle. Vous avez toute ma loyauté et je ferai tout ce qu'il faudra pour résoudre cette situation de crise aussi vite que possible.

Voyant l'air de gratitude qui venait d'apparaître sur le visage de Marcello, Olivia se dit que ses mots avaient peut-être eu plus de portée que toute étreinte, aussi intense et aimante soit-elle.

Alors, le téléphone de Marcello sonna et, l'air à nouveau stressé, il repartit à grands pas dans son bureau pour répondre.

Olivia sentit un regard furieux l'agresser par-derrière. Quand elle se retourna, elle vit qu'elle avait bien senti ce qui se passait. Gabriella se tenait à l'entrée du restaurant et elle la contemplait d'un air furieux. Elle avait dû voir Marcello saluer Olivia et la gentillesse de son geste avait dû déclencher sa colère.

Olivia se dit qu'elle avait bien fait de se retenir de prendre Marcello dans ses bras avec chaleur et amour et traversa rapidement la salle de dégustation vide pour affronter son ennemie jurée.

— Je veux vous poser une question rapide, s'il vous plaît, dit Olivia.

Gabriella eut l'air étonnée quand elle approcha. Alors, Olivia pensa qu'elle avait l'air coupable, comme si elle avait été surprise en train de la regarder fixement et de penser des choses méchantes.

Cette expression ne dura qu'un moment, après quoi Gabriella retrouva son calme habituel et contempla Olivia avec mépris du haut de son nez aquilin tout en donnant une chiquenaude à une mèche parfaitement bouclée derrière son oreille.

— Je me demande bien de quoi vous voulez discuter. Voulez-vous parler de votre précédent lieu de travail ? Je suis sûre que cela nous ferait une conversation passionnante !

Les lèvres carmin de Gabriella formèrent un sourire cruel.

— Nous devrions peut-être demander à Marcello d'écouter. Ou alors, allons-nous garder ça entre nous deux — pour l'instant ?

Olivia se sentit extrêmement mal à l'aise quand elle se rendit compte qu'elle était énormément désavantagée. Gabriella aimait tellement la narguer qu'Olivia commença à se demander si elle révélerait jamais cet horrible secret un jour. Elle semblait ravie d'être l'unique propriétaire de cette information préjudiciable.

— Ne parlez pas de ça, je vous en prie, supplia Olivia. Pour l'instant, il risque de ne plus y avoir d'exploitation viticole du tout si l'usine de vinification est fermée et si le public apprend ce qui s'est passé. Alors, le restaurant fermerait lui aussi et nous serions tous sans travail.

Le sourire désagréable de Gabrielle disparut. Olivia vit que ses mots avaient fait mouche.

— Je voulais vous demander quelque chose de très important, dit Olivia.

Il fallait qu'elle batte le fer tant qu'il était chaud. Elle savait qu'elle ne serait pas souvent en position forte avec Gabriella. Elle devait en profiter au maximum.

— Quoi ? demanda Gabriella en pliant les bras.

— Je mène des recherches sur la mort de Vernon Carrington pour innocenter l'exploitation viticole, dit Olivia.

Elle espérait aussi s'innocenter elle-même, mais elle savait que Gabriella ne serait guère intéressée si elle l'apprenait. Il valait mieux ne pas en parler du tout.

— À la vente aux enchères, il y a deux gens qui, à mon avis, ont pu empoisonner le vin de Vernon et avoir un mobile pour cela, dit Olivia en baissant la voix.

Elle constata avec plaisir que Gabriella se penchait en avant pour écouter et abandonnait son attitude défensive.

— Le premier est le Français qui a enchéri contre lui à la fin. Je crois que c'est un marchand d'antiquités. L'autre, c'est l'enchérisseur du fond de la salle, qui a arrêté d'enchérir avant la fin. S'ils voulaient la bouteille à ce point-là, l'un d'eux aurait pu prévoir de la voler.

— Et pourquoi me parlez-vous de ça ?

Olivia sourit en espérant que Gabriella interpréterait cela comme un geste amical.

— J'étais occupée après la vente aux enchères et je ne les ai vus ni l'un ni l'autre. Je me demandais si l'un des deux avait eu la possibilité d'ajouter le poison au vin de Vernon. Vous voyez, je veux soutenir l'exploitation en enquêtant. Après tout, il faut que nous résolvions ce crime affreux.

Olivia hésita.

Elle venait d'avoir une autre idée horrible qui lui avait donné une crise de panique.

— Continuez, demanda Gabriella, mais maintenant, son ton était froid.

— Je — Je me demande si — vous les aviez vus ? Ces deux hommes ? Ne serait-ce qu'un peu ? conclut Olivia d'une petite voix.

Elle venait de se rendre compte qu'il y avait un autre suspect à cette vente aux enchères. Ce suspect venait de découvrir le lien entre Olivia et la victime et s'était rendu compte que c'était une parfaite opportunité de la faire accuser d'un crime.

Cette personne avait un mobile, une jalousie forte, parce que son ex-petit copain semblait avoir des sentiments pour Olivia.

Tout en souriant nerveusement à l'autre femme, Olivia fut consternée par sa propre stupidité.

Elle était peut-être en train d'avouer ses soupçons au véritable assassin.

CHAPITRE VINGT

Olivia avait l'impression que tout l'air avait disparu du restaurant.

Avant d'avouer à sa pire rivale, qui était aussi sa suspecte la plus récente, qu'elle enquêtait sur l'affaire, n'aurait-elle pas pu réfléchir ?

Si Gabriella était l'assassin, elle avait su utiliser un poison mortel avec habileté et sans se faire remarquer par qui que ce soit. Elle était experte en saveurs et semblait savoir comment échapper aux soupçons. Elle avait même échappé à la méfiance pourtant extrêmement sensible de l'inspectrice Caputi.

Olivia ne pourrait plus jamais déjeuner tranquillement au restaurant ! Elle craindrait même d'ouvrir une bouteille d'eau minérale fermée hermétiquement, sachant qu'elle viendrait de la réserve de Gabriella.

Elle aurait dû se taire. En fait, elle aurait aimé repartir dans le passé et recommencer à zéro, dès le moment où elle avait ouvert les lourdes portes en chêne de l'exploitation viticole.

Tout ce qu'elle pouvait faire, c'était attendre, dans le silence pesant, de voir comment Gabriella allait réagir à ses mots.

Elle arracha son regard au bureau, quitta sa zone de confort et risqua un coup d'œil en direction de l'autre femme.

Gabriella avait posé un doigt parfaitement manucuré contre sa tempe. Elle réfléchissait, ou faisait semblant. Elle était probablement en train de se créer un alibi visant à induire délibérément Olivia en erreur.

Eh bien, pensa Olivia, quoi que Gabriella dise, à ce stade, elle ferait mieux de faire semblant de croire à ce qu'elle dirait ! Si Gabriella disait qu'elle avait entendu toute la famille Vescovi comploter de concert pour ajouter de l'antigel au vin, Olivia décida qu'elle la remercierait avec enthousiasme puis s'en irait aussi vite que possible.

— Le Français m'a suivie dans la cuisine juste après la vente aux enchères, dit Gabriella. Il adorait mes macarons et ma nourriture en général. Il voulait emporter une boîte de desserts. Je la lui ai préparée et il m'a demandé si je pouvais faire la cuisine à ses événements futurs.

Elle sourit d'un air satisfait.

— Il fait beaucoup d'affaires en Toscane, surtout des ventes d'antiquités et du tourisme historique. Donc, nous avons parlé pendant environ vingt minutes, je lui ai fourni mes coordonnées et il m'a laissé sa carte.

Elle ouvrit le tiroir de caisse et en sortit la carte avec un grand geste.

Olivia hocha la tête pour convaincre Gabriella qu'elle était très impressionnée.

— L'autre homme était un touriste, écossais, je crois. Il enchérissait sur la bouteille pour s'amuser, car il a une grande collection de vins fins dans sa maison de campagne. Il était venu avec sa femme et son fils. Il s'est battu avec acharnement pendant la vente aux enchères, mais il n'a pas semblé excessivement déçu et ils sont partis juste après. Comme ils avaient réservé un dîner dans un restaurant près de Florence, ils ont à peine touché à mes en-cas. Je leur ai proposé environ six plateaux de nourriture différents, mais seule sa femme a mangé quelque chose.

Gabriella avait l'air irritée. Une fois de plus, elle semblait dire la vérité. Comme elle avait été concentrée sur sa nourriture, si ses en-cas avaient été refusés, il était tout à fait logique qu'elle ait été offensée et qu'elle ait tenu à connaître la cause du refus.

Olivia commença à penser que Gabriella disait la vérité. Or, pourquoi le ferait-elle si elle était coupable ? Si elle était l'assassin, elle voudrait qu'Olivia se disperse autant que possible pour ne pas comprendre son mobile. Gabriella aurait pu dire qu'elle ne savait rien sur ces deux hommes, mais elle avait fourni une explication très claire.

— Merci, dit Olivia.

Elle espéra que cela signifiait peut-être que Gabriella acceptait de mettre de côté son aversion évidente pour elle, mais en vain.

— C'est tout ? demanda la directrice du restaurant d'un ton inamical.

Olivia comprit que la trêve temporaire était terminée.

— Oui, c'est tout, dit-elle avant de s'en aller à toute vitesse.

Olivia décida que l'interrogatoire avait prouvé l'innocence de Gabriella parce que cette dernière avait fourni volontairement ses informations. Toutefois, elle n'était pas vraiment sûre que le Français soit innocent. Il aurait pu glisser le poison dans le vin de sa victime puis se créer délibérément un alibi en allant dans le restaurant de l'exploitation viticole.

C'était une chose qu'un bon planificateur pourrait faire.

Cependant, comment pouvait-on être prévoyant au point d'apporter du poison à une vente aux enchères au cas où on ne remporterait pas la bouteille désirée et arriver à se créer un alibi aussi parfait juste après ? Si le Français avait fait tout cela, il était moins un marchand d'antiquités qu'un génie du crime.

Elle trouvait peu probable qu'un marchand d'antiquités soit doté d'une gamme aussi étendue de talents pour le mal. Néanmoins, il fallait le garder sur la liste des suspects. Si Olivia ne trouvait personne avec un mobile plus clair, elle serait obligée de le contacter et de l'interroger elle-même.

Quand elle quitta le restaurant, Olivia vit Nadia sortir furieusement de la réserve. Elle tenait un porte-bloc et un stylo et semblait de mauvaise humeur. Olivia devina qu'elle faisait l'inventaire en essayant d'évaluer les dégâts et les pertes provoquées par les vins contaminés et que ces problèmes étaient maintenant exacerbés par la fermeture de l'établissement de vinification.

Nadia regarda Olivia d'un air furieux.

Olivia la connaissait assez bien pour ne pas se sentir vexée. Quand Nadia était heureuse, le monde riait et souriait avec elle. Quand elle était en colère, tous les travailleurs de l'exploitation viticole essayaient de l'éviter. Sauf Olivia, qui devait maintenant la confronter. Elle espérait qu'elle pourrait utiliser des techniques d'interrogatoires subtiles pour l'exclure de la liste des suspects.

— C'est vraiment une épreuve terrible, dit-elle avec compassion.

Nadia enfila son stylo dans la rainure de son porte-bloc.

— C'est pire que terrible. Je suis complètement stressée ! Nous avons trop peu de temps pour fabriquer ces vins et les envoyer sur le marché. L'inspectrice ne comprend pas comment fonctionne une chaîne logistique. Quelle idiote ! Elle n'y connaît rien en vin et ça ne l'intéresse pas.

— Je ne crois pas que Vernon ait été intéressé, non plus, dit Olivia avec compassion et en espérant que cela encouragerait Nadia à s'exprimer.

— Quand il a remporté la bouteille, j'aurais pu crier tellement j'étais enragée. J'ai eu envie d'aller l'arracher à ses sales mains de rapace, siffla Nadia. Notre vin n'a jamais mérité d'être la propriété d'un ignare aussi impoli et insultant. Quant à celui qui lui a volé ce vin, je dirais qu'il l'a sauvé !

— À ton avis, ça aurait pu être qui ? demanda Olivia.

Nadia haussa les épaules de manière éloquente puis fit demi-tour et sortit de la salle de dégustation.

Olivia la contempla en fronçant les sourcils.

Cette conversation n'avait en rien innocenté Nadia mais, maintenant, Olivia avait un souci plus grand. Elle était certaine que la viticultrice volubile avait exprimé ses opinions pendant son interrogatoire avec l'inspectrice Caputi et que la policière devait la considérer très suspecte.

Olivia devait innocenter Nadia et identifier le véritable coupable avant que l'inspectrice Caputi ne prenne Nadia dans ses rets.

*

Quand Olivia consulta son téléphone après le travail, elle vit que Danilo lui avait envoyé la liste de ce dont elle avait besoin pour nourrir son sol et faire pousser ses vignes.

— Si vous allez au magasin de bricolage, ils pourront vous aider à trouver tout ça, disait-il à la fin de son message.

Impatiente de faire germer ses graines aussi bien que possible, Olivia se rendit au magasin de bricolage en voiture juste après le travail.

— *Ciao, ciao*, dit la gentille propriétaire en souriant. Vous êtes venue acheter du compost et de l'engrais pour les sols ? Danilo a dit que vous reviendriez bientôt !

Olivia lui répondit par un sourire forcé. Elle soupçonnait que Danilo avait déjà raconté à son amie du magasin de bricolage qu'il avait constaté de ses yeux qu'Olivia n'y connaissait rien en vinification.

— Danilo a dit que vous aviez cent pour cent d'enthousiasme mais zéro pourcent de connaissances, poursuivit l'employée d'un ton retentissant en levant les yeux vers Olivia. L'avez-vous réellement chassé de votre propriété ?

Maintenant, les deux clients les plus proches écoutaient tout en faisant semblant de regarder les étagères proches de la caisse. Découragée, Olivia comprit que cette scène avait probablement fait le tour du village.

— Oui, admit-elle, toute rouge. Il était exaspérant, donc, je lui ai demandé de s'en aller.

L'employée rit à gorge déployée. Même la jeune femme qui se tenait près de l'étagère la plus proche se couvrit la bouche pour réprimer un rire.

— Vous l'avez choqué, confia l'employée à Olivia. Il a dit que vous aviez paru offensée par ce qu'il avait dit dans ce magasin et qu'il était allé à votre ferme pour essayer de vous aider. Il n'arrivait pas à croire qu'une jolie *turista* comme vous refuse son assistance puis se mette en colère quand il essayait de vous expliquer vos erreurs. Il a dit qu'il était vexé. Je lui ai dit qu'il aurait dû demander plus gentiment et que tous les gens n'ont pas envie de savoir qu'ils se trompent.

Bien vu, pensa Olivia. C'était son portrait tout craché. Trois mois après ces événements, elle avait fait amende honorable, comme prévu.

— Je suis reconnaissante qu'il m'aide, maintenant, avoua-t-elle.

Autant reconnaître son ignorance. Après tout, elle avait un public à l'écoute. Elle ne voulait pas que toute cette ville s'imagine qu'elle était une *turista* arrogante.

— Danilo a un grand cœur ! dit l'employée en se plaçant une main sur la poitrine de manière éloquente pour illustrer ce qu'elle voulait dire. Il essaie toujours d'aider les autres.

— Je suis contente que nous ayons fini par nous comprendre, dit Olivia en souriant.

— Maintenant, dites-moi, dit l'employée en baissant la voix. Vous travaillez à La Leggenda, n'est-ce pas ? D'après ce que j'ai entendu dire, il y a eu des ennuis après la vente aux enchères ? L'enchérisseur qui a remporté le dernier article a été retrouvé mort le lendemain ?

Olivia la contempla avec consternation. Elle n'avait pas l'habitude des petites villes ! Les informations circulaient donc si vite ? Comment l'employée était-elle au courant ?

— Euh … dit-elle.

Elle était consciente du fait que la cliente la plus proche, une femme, se rapprochait encore plus en prétendant être passionnée par les serviettes disposées sous le comptoir.

— En fait, je ne sais rien là-dessus, marmonna Olivia.

Cependant, l'employée ne se laissa pas abuser.

— On dit que l'exploitation viticole a été fermée. Y a-t-il un problème là-bas ? Pourquoi est-ce que la police l'a fermée ?

— Il n'y a aucun problème, dit hâtivement Olivia. La police devait seulement venir vérifier quelque chose et ne voulait pas que les touristes circulent partout pendant ce temps-là.

Elle rougissait intensément. Elle était très mauvaise menteuse et elle se sentit encore plus mal quand elle se rendit compte que l'employée avait probablement déjà acquis beaucoup d'informations.

Elle en savait peut-être plus qu'Olivia et ne voulait probablement que confirmer sa version.

Une des pelles tomba bruyamment au sol et la cliente, gênée, la ramassa et battit poliment en retraite.

Olivia paya ses articles et sortit avec son caddie aussi vite qu'elle le put. Elle stocka les sacs dans la Fiat jusqu'à ce que le coffre et le siège de derrière soient pleins.

Alors, elle rentra en toute hâte à sa ferme. Répandre du compost lui semblait soudain être une tâche amusante et attirante qui lui éviterait d'être confrontée à la fascination de la population locale pour le crime.

Cette fois-ci, Olivia avait le soutien de Charlotte. Elle avait soudoyé son amie pour qu'elle l'aide à finir de préparer les lits de semences en lui promettant de lui payer à dîner après.

Charlotte avait volontiers accepté sa proposition et Olivia était contente qu'elle ait trouvé que c'était une bonne affaire. Olivia espérait que cette aide supplémentaire leur permettrait de finir plus vite. Elle tenait à arriver à l'heure au restaurant qui se trouvait de l'autre côté de la ville, où elle avait réservé une table. Comme c'était un endroit chic, il faudrait qu'elles prennent le temps de se préparer avant d'y aller.

Pendant qu'elles travaillaient, elle mit Charlotte au courant des progrès de son enquête.

— Le problème est que j'envisage tout le temps Nadia comme suspect principal, dit-elle. Elle avait le mobile parce qu'elle avait perdu la bouteille historique de la famille et qu'elle avait eu l'opportunité de prendre du poison quand elle avait quitté la vente aux enchères. À ce moment-là, elle savait à quel point Vernon était odieux. Elle aurait pu rapporter le poison avec elle par précaution.

— On dirait une chose que n'importe quelle femme qui réfléchit aurait pu faire, acquiesça Charlotte.

— J'avais de grands espoirs pour les deux autres enchérisseurs qui ont été battus par Vernon, dit Olivia, mais le Français semble avoir un alibi pour après et l'autre homme semble avoir enchéri pour s'amuser, ou alors, ce n'était pas le cas et il faisait semblant.

Elle poussa un soupir. Enquêter, ce n'était pas facile. En fait, quand Olivia commençait à analyser, ré-analyser puis finalement sur-analyser les mobiles envisageables de tout le monde, elle se rendait compte que ça lui faisait tourner la tête.

Elle chargea soigneusement un autre sac de compost dans la brouette.

— Et cet homme qui parlait à Vernon avant la vente aux enchères ? demanda Charlotte. Celui que nous avons entendu se vanter de sa cave au restaurant ?

Olivia hocha la tête.

— Patrick ? Il est parti juste après les enchères pour le premier article. Ça signifie qu'il ne peut pas être suspect.

— Cela vaudrait quand même la peine de lui parler, insista Charlotte. Ils se connaissaient professionnellement et tu sais que Valley Wines était très louche. Vernon aurait pu lui communiquer des informations importantes.

— Tu as raison, acquiesça Olivia. Ça vaudrait la peine d'essayer.

Derrière eux, il y eut un gros raclement de gorge.

Olivia laissa tomber sa pelle et virevolta.

Danilo se tenait à quelques mètres. Il avait l'air élégant avec son jean troué à la mode et une chemise bleue à carreaux. Ses cheveux avaient la raie sur le côté, cette fois, et il les avait aplatis avec du gel, ce qui lui donnait un look années 1920.

Depuis combien de temps était-il là ? Olivia craignait qu'il ait pu entendre ses soupçons pendant qu'elle les communiquait à Charlotte. Elle ne voulait pas que l'on pense que Nadia pouvait être coupable.

Contemplant Danilo avec consternation, Olivia se rendit compte que sa conversation innocente avec Charlotte avait peut-être été une énorme erreur.

CHAPITRE VINGT-ET-UN

— *Buon giorno*. Je suis venu voir si vous aviez besoin d'aide, dit Danilo. Alors que je passais, je vous ai vue emmener une brouette vers votre vignoble.

Olivia lui sourit nerveusement. Elle aurait voulu pouvoir rejouer les quelques dernières minutes et effacer ce qu'elle avait dit.

— *Buon giorno*, répondit-elle en se souvenant finalement d'être polie. Nous avons presque terminé. C'est le dernier sac que nous devons répandre. Après, nous allons dîner.

— Puis-je vous amener la brouette, s'il vous plaît ?

— Eh bien, c'est très gentil à vous, dit Charlotte avec enthousiasme avant qu'Olivia ait pu placer un mot.

Visiblement, Charlotte en avait assez de s'occuper de la vigne pour aujourd'hui.

Olivia dut admettre que ce fut un soulagement quand Danilo saisit les manches de la brouette. Même si elle et Charlotte avaient poussé la brouette à tour de rôle, Olivia commençait à avoir mal au dos.

Pendant que Danilo amenait la brouette vers le lit de semences, il dit nonchalamment :

— Donc, il semblerait que l'enchérisseur qui a remporté la bouteille à la vente aux enchères de votre exploitation viticole soit mort. Même si j'essayais de ne pas écouter, je n'ai pas pu m'empêcher de comprendre que vous essayiez toutes les deux de déterminer si d'autres enchérisseurs étaient impliqués dans sa mort.

Olivia se crispa.

Elle était sûre qu'il n'était pas venu les aider mais pour récupérer des informations.

Une fois de plus, elle craignit que Danilo en ait trop entendu et que ce qu'il avait appris ne compromette les Vescovi. Il y avait une enquête délicate en cours. La réputation de l'exploitation viticole était en jeu et, comme Olivia ne le savait que trop bien, les gens commençaient déjà à parler.

— En fait, oui, c'est un grand malheur. Après avoir gagné la bouteille historique, l'enchérisseur, Vernon Carrington, a été — euh — a été — euh —

Olivia avait du mal à trouver ses mots.

— Empoisonné ? proposa Danilo pour l'aider.

Olivia trébucha sur un caillou et faillit tomber face contre terre. Danilo la rattrapa rapidement par le bras.

— Désolée, dit-elle en sentant qu'elle commençait à rougir et que ça n'avait rien à voir avec le déplacement fatigant du compost. Je ne regardais pas où j'allais.

— Au village, les gens parlent, expliqua Danilo. Personne ne pense qu'un membre de l'exploitation viticole puisse être responsable, ajouta-t-il précipitamment, ou que les établissements de vinification de La Leggenda aient quoi que ce soit de douteux. Tout le monde le dit très clairement. Les Vescovi sont innocents, sans aucun doute, et leurs vins ne sont pas contaminés. Notre communauté sera solidaire. Je crois que vous devez le savoir.

Il la contempla de ses yeux noirs, graves et écarquillés.

Olivia fut soulagée de l'apprendre, même si elle savait que la mauvaise nouvelle ne tarderait pas à atteindre le monde extérieur, qui serait moins indulgent.

— J'essaie d'apporter mon aide, avoua-t-elle.

— Vraiment ? dit Danilo d'un air admiratif. C'est merveilleux ! Donc, vous êtes maintenant … c'est quoi, le terme ? … une détective ? Comme Veronica Mars ?

— Non, non.

Olivia se dépêcha de modérer les attentes de Danilo.

— J'essaie seulement de trouver des informations, c'est tout. Le problème, c'est que je suis presque à court de suspects, mis à part une, qui semble avoir un alibi.

Charlotte hocha loyalement la tête.

Aucune d'elles ne mentionna le nom de Nadia. C'était hors de question. Olivia essaya de se retenir de ne serait-ce que penser à la viticultrice pour ne rien laisser échapper par inadvertance.

— Vernon était un homme désagréable, ajouta-t-elle.

— Je pense qu'il a eu une attitude épouvantable à la vente aux enchères, acquiesça Danilo, qui semblait avoir un bon informateur.

Danilo pencha et renversa soigneusement la brouette.

La dernière charge atterrit à l'endroit prévu. Olivia vit avec bonheur que la terre avait l'air riche et fertile. Au moins, il y avait une couche nourrissante dont les jeunes vignes pourraient profiter quand elles germeraient.

— Vous savez, c'était peut-être quelqu'un d'autre, suggéra Danilo. Cela n'avait peut-être aucun rapport avec la vente aux enchères. D'autres invités sont peut-être venus à sa villa. On dit bien que personne ne peut changer sa nature. Il aurait pu traiter d'autres personnes tout aussi mal. Il n'a pas pris de pilule pour devenir méchant avant la vente aux enchères.

Olivia hocha la tête.

Ce que disait Danilo était logique. En fait, plus Olivia y réfléchissait, plus elle se rendait compte qu'il pourrait avoir raison.

Vernon Carrington avait probablement des centaines d'ennemis.

L'un d'eux aurait pu le retrouver en Toscane et venir à la villa pour s'assurer que justice soit faite.

— C'est une bonne idée, dit-elle. Je vais l'étudier tout de suite. Immédiatement, en fait.

— Faites quand même attention, avertit Danilo.

Olivia hocha la tête d'un air rassurant.

— Je ne ferai que poser quelques questions innocentes, promit-elle.

— Passez une bonne soirée, Olivia, Charlotte, dit Danilo avec un sourire après avoir garé la brouette sous le porche.

Il s'arrêta pour saluer le chat, qui était apparu dès qu'il avait entendu sa voix.

— Je l'ai nommé Pirate, pour l'instant, dit Olivia. Je suis sûre que c'est un mâle.

— Pirate ? C'est un bon nom. Viens ici, mon petit !

Le visage de Danilo s'illumina quand il gratta le chat à la base de la queue.

Soudain, Olivia eut honte.

Danilo l'avait déjà aidée trois fois. Il lui avait offert des graines de vigne, il l'avait aidée à déplacer des gravats et, surtout, il avait beaucoup aidé à apprivoiser son chat. Elle se rendait soudain compte que, jusque-là, cette relation était déséquilibrée. Il fallait qu'elle fasse sa part. Elle vivait dans un village, maintenant, et elle devrait offrir son aide quand elle le pourrait.

— Vous avez été très gentil avec nous. Aimeriez-vous venir le jeudi soir de la semaine prochaine ? demanda-t-elle. À ce stade, j'aurai emménagé et acheté des meubles et tout sera plus organisé. J'aimerais vous offrir un verre de vin et un cadeau de remerciement.

Danilo eut l'air ravi.

— Merci. Ce sera avec plaisir.

Il repartit à son pick-up d'un pas léger.

Charlotte enleva ses gants et les essuya.

— Ça s'est bien passé, fit-elle remarquer en contemplant les résultats de leur travail avec admiration. Est-ce qu'on revient à la villa avant d'aller dîner ? On risquerait d'arriver un peu trop tôt.

Olivia secoua la tête.

— On n'arrivera pas trop tôt. On sera peut-être même un peu en retard, parce qu'il faut que je fasse une halte importante sur le chemin. Grâce à Danilo, j'ai une idée qui pourrait porter ses fruits pour faire avancer l'enquête.

*

La rangée de villas tape-à-l'œil fréquentées par les touristes les plus riches était proche, en voiture, de la villa où Olivia et Charlotte résidaient. Il leur suffit de deux minutes pour contourner la colline et arriver en haut de la rue.

Même si ces villas se dressaient très à l'écart de la route, elles étaient en vue les unes des autres. Olivia espérait qu'un des voisins avait vu quelque chose.

Charlotte conduisait pendant qu'Olivia observait les environs.

— Ralentis, dit Olivia quand elles approchèrent de la villa.

Il lui semblait étrange de se retrouver devant cette maison et elle ne put s'empêcher de repenser à ce moment effrayant où elle était entrée dans la villa silencieuse. Elle avait eu tous les cheveux dressés sur la tête, se souvenait-elle. C'était comme si, dès le moment où elle était entrée, elle avait senti que quelque chose n'allait pas.

Si seulement ses instincts de détective étaient aussi bien réglés ! Elle aurait déjà résolu le meurtre, maintenant.

— La voilà ! On la voit tout juste de la route. Tu vois cette grande maison jaune derrière les arbres ? C'est là où résidait Vernon Carrington.

Charlotte ralentit et jeta un coup d'œil, contemplant le bâtiment lointain avec fascination.

— Si tu regardes ici, l'allée des voisins de gauche est près de celle-là et, si tu avances de quelques mètres, tu peux voir que la villa située de l'autre côté a vue sur la porte d'entrée de Vernon de sa propre porte d'entrée.

Charlotte hocha la tête.

— Donc, nous allons frapper à la porte des voisins ?

— Oui. Ils ont peut-être vu l'assassin, expliqua Olivia.

C'était la villa dont l'allée était la plus proche qui lui donnait le plus d'espoir. Les deux maisons avaient partiellement vue l'une sur l'autre. En outre, Vernon Carrington avait dû rentrer de la vente aux enchères à peu près à l'heure où les gens avaient dû rentrer de leur journée de tourisme ou sortir dîner tôt. Il y avait beaucoup de chances que quelqu'un ait remarqué une interaction cruciale en passant.

Charlotte passa entre les grands montants de porte élégants.

— Villa Splendido, dit-elle en lisant à voix haute la pancarte incrustée de cristal fixée au montant de porte de droite.

— Ces villas ont toutes des noms huppés et des intérieurs tout aussi délirants, expliqua Olivia.

Charlotte gara la minuscule Fiat à côté d'un immense SUV Maserati noir.

Alors, inspirant profondément, Olivia se rendit à l'énorme porte d'entrée, peinte en blanc brillant. Charlotte était juste derrière elle et elle se sentait reconnaissante que son amie soit là pour la rassurer. Sans même penser à la villa voisine, rien qu'être sur cette route lui redonnait la chair de poule.

Le heurtoir était doré vif et avait la forme d'une bouteille de champagne.

Olivia entendit des pas approcher rapidement. Elle inspira profondément.

Alors, la porte s'ouvrit et Olivia se retrouva face aux yeux étonnés et lourdement maquillés de la blonde qui avait été présente à la vente aux enchères.

CHAPITRE VINGT-DEUX

Olivia regarda fixement la blonde, sous le choc.

Elle remarqua vaguement l'inévitable odeur de fumée de cigare qui lui parvenait de quelque part dans les profondeurs de la villa huppée.

— Eh bien, qui voilà, dit la blonde d'un air furieux. C'est la dame de l'exploitation viticole ! Êtes-vous venue nous faire des excuses ou nous offrir une bouteille de vin gratuite ?

— Euh, dit Olivia.

Elle se sentait complètement désemparée. Elle ne s'était pas du tout attendue à voir la blonde ici. De plus, que voulait-elle dire quand elle demandait des excuses ?

— Harold, l'exploitation viticole est venue s'excuser, appela la blonde.

En plus de la fumée de cigare, Olivia sentit une trace de parfum, apparemment très cher.

La blonde se retourna vers elle.

— L'enchérisseur qui a gagné a été très impoli et insultant. Nous nous sommes sentis offensés par lui et, à cause de ça, nous avons vécu une expérience négative à votre exploitation viticole. Nous avons prévu de poster une mauvaise évaluation de La Linguine sur Trip Advisor.

— La Leggenda, dit machinalement Olivia pour la corriger. J'en suis vraiment désolée. Je vous en prie, ne faites pas ça. Nous aussi, nous l'avons trouvé impoli.

— J'ai dit à Harold que, si je le voyais en ville, j'irais lui parler et je lui dirais qu'il avait dépassé les bornes. Harold n'approuve pas que l'on confronte les gens en public, mais je considère que, dans ce cas, c'est justifié.

— Certes, ma chère, cria Harold des profondeurs de la villa.

— De toute façon, quoi qu'il en soit, je me dis que votre exploitation viticole, La Lasagne, aurait dû faire plus d'efforts pour le corriger.

Olivia commençait à soupçonner que la blonde n'avait aucune idée de ce qui était arrivé à Vernon Carrington et qu'elle ne savait même pas qu'il avait été leur voisin.

145

Pendant un moment d'effroi, Olivia se demanda ce que la femme dirait si Olivia lui apprenait que Vernon Carrington était mort, probablement à cause de sa propre conduite immonde.

Olivia ordonna fermement au diable perché sur son épaule de se taire. Ce n'était pas le moment de dire une telle chose et elle était atterrée de l'avoir ne serait-ce qu'envisagé.

— C'est vraiment très dommage qu'il ait été aussi odieux pendant les enchères. Nous avons été très choqués, nous aussi, et nous aurions dû réagir tout de suite, dit Olivia d'un ton apaisant.

La femme poussa un soupir et passa une main aux ongles teints en rouge dans ses cheveux impeccables.

— Cela a été le seul défaut de ces vacances autrement agréables. Cette villa est superbe. Très calme. Nous n'y avons pas passé beaucoup de temps, mais elle est extrêmement paisible. De plus, les restaurants de la ville sont charmants. Rustiques, mais charmants.

— Nous allons chez Gianni, maintenant, acquiesça Olivia avec enthousiasme. Jusque-là, c'est notre restaurant préféré des environs.

— Oui, nous y sommes allés hier et nous avons aimé. Je recommande les gnocchis et le saumon. Je suis sûre que vous aimerez cet endroit.

Elle semblait apprécier Olivia de plus en plus.

— De toute façon, nous allons à un excellent restaurant de fruits de mer ce soir, sur la plage. Il est juste sur la plage, n'est-ce pas, Harold, avec une table qui donne sur la mer ? demanda-t-elle.

— Oui, ma chérie.

— Donc, il vaut mieux que j'aille finir de me préparer, mais merci d'être passées. J'ai apprécié vos excuses. Parfois, une visite personnelle fait toute la différence. Je ne posterai pas de mauvaise évaluation de La Lambrusco.

— Merci, dit Olivia. Bon dîner de fruits de mer.

Elle se détourna et des quantités d'idées lui passèrent en tête pendant que la porte blanc vif se refermait avec un clic.

— C'était inattendu mais intéressant, dit Charlotte quand elles remontèrent dans la voiture.

— Elle ne semblait pas au courant du meurtre, dit Olivia. Elle ne semblait même pas savoir que Vernon était son voisin. Est-il possible qu'elle en sache aussi peu ?

La blonde avait paru convaincante, sur le moment. Elle avait contemplé Olivia de ses yeux bleus écarquillés et imperturbables. Dans son for intérieur, Olivia se dit que cette femme ne lui semblait pas être la personne la plus intelligente qu'elle ait jamais rencontrée.

Elle se dit aussi qu'il fallait qu'elle arrête de prendre ce que disaient les gens pour argent comptant. La scène qu'elle avait surprise à la pâtisserie ne lui avait-elle rien appris ?

Derrière son apparence superficielle, la blonde cachait peut-être une vivacité d'esprit et des mobiles meurtriers.

Charlotte hocha la tête.

— Tu as dit que la police avait passé la plus grande partie de la journée à la villa. Est-ce que cette femme et son mari n'ont vraiment rien remarqué d'inhabituel pendant ce temps-là ? Ou ont-ils été absents pendant tout ce temps-là par coïncidence ?

— Si c'est elle, elle a joué l'innocente. Cependant, n'oublions pas que Harold aurait aussi pu être son complice, décida Olivia.

Charlotte claqua des doigts. Elles remontèrent dans la Fiat.

— Exactement ! Ces « Oui, ma chérie » m'ont paru louches. Il faut toujours soupçonner les personnes calmes.

— Je me demande si la police les a interrogés, dit Olivia. L'inspectrice Caputi est très minutieuse. Pourtant, elle n'a rien dit sur ce sujet, non plus. Ils cachaient peut-être l'information.

— Je crois que Harold et sa femme devraient rester sur notre liste de suspects, acquiesça Charlotte. Quant à toi, tu devrais te renseigner sur eux et sur leur passé. Tu pourrais découvrir un lien avec Vernon. Certes, ils voulaient acquérir la bouteille, mais un lien avec Vernon pourrait fournir un mobile supplémentaire.

— Bonne idée, dit Olivia. Maintenant, nous ferions mieux d'aller tout de suite enquêter dans la maison située de l'autre côté de la Villa Diamante. Si cette blonde est innocente, il vaudrait mieux qu'elle continue à penser que nous sommes venues nous excuser et qu'elle ne nous revoie plus.

— Exact, dit Charlotte.

— C'est quoi, le nom de celle-là ? Villa Ultima ? demanda Charlotte avec un rire ironique quand elle lut le panneau.

Elles remontèrent l'allée impeccablement pavée.

Devant, Olivia vit que le grand garage était ouvert et vide.

— On dirait qu'ils ne sont pas chez eux, dit-elle, déçue.

Charlotte arrêta la voiture. Olivia descendit et monta à toute vitesse les marches en marbre jusqu'à la porte d'entrée cintrée lustrée à l'extrême.

Elle sonna et attendit, mais personne ne répondit.

— Ils sont vraiment absents.

Olivia repartit rapidement à la voiture.

— Je ne crois pas que nous devrions perdre plus de temps par ici, ou alors, Harold et sa femme posteront vraiment une mauvaise évaluation de La Lasagne !

— On devrait revenir. Cela pourrait en valoir la peine, dit Charlotte. De ce point d'observation, on a une vue dégagée de la porte d'entrée de la villa voisine. Ils auraient facilement pu voir quelqu'un entrer ou sortir s'ils avaient été dehors au bon moment.

— Oui. Je suis d'accord. Il ne faut rien laisser au hasard. Cependant, maintenant, notre réservation au restaurant nous attend, dit Olivia.

— Si nous ne laissons rien au hasard, n'oublie pas d'appeler Patrick, l'ami de Vernon, dit Charlotte. Je crois vraiment qu'il pourrait se souvenir de quelque chose ou nous fournir des renseignements sur le passé de son ami.

Olivia hocha la tête.

— Je le ferai, c'est promis. Comme il a remporté le tonneau de vin à la vente aux enchères, l'exploitation viticole doit avoir ses coordonnées. Je pourrai chercher son numéro de téléphone demain.

Il allait falloir qu'elle trouve une bonne raison pour l'appeler, décida-t-elle. Patrick saurait probablement que Vernon était mort mais, si Olivia lui disait que c'était un meurtre, il hésiterait peut-être à révéler trop d'informations, surtout parce que les nouveaux projets de Vernon dans le monde de la vinification avaient eu l'air louches.

Elle pourrait peut-être l'appeler en prétextant qu'elle voulait vérifier s'il avait été satisfait par le service et la nourriture fournis à la vente aux enchères.

Après tout, même si elle ne trouvait pas les informations qu'elle cherchait, Patrick pourrait poster une autre évaluation positive sur Trip Advisor.

Dans le cadre d'une fermeture prolongée, avec les rumeurs sur la contamination et sur le poison qui se répandaient de plus en plus loin, l'exploitation viticole aurait besoin de toutes les évaluations positives qu'elle pourrait obtenir.

Olivia se sentit soulagée quand elles atteignirent la route principale et tournèrent vers la trattoria luxueuse perchée à flanc de coteau au-dessus du château où elles avaient décidé de se faire plaisir. Pendant quelque temps, elle allait pouvoir se consacrer exclusivement à la nourriture et à l'amitié et se permettre d'oublier les complexités de l'enquête dans laquelle elle s'était impliquée.

Ou, du moins, pendant quelques petites heures.

CHAPITRE VINGT-TROIS

Olivia contemplait l'inspectrice Caputi à travers les épais barreaux d'acier qui les séparaient.

Elle était en prison. Comment était-ce arrivé ? Est-ce que l'inspectrice allait l'expliquer ? Pourquoi ne pouvait-elle pas se souvenir de son arrestation ?

— Voici votre acte d'accusation ! Vous feriez mieux de vous trouver un bon avocat ! dit sèchement l'inspectrice.

Elle fit brusquement passer une longue feuille de papier entre les barreaux.

Les menottes d'Olivia se heurtèrent avec un bruit métallique quand elle prit la page et commença à lire.

Elle contenait des évaluations de Trip Advisor à une étoile pour l'exploitation viticole. Il y en avait des centaines ! Des milliers ! Elles étaient toutes affreuses !

— Argh, cria Olivia.

Elle se réveilla de son cauchemar et se retrouva assise dans son lit, droite comme un piquet. Un rayon de soleil matinal striait le plancher et Erba la contemplait entre les rideaux.

Suite à son cauchemar, Olivia faisait encore de l'hyperventilation. L'inspectrice Caputi envahissait ses rêves, maintenant ! C'était inadmissible. Cette inspectrice au mauvais caractère ne devrait pas avoir le droit de faire ça !

Comme son cœur battait encore la chamade et comme ce cauchemar déstabilisant lui avait donné une poussée d'adrénaline, elle n'avait aucune chance de se rendormir.

Elle allait devenir viticultrice, donc, autant s'habituer à se lever tôt. Ce jour-ci était peut-être l'occasion de changer de rythme, décida-t-elle.

Bien sûr, même les viticulteurs faisaient probablement la grasse matinée après avoir veillé dans de merveilleux restaurants, où l'on servait beaucoup de vin excellent, mais il faudrait qu'elle finisse sa nuit une autre fois. Après tout, elle devait se consacrer à des tâches urgentes, aujourd'hui.

Numéro un sur la liste : sauver l'exploitation viticole et identifier le tueur.

Motivée à l'idée que son enquête allait peut-être progresser aujourd'hui, Olivia se leva d'un bond. Il était tôt, mais elle comptait commencer énergiquement.

Une demi-heure plus tard, douchée, habillée et remplie de café, elle quittait la villa, suivie par Erba.

Olivia calcula que, quand elle atteindrait la rangée de villas cossues, il serait huit heures trente. À cette heure, les occupants de la Villa Ultima seraient peut-être présents. Ils pouvaient même être sur le point d'aller faire du jogging, pensa Olivia avec optimisme. De toute façon, elle allait passer devant chez eux et voir s'il y avait un signe de leur présence.

Erba semblait excitée par ce nouvel itinéraire. Olivia dut faire demi-tour et aller la chercher quelques fois quand elle partit faire des détours non-prévus dans les allées des maisons avoisinantes. Visiblement, les haies taillées au cordeau et les parterres de fleurs aménagés représentaient une tentation irrésistible pour une chèvre aventureuse.

— Viens, Erba, dit impatiemment Olivia en éloignant la chèvre d'un monticule coloré de fleurs qui, pour Erba, constituait clairement le plus beau buffet de petit déjeuner qu'elle ait jamais vu.

Olivia avait cru qu'Erba était bien domptée, mais elle se rendait maintenant compte qu'elle avait été trop contente d'elle-même et avait négligé de poursuivre l'éducation de la chèvre. Comme elle prenait la même route tous les jours, Erba ne savait pas comment se comporter de manière civilisée dans l'immensité du monde.

C'était directement la faute d'Olivia, pas celle d'Erba.

— Avec les chèvres, il ne faut pas se laisser aller, se dit sévèrement Olivia.

Si elle écrivait un jour un manuel sur le dressage des chèvres, elle n'oublierait de placer cet avertissement dans le premier chapitre.

Son cœur battit plus vite quand elle vit une voiture de sport argentée chic se garer sur le parking couvert de la Villa Ultima. Elle avait bien fait de se lever tôt. Les occupants de la maison étaient là.

Bien sûr, cela ne signifiait pas qu'ils avaient vu quelque chose. À mesure qu'elle remontait l'allée, Olivia essaya de son mieux de tempérer ses attentes. Quand on enquêtait, on suivait des pistes prometteuses qui se perdaient dans des voies sans issue envahies par la végétation ou dans des sables mouvants traîtres.

Elle sonna et attendit en essayant de rester calme et positive sans sombrer dans un optimisme excessif.

Des pas approchèrent et Olivia se tint plus droite.

La porte s'ouvrit et Olivia se retrouva face à un grand homme blond aux yeux bleus qui semblait avoir une trentaine d'années. Il portait une casquette de base-ball vert vif avec la légende « FlavaWorld » imprimée sur le devant. D'après son apparence, Olivia se dit qu'il avait peut-être un accent suédois ou allemand et fut étonnée quand il s'adressa à elle avec un accent distinctement américain.

— Bonjour ! Que puis-je faire pour vous ?

Quand elle regarda derrière lui dans le hall, qui était si grand qu'il aurait pu servir de court de tennis, Olivia vit une petite valise en cuir. Cela signifiait-il qu'il venait d'arriver ou qu'il se préparait à s'en aller ?

Elle espérait qu'il ne venait pas d'arriver parce que, si tel était le cas, il n'aurait rien vu.

Olivia se rendit compte que, comme elle avait décidé spontanément d'occuper le seuil en marbre large et immaculé de cet homme, cela signifiait qu'elle n'avait aucune justification plausible de sa présence en ces lieux.

Elle ne pouvait pas dire directement que l'on avait trouvé un cadavre chez son voisin et demander s'il avait vu quelque chose.

Olivia décida qu'elle allait devoir faire preuve de tact. Même s'il était bien bâti et mesurait plus d'un mètre quatre-vingt-deux, elle ne voulait pas le dérouter en lui annonçant des informations inattendues qui risqueraient de l'inciter à se taire.

— Un compatriote ! Formidable. J'espère que ça ne vous dérange pas si je vous interromps aussi tôt. Je voulais vous demander quelque chose.

L'homme plissa légèrement son front large.

— De quoi s'agit-il ? Je n'ai pas beaucoup de temps, car je fais mes bagages ce matin et je pars prendre l'avion à Pise. Malheureusement, mes vacances en ce lieu se terminent aujourd'hui.

— Quel dommage, dit Olivia avec compassion.

Dans son for intérieur, elle paniquait. S'il était préoccupé par l'idée d'aller à l'aéroport, il risquait de ne pas vouloir lui parler pendant aussi peu de temps. Que pouvait-elle dire pour être assez persuasive ?

Mille idées se bousculèrent dans sa tête. Elle essayait de trouver une raison convaincante mais innocente qui justifie sa présence sur le seuil de cet homme et lui permette de lui parler.

— J'écris un livre, dit Olivia, heureuse que cette idée lui soit venue en tête.

Pendant sa carrière dans la publicité, elle avait connu quelques créatifs qui avaient voulu devenir auteurs et avaient mené toutes sortes de recherches délirantes.

— Ah bon ? dit l'homme d'un air légèrement intéressé.

— C'est un roman sentimental, dit Olivia en décidant d'éviter de parler de romans policiers. Mon héros est un chef cuisinier qui habite dans une villa très similaire à celle-là et je me demandais si je pourrais regarder votre cuisine. Ça ne prendrait pas longtemps et ça m'aiderait énormément à écrire les scènes qui s'y déroulent. L'imagination a ses limites !

Elle lui sourit d'un air charmeur.

— Bien sûr, acquiesça-t-il. Entrez. Au fait, je m'appelle Sven Miller. Et vous ?

— Olivia Glass, dit-elle.

Donc, elle avait bien deviné son origine. Il était américain d'origine suédoise.

Elle le suivit, soulagée que son prétexte trouvé à la hâte l'ait convaincu de la laisser entrer. Elle ne put s'empêcher de regarder avec curiosité le plafond voûté, la table du hall peinte couleur argent et la peinture moderne affichée sur le mur d'en face, un énorme tableau qui montrait un carré rose vif sur fond blanc.

— Superbe, n'est-ce pas ? dit Sven en suivant le regard d'Olivia.

— Incroyable. C'est — c'est très éloquent, dit Olivia.

Elle était sûre que ce tableau était éloquent, mais pas pour elle.

Le décor de la cuisine de cette villa était basé sur un effet pastel. Les innombrables placards, étagères, îlots, tabourets de bar et surfaces étaient décorés en bleu ciel et en blanc vif, avec quelques touches d'orange pâle.

— Du café ? demanda Sven.

— S'il vous plaît. Puis-je prendre quelques photos de cet intérieur sur mon téléphone ?

Olivia fit le tour de la cuisine en photographiant l'énorme cuisinière sous tous les angles imaginables ainsi que les couteaux du chef, rangés dans un immense bloc de bois, et la gamme de pots et casseroles luisants qui trônaient dans les placards. Elle prit des photos des décorations murales de la cuisine, des plans de travail en granit blanc et du lustre argenté et blanc. Alors, elle s'assit sur un tabouret de bar orange pâle pendant que Sven utilisait la machine à café.

— Cette villa est très agréable, dit-il. Elle contient tous les gadgets que l'on pourrait désirer. J'ai vraiment apprécié ma semaine de vacances.

— J'ai aimé mon séjour par ici, moi aussi. Pour moi, ça a plus été une retraite créative, dit Olivia en enjolivant son histoire. Je suis contente d'avoir pu voir cette cuisine. Hier soir, j'ai essayé de demander à côté, mais il y avait la police partout et ils m'ont dit qu'il y avait eu une mort suspecte.

Sven hocha la tête.

— Pendant toute la journée, des gens sont passés par là. Quand j'ai vu arriver la camionnette du médecin légiste, j'ai compris qu'il se passait quelque chose, puis la police a frappé à ma porte dans l'après-midi.

— Est-ce qu'ils vous ont interrogé ? demanda-t-elle.

— Je venais de commencer une importante téléconférence avec les États-Unis. L'inspectrice a laissé sa carte de visite et je l'ai rappelée dans la soirée. J'ai dit que je n'avais rien remarqué d'inhabituel mais, malgré cela, elle a dit qu'elle voulait m'interroger en personne avant mon départ. Donc, je suis sûr qu'elle va bientôt arriver.

Olivia jeta un coup d'œil nerveux par-dessus son épaule. Elle ne s'était pas attendue à ce que l'inspectrice Caputi revienne à la villa. Elle allait devoir conclure aussi vite que possible.

— Si c'est un meurtre … commença-t-elle avant de s'interrompre en se souvenant que Sven n'avait rien dit de la sorte. Euh … en tant qu'auteure à la longue expérience et, j'espère, bientôt publiée, je pense que la présence de la police signifie que la mort suspecte est due à un meurtre, corrigea-t-elle. Dans ce cas, le coupable aurait pu commettre son forfait la veille au soir. Il est peut-être arrivé à la villa en prétendant être un visiteur innocent.

— C'est vrai, dit Sven en se plaçant le menton dans la main et en réfléchissant. Maintenant que vous en parlez, je me souviens bien avoir vu quelqu'un arriver la veille au soir. Je me souviens avoir supposé que c'était mon voisin mais, maintenant, je me dis que ce n'était peut-être pas lui. J'aurais dû le dire à la police. J'aimerais l'avoir fait, maintenant.

— C'était vers quelle heure ?

L'heure pouvait s'avérer être un facteur décisif.

— Peu après vingt heures.

Cette réponse donna de l'espoir à Olivia. À dix-neuf heures trente, tout le monde avait quitté l'exploitation viticole. Donc, ce visiteur tardif aurait pu être le suspect.

— Pouvez-vous décrire cette personne ? demanda Olivia en croisant mentalement les doigts pour que ce soit une percée.

Sven réfléchit une minute.

— C'était un homme âgé. Il avait les cheveux gris. Il en imposait par sa présence. Il avait un nez crochu et des sourcils broussailleux.

Olivia le contempla, perplexe. Ce n'était pas du tout la description à laquelle elle s'était attendue.

— Que portait-il ? demanda-t-elle.

— Une veste noire de grande qualité et une chemise élégante lilas. J'ai surtout remarqué la chemise. Elle avait un jabot sur le devant. Je suis content que vous m'ayez rappelé ça. Je le dirai sans faute aux inspecteurs quand ils arriveront.

Olivia se sentait très mal.

Jusqu'à maintenant, elle avait pensé que Sven avait peut-être décrit quelqu'un d'autre et que la ressemblance qu'elle avait repérée avait été une coïncidence. Pourtant, maintenant, elle savait que ce n'en était pas une. C'était impensable.

Sven avait décrit Alexander, sans oublier la chemise élégante lilas qu'il avait empruntée puis mise après que Vernon Carrington l'avait délibérément insulté en versant du vin sur le devant de sa tenue.

— Eh bien, c'est fascinant. Vous avez vraiment l'œil pour le détail.

Olivia donnait probablement l'impression qu'elle venait de voir un fantôme. Elle ne savait pas très bien cacher ses émotions. Sa mère lui disait toujours qu'elle laissait voir ses sentiments. Sven avait dû remarquer son étonnement.

— Je ferais mieux de repartir travailler, maintenant, tant que j'ai cette atmosphère en tête. Je viens d'avoir une idée pour mon intrigue. Il faut que je la note avant de l'oublier, dit Olivia à toute vitesse.

Elle voulait s'enfuir de la maison, courir jusqu'à l'exploitation viticole et confronter immédiatement Alexander. Chaque fraction de seconde comptait. Il lui fallut faire appel à toute sa retenue pour avaler rapidement son café et replacer calmement la tasse sur la soucoupe.

— Cela a été un plaisir de faire votre rencontre, dit poliment Sven.

Olivia sortit précipitamment de l'énorme cuisine et traversa le hall immense à toute vitesse. Sven ferma la porte d'entrée derrière elle et elle laissa échapper un soupir tendu.

Alexander ? Cela semblait impossible ! Ça ne pouvait pas être quelqu'un d'autre ? Il était si poli, si charmant. En plus, c'était un expert célèbre de renommée mondiale.

Pourquoi s'embêterait-il à verser du poison dans le vin de quelqu'un d'autre ?

Cependant, avec un frisson, Olivia se souvint à quel point Vernon avait été impoli. Alexander était probablement habitué à ce qu'on le respecte. Même s'il était accessible, un expert de son standing devait avoir sa fierté.

Vernon lui avait manqué de respect en public. Qui aurait pu dire à quel point son attitude avait heurté Alexander ? Olivia savait que les gens pouvaient être très égocentriques. Comme elle avait travaillé plus de dix ans dans la publicité, elle savait que le monde des créateurs regorgeait de divas. Certaines personnes apparemment très gentilles pouvaient verser dans la cruauté en un battement de cils si elles n'obtenaient pas ce qu'elles voulaient au bon moment.

Elle avait été si souvent spectatrice de leur comportement atroce qu'elle se considérait maintenant impossible à choquer.

Olivia poussa un soupir. Dans ce cas, pourquoi se retenait-elle de placer Alexander dans la même catégorie ?

Il fallait qu'elle lui parle de toute urgence.

Olivia remonta l'allée à toute vitesse. Quand elle passa la porte et fonça sur la route, sa sensation obsédante qu'il y avait un problème devint une certitude.

Olivia s'arrêta si brusquement qu'elle envoya promener une pierre d'un coup de pied. Horrifiée, elle se mit la main à la bouche. Pendant toute cette excitation, un fait crucial lui avait échappé.

Il lui manquait une chèvre.

Où donc était partie Erba ?

CHAPITRE VINGT-QUATRE

Olivia repartit au pas de course à la Villa Ultima et constata avec soulagement que la porte d'entrée était encore fermée. Cela signifiait que Sven s'occupait de ses affaires sans savoir qu'une chèvre sans éducation avait envahi sa propriété.

— Erba ? appela-t-elle.

Elle se sentait troublée. La chèvre avait été incontrôlable, ce matin. Elle avait dépassé les bornes. Pendant le temps qu'Olivia avait passé à boire du café et à poser des questions à Sven, Erba aurait pu se promener n'importe où. N'importe où !

Le jardin du devant de la villa, une étendue d'herbe verdoyante avec, çà et là, un arbuste bien taillé, était net et propre. Il ne semblait pas y avoir de quoi attirer Erba. Olivia ne connaissait sa chèvre que trop bien. Son animal orange et blanc adorait les herbes aromatiques et les fleurs.

Olivia se mordit la lèvre.

La chèvre était peut-être repartie sur la route. Elle avait semblé très intéressée par les jardins devant lesquels elles étaient passées en venant.

Alors qu'elle allait la chercher là-bas, elle entendit un bruit métallique au-delà du coin.

Olivia contourna la maison à toute vitesse.

Elle poussa un cri d'horreur quand elle vit la scène de dévastation qui s'offrait à elle.

Une poubelle en métal était cachée dans une cour soigneusement dallée derrière un mur. Erba avait trouvé la poubelle et l'avait renversée !

La poubelle gisait sur le côté et la chèvre, sa chèvre, son animal adopté, fouillait dedans comme si elle n'avait jamais connu de vrai repas de toute sa vie.

Comme si Olivia n'avait pas tendrement donné un petit déjeuner de carottes à Erba moins d'une heure auparavant !

Cette chèvre était devenue une délinquante !

— Erba, siffla Olivia.

Elle ne pouvait pas prendre le risque de crier. Elle ne voulait pas que Sven entende. C'était terriblement embarrassant.

La chèvre leva les yeux et Olivia pensa voir un éclair de rébellion dans ses yeux.

— Tu sais que tu n'es pas censée faire ça ! dit sèchement Olivia en espérant pouvoir mettre immédiatement fin à cette rébellion aussi manifeste que non désirée. Tu t'es comportée très mal toute la matinée. On ne fait pas les choses comme ça ! En tant que chèvre, tu vaux mieux que ça, Erba, et tu le sais !

Alors, elle trouva que la chèvre avait l'air penaude, comme si elle avait examiné son comportement et compris qu'elle avait mal agi.

Erba abandonna la poubelle et vint rejoindre Olivia.

— Maintenant, il faut que je la redresse !

Elle ne pouvait pas la laisser renversée. Elle allait juste devoir la redresser discrètement.

Heureusement, il y avait un robinet au mur d'à côté, donc, après, elle pourrait se rincer les mains.

Olivia avança jusqu'à la poubelle en acier. Il y avait seulement deux objets à l'intérieur. En fait, à présent, ces objets étaient sur les dalles.

Le premier était une boîte de Forno Collina, une des deux pâtisseries du village. D'après l'étiquette, elle avait contenu un panini de petit déjeuner à emporter. L'autre était une bouteille de vin vide.

Olivia contempla la bouteille avec étonnement.

— Du Valley Red ? dit-elle, incrédule. Qu'est-ce que ça fait là ?

Est-ce qu'elle était en train de rêver ? Non, elle ne connaissait que trop bien cette bouteille et cette étiquette. Après tout, elle avait aidé à concevoir l'étiquette.

Olivia se souvint avec regret de tous les efforts qu'elle avait consacrés à la création de cette belle étiquette, classe, saine et attirante, tout ce que le vin contenu dans la bouteille n'était pas !

Elle se rendit compte que cela expliquait l'obsession d'Erba. La chèvre semblait adorer le vin imbuvable. Quand la première expérience de vinification d'Olivia avait produit une explosion de jus de raisin fétide, Erba était arrivée la première sur la scène et avait lapé le liquide pourrissant avec un grand délice.

Olivia craignait que cet incident n'ait rendu la chèvre accro au vin de basse qualité.

— Erba, tu n'as aucun palais, dit Olivia en poussant un soupir.

Elle redressa la poubelle aussi discrètement que possible.

Alors, elle jeta un coup d'œil à la maison, interloquée. Il était clair que Sven n'avait aucun palais, lui non plus ! Comment avait-il pu faire sortir ce vin affreux des États-Unis pour l'amener dans ce qui était probablement un des meilleurs pays viticoles du monde ?

Tenant soigneusement la bouteille comme si rien que la toucher pouvait la contaminer à nouveau en lui rappelant cette campagne publicitaire, Olivia la replaça dans la poubelle et remit le couvercle en place.

Alors, elle se lava les mains au robinet.

— Viens, Erba, chuchota-t-elle sévèrement.

Cette fois-ci, comme si elle avait compris qu'elle était allée trop loin, la chèvre remonta docilement et rapidement l'allée et suivit Olivia. Elle resta derrière elle à une chèvre de distance avec une expression innocente, comme si elle n'aurait plus jamais l'idée de s'éloigner.

Quand Olivia atteignit le bout de la route où se trouvaient les villas huppées, elle vit ralentir une voiture qui passait.

Du coin de l'œil, Olivia reconnut la Fiat grise que conduisait l'inspectrice Caputi. Quand elle leva les yeux, elle pensa voir le regard désapprobateur de l'inspectrice la vriller sur place avant que la voiture ne tourne dans la direction des villas.

— Merde, marmonna Olivia.

L'inspectrice ne perdait pas de temps.

Quand elle parlerait à l'aimable Sven, il lui dirait certainement qu'Olivia sortait de chez lui. Cela mènerait à des questions gênantes. Pourquoi Olivia était-elle venue ? Pourquoi avait-elle menti de manière aussi pitoyable ? Écrire un livre ! Quand il lui révélerait qu'Olivia avait dit qu'elle menait des recherches pour écrire un roman sentimental, elle imaginait que l'inspectrice Caputi observerait Sven en plissant les yeux pour exprimer son incrédulité comme elle le faisait toujours.

Alors qu'elle repartait vivement à l'exploitation viticole, Olivia se demanda comment prendre de vitesse cette inspectrice si peu aimable. Bien sûr, Caputi était partie dans une mauvaise direction en soupçonnant Olivia et Nadia. Cela l'empêcherait d'aller dans la bonne direction.

Du moins, Olivia l'espérait.

Elle n'était pas aussi méthodique que l'inspectrice et elle n'avait pas son talent pour faire peur aux gens qu'elle interrogeait. Donc, Olivia supposa qu'elle allait devoir utiliser ses points forts.

Elle était la plupart du temps une personne de contact facile et elle faisait très attention aux détails. Olivia y réfléchit en profondeur en remontant l'allée tranquille qui menait à l'exploitation viticole. C'était pour cela qu'elle avait excellé dans son travail précédent. La publicité, c'était en partie de la créativité, mais cela supposait aussi de savoir se concentrer sur les petits détails, sur les nuances qui comptaient.

Quel air avaient les choses, quelle impression donnaient-elles aux gens ? Est-ce que le message d'une campagne était cohérent ? Existait-il un élément qui n'y avait pas sa place ?

La relecture des communiqués de presse qui devaient être parfaits à la virgule près lui avait donné un gros avantage dans ce domaine.

Donc, jusque-là, quels détails avait-elle récoltés dans ses interrogatoires et qu'est-ce qui donnait l'impression de ne pas avoir sa place ?

Cette réflexion occupa tellement Olivia que le reste de son trajet à pied passa en un éclair.

Pour une fois, quand elle entra dans La Leggenda, Olivia ne ressentit pas de l'émotion mais une tension froide à l'estomac. Elle redoutait sa confrontation avec Alexander mais, le plus vite elle l'effectuerait, le mieux ce serait.

Elle dépassa l'exploitation viticole et suivit l'allée pavée qui se faufilait entre les arbres. C'était là où se trouvaient les maisons des Vescovi. La maison de Marcello était la première de la rangée, un cottage simple, carré et à deux niveaux.

Elle supposait que la cuisine et le salon étaient en bas et les chambres à l'étage. Quand Olivia se demandait si elle pourrait un jour visiter l'étage de cette maison, elle en avait le tournis. Il valait mieux ne pas y penser du tout.

De toute façon, Alexander ne logeait ni ici ni dans le minuscule cottage d'Antonio, qui était isolé dans un jardin extraordinaire situé plus loin vers le bas de la colline.

Il logeait chez Nadia, qui vivait dans la ferme d'origine. C'était une maison de famille simple mais élégante, couverte de plantes grimpantes dont les feuilles vertes contrastaient avec la pierre dorée et entourée d'arbres anciens.

Quand elle atteignit la maison, Olivia se sentit essoufflée, et ce n'était pas seulement parce qu'elle avait marché vite. Elle était terrifiée de devoir poser ces questions difficiles à Alexander. Il était un de ses héros. Il l'avait aidée, instruite et encouragée.

Maintenant, elle devait l'envisager comme suspect du meurtre.

Son estomac se noua quand elle le vit assis sur le porche.

Il parcourait un magazine de vins. Devant lui, sur un plateau, il y avait une cafetière à piston, une cruche de crème et une assiette de biscotti aux amandes et aux cerises. Ces confiseries étaient de grande taille, généreusement parsemées de cerises et visiblement faites maison.

— Ah, Olivia ! dit Alexander en souriant quand il la vit. C'est agréable d'avoir de la compagnie. Nadia est occupée à faire du yoga dans le gymnase de sa maison. Puis-je vous offrir du café ?

Olivia n'aurait jamais pu en avaler une goutte, même si quelqu'un l'avait payée cher pour le faire.

— Je viens d'en boire un peu, merci. Puis-je m'asseoir et vous parler un moment ?

— Bien sûr, répondit Alexander en la regardant d'un air anxieux. Vous paraissez troublée.

C'était reparti. Elle ne pouvait rien cacher ! Il valait mieux être honnête, surtout parce qu'Alexander était devenu un ami.

Olivia se percha sur le coussin vert délavé mais somptueux qui se trouvait sur la chaise en fer forgé située en face de celle d'Alexander.

— Je suis passée près de la villa où Vernon Carrington logeait et j'ai vu un des voisins, dit Olivia.

Elle jeta un coup d'œil nerveux à Alexander. Il la regardait avec une légère curiosité.

— Qui était-ce ? demanda-t-il.

— Un grand blond. Il s'appelait Sven.

Alexander fronça les sourcils, visiblement perplexe.

— Pourquoi me racontez-vous ça ? demanda-t-il.

Olivia inspira profondément.

— Sven a dit qu'il vous a vu arriver à la villa de Vernon après vingt heures le soir de sa mort, dit-elle à toute vitesse en sentant son estomac se nouer.

Alexander inspira brusquement.

— Je n'ai pas vu ce voisin, répondit-il.

Il secoua la tête et fronça profondément les sourcils.

— Je ne savais pas que quelqu'un avait remarqué ma présence là-bas.

Alexander semblait déconcerté qu'on l'ait vu. Même si sa présence à la villa était louche, Olivia était soulagée qu'il n'ait pas essayé de mentir pour s'en sortir. Il avait immédiatement admis sa présence là-bas. Du moins, il l'avait admise à Olivia, mais peut-être pas à la police.

— Pourquoi étiez-vous là-bas ? demanda-t-elle.

Pendant un moment, les seuls sons furent le cliquetis de la petite cuillère avec laquelle Alexander remuait la crème dans son café et le pépiement d'un moineau italien dans un arbre voisin.

Alexander poussa un soupir.

— Ma quête a été un échec. Je n'ai pas obtenu le résultat que j'espérais. C'est pour cela que je n'ai dit à personne que j'ai rendu visite à Vernon après la vente aux enchères.

— Je suis étonné que vous ayez souhaité lui parler, après ce qu'il vous a fait, dit Olivia, espérant que son empathie encouragerait Alexander à avouer ce qu'il ressentait réellement.

— Je ne le souhaitais pas. Cependant, bien que j'aie ma fierté et qu'il m'ait effectivement offensé, j'ai décidé que j'avalerais ma fierté dans l'intérêt des Vescovi, que j'aime et admire immensément.

— Continuez, demanda Olivia pour l'encourager.

— Je croyais que, en le suppliant, j'arriverais à le convaincre de rendre la bouteille à l'exploitation viticole.

— Vraiment ?

Olivia était abasourdie. En matière de démarches stériles, elle pensait que celle d'Alexander aurait pu gagner la médaille de la plus stérile de l'année. Cela dit, il n'avait jamais rencontré Vernon avant ce soir-là, contrairement à Olivia, et il ne savait pas pourquoi Vernon désirait autant cette bouteille.

— Je comptais lui demander s'il accepterait de rendre la bouteille à l'exploitation viticole. Je me disais qu'ils pourraient même afficher une plaque au mur en son honneur afin de le remercier pour sa contribution.

— C'était une bonne idée, mais je pense qu'il a refusé.

Alexander sirota son café puis hocha la tête.

— Vernon s'est montré plus sympathique que je l'aurais cru. Il s'est excusé pour son impolitesse. Auréolé de sa victoire, il semblait magnanime. Il m'a invité à entrer et a dit qu'on venait de lui offrir un vin d'un cru excellent. La bouteille était ouverte. Il est allé chercher un second verre et m'a invité à en boire.

— Vraiment ?

Olivia fronça les sourcils. La description d'Alexander ne correspondait pas à ce qu'elle avait vu quand elle était entrée le lendemain matin. Il y avait eu un seul verre inutilisé et une bouteille de vin non ouverte sur le plan de travail. Qu'était-il arrivé à la bouteille ouverte ? se demanda-t-elle.

— J'ai refusé le verre qu'il me proposait et j'ai dit que j'étais seulement venu par égard pour les Vescovi. Il a ri. Il a dit que rien ni personne ne pourrait le convaincre de se séparer de sa nouvelle acquisition et que, de toute façon, je n'avais pas l'argent nécessaire pour lui proposer une contre-offre.

Olivia grogna furieusement.

— Quelle insulte !

Alexander haussa les épaules.

— Je ne crois pas qu'il l'ait conçu comme tel. Un homme comme lui est seulement capable de juger ses semblables par la valeur financière qu'il leur attribue. C'est son défaut, pas le mien.

La sagesse d'Alexander impressionna Olivia.

Comment un homme capable d'adopter une perspective aussi raisonnée aurait-il pu soudain décider de commettre un meurtre ? Ou alors, se trompait-elle sur son compte ?

Elle attendit qu'il poursuive, osant tout juste respirer.

— Je me suis rendu compte qu'il n'accéderait jamais à ma demande. En outre, je n'avais pas envie de passer plus de temps en sa compagnie. Donc, je lui ai souhaité une bonne soirée et je lui ai dit au revoir. Quand je suis parti, il se versait du vin pour fêter sa victoire.

Alexander finit son café.

— Voilà donc, ma chère Olivia, pourquoi je suis allé là-bas et ce qui s'est passé.

— Vous ne l'avez pas dit à la police ? demanda Olivia.

Alexander haussa les épaules.

— Vous avez raison. Je ne leur ai pas parlé de ça. Je sentais que cette information ne leur serait pas utile et je ne voulais pas la divulguer. De toute façon, ils ne m'ont pas interrogé sur ce que j'avais fait après la vente aux enchères. L'inspectrice m'a simplement demandé si j'avais eu des interactions avec la victime à l'exploitation viticole. Donc, j'ai directement répondu à ses questions. Elle ne m'a pas demandé d'autre information et, en fait, je l'ai trouvée accusatrice et agressive. En de telles circonstances, j'ai senti que fournir des informations serait mal avisé.

Il se frotta le front.

— Malheureusement, maintenant, ça pourrait me causer beaucoup de problèmes.

— Sauf si nous arrivons à trouver qui est vraiment le tueur, dit Olivia avec insistance.

Elle ne put s'empêcher de se sentir satisfaite que son approche fonctionne mieux. Alexander venait de lui révéler une information importante. C'était tout simplement une question d'approche. Il fallait se montrer compréhensif. Instinctivement, Olivia sentait que l'inspectrice ne savait pas se montrer compréhensive. Elle n'était pas un individu compréhensif, alors qu'Olivia l'était naturellement.

Bien sûr, l'inspectrice Caputi n'avait pas passé plus de dix ans de sa vie à écouter des discours commerciaux et à assister à des réunions stratégiques où il suffisait de prononcer un seul mot malencontreux ou même de lever un sourcil au mauvais moment pour que le client s'en aille furieusement dépenser son argent ailleurs. Si elle avait bénéficié de l'expérience d'Olivia de ce point de vue, elle aurait peut-être eu plus d'outils à sa disposition que le mode franchement agressif qu'elle utilisait par défaut.

— Merci beaucoup de m'avoir expliqué ça. Je ferais mieux d'y aller, maintenant. J'ai un appel téléphonique à passer, dit Olivia.

— On se reverra à l'exploitation viticole, dit Alexander, qui fronçait encore les sourcils d'un air inquiet.

Olivia partie, rassurée. Elle trouvait qu'elle avançait bien et que son enquête commençait à prendre forme.

Toutefois, dans ce que disait Alexander, quelque chose la dérangeait. Pendant qu'il lui avait parlé, elle avait accepté sa déclaration avec soulagement mais, à un moment, elle s'était demandé si tout ce qu'il avait dit était vrai.

Olivia poussa un soupir.

Ce moment de suspicion n'avait été que momentané et, maintenant, elle ne savait plus quand elle l'avait ressenti ou lequel de ses mots l'avait déclenché.

En repartant à l'exploitation viticole, Olivia se rappela qu'il ne fallait pas accorder sa confiance trop facilement. Il était encore possible qu'Alexander ait commis ce crime et qu'il soit en train d'embobiner Olivia avec facilité.

Après tout, il connaissait assez le monde et avait assez d'expérience pour être capable de lire les gens avec précision. En outre, à cause de sa réputation sans tache, personne ne pourrait facilement le soupçonner d'un crime aussi infâme.

Il fallait qu'elle garde l'esprit ouvert et cherche toutes les preuves susceptibles de se manifester.

Maintenant, il était temps qu'elle suive sa dernière piste.

Elle allait appeler Patrick, l'ami de Vernon, qui avait remporté le tonneau de vin à la vente aux enchères.

Après cela, Olivia devrait faire appel à toutes ses compétences d'inspectrice en herbe pour assembler les pièces du puzzle en espérant qu'elle verrait émerger un modèle qui lui désignerait le suspect.

CHAPITRE VINGT-CINQ

Olivia ouvrit la porte de l'exploitation viticole et entra. Voir cette porte fermée commençait à l'attrister. À chaque heure qui passait sans arrivée de touristes, les ventes baissaient et cela finirait par attaquer la réputation de l'exploitation viticole.

Marcello avait publié la fermeture de l'exploitation viticole sur son site web et les médias sociaux et affiché sur la porte un avertissement imprimé qui disait : « Salle de dégustation temporairement fermée pour rénovations ! Veuillez nous rejoindre à notre restaurant renommé pour déjeuner ou dîner et nous aurons le plaisir de vous offrir une dégustation gratuite de cinq vins fins ! »

Cette lacune lui permettait encore de proposer des dégustations et des ventes et, depuis la publication de cet avis, toutes les places du restaurant avaient été réservées. Gabriella était occupée tout le temps et cela convenait parfaitement à Olivia. Si Gabriella avait moins de temps pour mettre en action ses plans cruels de vengeance, tout le monde s'en porterait mieux.

Paolo organisait la dégustation du vin pour tous les clients qui le désiraient. Jusque-là, il avait signalé que très peu de clients étaient partis sans commander quelques bouteilles supplémentaires.

Comme c'était une journée tranquille, Olivia avait pensé que, après avoir obtenu le numéro de téléphone de Patrick en le lisant sur la copie de la liste de la vente aux enchères posée derrière le comptoir, elle passerait son appel dans la tranquillité de la salle de dégustation. Cependant, une fois à l'intérieur, elle s'était rendu compte que sa voix porterait énormément dans le silence sonore inhabituel de cette salle. N'importe laquelle de ses conversations serait susceptible d'être entendue par Gabriella dans le restaurant ou par Marcello dans son bureau.

Donc, elle allait le faire dans les toilettes des dames.

Olivia partit discrètement dans le couloir et se réfugia dans la tranquillité silencieuse des toilettes immaculées et parfumées.

Elle se plaça au fond de la pièce, le dos à la table blanche décorée par une grande composition florale, face à porte d'entrée au cas où quelqu'un d'autre, comme Gabriella, entrerait.

À sa gauche, il y avait les portes des quatre cabines. À sa droite, il y avait les lavabos immaculés avec du savon liquide parfumé, des crèmes pour la peau et des mini-serviettes qui attendaient qu'on les utilise. Les toilettes étaient vides et silencieuses.

Elle composa le numéro de téléphone en espérant que Patrick serait encore en Europe. Il avait dit qu'il repartait à Londres dans son jet privé. Si elle avait un peu de chance, il serait encore là parce que, aux États-Unis, c'était le tout début de la matinée.

Il répondit au bout de trois sonneries. Comme il n'avait pas l'air endormi, elle devina qu'il était encore à Londres, en train de vaquer à ses occupations de la matinée.

— Bonjour, Patrick ! dit Olivia, consciente qu'elle avait l'air essoufflée. Je vous appelle de La Leggenda. C'est à moi que vous avez parlé avant la vente aux enchères.

Patrick réfléchit.

— Oh, vous êtes la blonde aimable ?

— C'est moi, répondit Olivia en souriant et en espérant que son amabilité s'entendrait à l'autre bout de la ligne.

— Eh bien, j'ai beaucoup apprécié la soirée, dit Patrick. De plus, je suis très content de mon tonneau de vin. Savez-vous qu'il a fallu que je dépense presque trois cent mille dollars pour faire agrandir ma cave parce qu'elle est souterraine ? Ils ont dû dégager de la roche solide à coups de dynamite et faire appel à trois équipes d'ingénieurs.

— C'est incroyable, dit Olivia avec enthousiasme tout en se souvenant de ce qu'Alexander avait dit sur les gens qui ne jugeaient autrui qu'en fonction de l'argent qu'ils possédaient. Un tonneau aussi rare et onéreux mettra parfaitement en valeur un espace aussi précieux. Vous avez eu beaucoup de chance de pouvoir écraser la concurrence et remporter le tonneau.

Patrick rit.

— Ce n'était pas vraiment des concurrents, juste un groupe de locaux à la petite semaine.

— Exactement ! dit Olivia en riant d'un air moqueur. Quelle grande opportunité de remporter une antiquité précieuse à un prix sacrifié !

— Vous avez parfaitement raison, répondit Patrick en ricanant.

Olivia jeta un coup d'œil au savon liquide. Elle avait déjà envie de se laver la bouche avec. Cette conversation ne lui ressemblait pas du tout. Prononcer ces mots la répugnait !

— J'ai entendu dire que Vernon était mort après, dit Patrick. Quelqu'un m'a dit qu'il était mort cette nuit-là, en fait. Est-ce vrai ?

— Oui, malheureusement, il nous a quittés. Je ne connais pas les détails, dit Olivia. Était-il stressé ? La vente aux enchères aurait pu soudainement aggraver un problème médical.

— Il ne m'a pas semblé stressé, dit Patrick. Ce dont je suis sûr, c'est qu'il était très occupé. Vous voyez, il commençait à travailler sur son nouveau projet. Il cherchait toute une série de nouveaux fournisseurs pour ses vins, de nouveaux arômes artificiels moins chers, des additifs, cette sorte de chose. Il annulait de vieux contrats et, selon lui, cela nécessitait de recourir à quelques embrouilles juridiques parce que les gens crient quand ils ne sont pas payés, mais c'est comme ça que ça marche. Les affaires, c'est les affaires.

— J'imagine, dit Olivia.

Avait-elle tort de se sentir profondément soulagée à l'idée que ce vin ne serait jamais vendu ? Autrement, Valley Wines aurait pu passer pour une boisson récompensée et bonne pour la santé !

— Il a divorcé récemment, dit Patrick d'un air pensif, mais je ne crois pas que cela l'ait stressé. Sa femme l'a quitté pour un homme plus riche, donc, ça s'est passé à l'amiable et ça ne lui a pas coûté trop cher.

— Bon sang, quel soulagement ! dit Olivia.

Elle se sentait mal à l'aise et ne savait pas quoi dire. La seule chose dont elle était sûre, c'était qu'elle était heureuse de ne pas être forcée d'évoluer tout le temps dans ces cercles. Rien que cette brève conversation avec Patrick lui donnait un mal de tête fort désagréable.

— Merci de m'avoir consacré du temps, conclut-elle. Bonne dégustation de votre merveilleux tonneau de vin.

— Merci d'avoir appelé, dit Patrick.

Olivia raccrocha. Elle se frotta les mains avec du gel à la bergamote et à la rose puis se lava tout aussi vigoureusement la bouche à l'eau.

Même si cette conversation n'avait pas fourni d'indices évidents, les paroles de Patrick lui restaient en tête comme si elles y avaient été collées. Elle aurait aimé pouvoir se laver le cerveau au gel à la bergamote pour en faire disparaître cette conversation.

Quand Olivia se dirigea vers la porte des toilettes, elle entendit la voix perçante de Gabriella dehors. Visiblement, la directrice du restaurant venait d'arriver et, d'après ce qu'Olivia entendait, elle se dirigeait vers le bureau de Marcello, probablement pour y récupérer un tirage des menus pour la journée.

Olivia ne voulait pas la croiser. Il serait mieux d'attendre ici, hors de vue, que Gabriella ait amené le tirage au restaurant et se soit occupée de préparer le service du déjeuner.

C'était simplement une question de timing, pensa Olivia.

À ce moment, Olivia eut une révélation subite. Elle comprit exactement quel moment de sa conversation avec Alexander avait éveillé ses soupçons.

Cette prise de conscience lui fit l'effet d'une douche froide dans le dos. Elle inspira brusquement et sentit des frissons lui dévaler la colonne vertébrale.

C'était une expression qu'il avait utilisée, une seule expression.

L'expression « venait de ».

Ce que Patrick lui avait dit avait orienté les soupçons d'Olivia dans la bonne direction et, quand elle s'était remémoré ce seul mot, cela lui avait permis de déduire qui était le criminel.

Y avait-il un moyen de confirmer ce qu'elle pensait maintenant être la vérité ?

Elle se rendit compte qu'il existait bien un moyen. Elle se souvint de l'information dont elle avait besoin. Or, Internet pouvait l'aider.

Ouvrant son téléphone, elle se rendit rapidement sur Google et chercha l'information.

Quand Olivia contempla son téléphone, elle eut l'impression que la voix agressive de Gabriella disparaissait.

L'information qu'elle voyait sur le petit écran brillant de son téléphone était choquante. Mieux encore, elle était instructive.

Lisant et relisant les mots, Olivia sentit que les pièces du puzzle se mettaient en place et que les vides qui les séparaient rétrécissaient suffisamment pour qu'elle ait une vue d'ensemble.

Elle savait qui avait fait ça et comment et pourquoi Vernon Carrington avait été tué.

Maintenant, tout ce qu'il fallait qu'elle trouve, c'était la preuve.

Olivia se figea quand une autre voix familière retentit dans la salle de dégustation.

— Monsieur Vescovi, j'ai besoin que vous organisiez une réunion de toute urgence.

La voix était celle de l'inspectrice Caputi.

L'oreille appuyée contre la porte et le cœur battant la chamade, Olivia écouta les ordres abruptement formulés de l'inspectrice.

— Je suis revenue sur la scène du crime pour interroger les voisins, dit sèchement l'inspectrice. Les occupants de la Villa Splendido, qui sont finalement rentrés, ont dit qu'ils étaient allés dîner après la vente aux enchères et n'avaient rien vu. Toutefois, le locataire de la Villa Ultima a révélé de nouvelles informations importantes.

Il était clair qu'elle s'adressait à Marcello. Olivia imagina l'expression de ce dernier quand Caputi continua.

— Suite à sa déclaration, vous allez immédiatement convoquer Nadia Vescovi, Olivia Glass et Alexander Schwarz ici. Notre stratégie concernant cette affaire a changé.

Olivia écarquilla encore plus les yeux quand elle entendit la porte principale de la salle de dégustation s'ouvrir et quelqu'un entrer en produisant des claquements sur le sol avec ses chaussures.

— *Ciao*, Marcello, dit Nadia.

Alors, étonnée, elle ajouta :

— Bonjour, inspectrice.

— Mademoiselle Vescovi, vous allez immédiatement vous rendre dans la voiture escortée par un de mes agents, ordonna l'inspectrice Caputi à Nadia sans même lui dire bonjour. Nous vous arrêtons tous les trois, vous, Glass et Schwarz. Vous êtes soupçonnés tous les trois et nous vous interrogerons au poste jusqu'à ce que l'un de vous avoue ce crime.

Elle s'interrompit.

— Si personne n'avoue, vous serez arrêtés tous les trois parce que vous êtes soupçonnés de meurtre.

Olivia écarquillait tellement les yeux que ces derniers risquaient de sortir de leurs orbites.

On voulait les arrêter ?

Elle entendit Nadia pousser un cri puis, en écoutant soigneusement, elle entendit le cliquetis distinctif des menottes.

Olivia serra la poignée de la porte et s'y accrocha désespérément parce que ses jambes lui paraissaient soudain faibles.

— Emmenez-la dans la voiture, dit sèchement Caputi, clairement à l'un de ses agents. Enfermez-la à l'arrière. Où sont les deux autres ?

— Je … je les appelle immédiatement, bafouilla Marcello.

— Vite ! Nous n'avons pas de temps à perdre.

Maintenant, le cœur d'Olivia battait des records de vitesse. Elle recula de la porte en se recroquevillant. On allait l'arrêter ! Si elle sortait des toilettes des femmes, dès que Caputi la verrait, elle lui passerait les menottes.

C'était impensable ! Juste au moment où elle venait de résoudre le crime !

Le problème, c'était que Caputi ne l'écouterait pas. L'inspectrice aux cheveux gris acier avait la mauvaise habitude de ne jamais écouter les idées d'Olivia, de les négliger complètement, en fait. Cela avait été un problème lors de leur dernière rencontre et Olivia était sûre que cela allait recommencer.

Il fallait qu'elle trouve la preuve qui convaincrait Caputi que ses soupçons étaient fondés et elle allait devoir le faire sans être arrêtée en premier !

Elle mit rapidement son téléphone en mode silencieux. Quand Marcello l'appellerait, si l'inspectrice Caputi entendait une forte sonnerie de téléphone venant des toilettes des femmes, elle saurait tout de suite où Olivia se trouvait.

Toutefois, Olivia ne comptait pas rester plus longtemps dans ces toilettes.

Elle contempla la fenêtre.

C'était une petite fenêtre, installée haut dans le mur, mais Olivia pensait qu'elle pourrait s'y faufiler, tout juste. Or, si elle grimpait sur les lavabos, elle pourrait l'atteindre.

Il fallait qu'elle se dépêche, sinon, elle pourrait avoir beaucoup d'ennuis.

Olivia se corrigea intérieurement. Elle avait déjà beaucoup d'ennuis et c'était sa seule chance de s'en sortir. Elle s'agenouilla sur les lavabos et se dressa de toute sa hauteur pour ouvrir la fenêtre.

Elle sentit son téléphone en mode silencieux vibrer dans son sac à main et comprit que Marcello l'appelait.

Il fallait qu'elle lui annonce qu'elle avait résolu l'affaire et qu'elle n'allait pas pouvoir obéir aux ordres de l'inspectrice pour l'instant parce qu'elle allait coincer le suspect.

Olivia sortit son téléphone et passa rapidement le doigt sur le bouton de réponse.

— Bonjour, Marcello, dit-elle doucement.

Il y eut un silence étonné à l'autre bout de la ligne.

171

— Olivia ? Olivia, à qui croyais-tu parler ? As-tu dit Marcello ? As-tu un nouveau petit copain ?

Olivia serra les dents quand elle entendit la voix de sa mère.

Mme Glass n'aurait pas pu choisir un pire moment pour appeler. Pourquoi, oh pourquoi Olivia n'avait-elle pas regardé qui appelait avant de répondre ?

— Euh, non, maman. Marcello est mon patron à l'exploitation viticole. De plus, je suis un peu occupée pour l'instant, commença-t-elle à dire.

Cependant, comme elle s'y était attendue, sa mère se mit quand même à parler. Accroupie sur les lavabos, Olivia ne pouvait que l'écouter tout en essayant d'ouvrir la fenêtre plus grand.

— Tu m'as envoyé les plans des meubles que tu as prévus pour ta nouvelle maison. Je dois dire que je suis impressionnée. Tu as certainement un peu hérité de mon don pour la décoration intérieure. Toutefois, mon ange, j'ai une remarque importante à faire.

— Laquelle ? demanda Olivia.

— Comme tu le sais, Laurel Islington, qui est mon amie depuis plus de vingt ans maintenant, est spécialiste de feng shui. Au cas où tu ne saurais pas de quoi il s'agit, c'est un art japonais de répartition optimale des énergies dans le lieu de vie.

— Je crois que c'est chinois, marmonna Olivia.

— Quoi ? Je n'ai pas entendu ce que tu as dit.

— Rien, chuchota Olivia.

Elle passa la tête et les épaules par la fenêtre et sentit la brise lui tirer sur les cheveux. Le sol semblait être affreusement loin.

— De toute façon, elle a regardé tes plans. Elle a dit que tu devrais placer la table du hall à gauche plutôt qu'à droite mais que tu devrais suspendre des peintures des deux côtés des murs pour faire entrer l'énergie dans la maison, poursuivit sa mère.

— La faire entrer, acquiesça Olivia.

Elle faufila un bras par la fenêtre et se crispa quand elle entendit la voix impérieuse de l'inspectrice Caputi qui aboyait des ordres dans la salle de dégustation.

— En outre, tu dois penser à installer un bon éclairage ! Elle était très inquiète pour l'éclairage. Un hall sombre est un endroit affreux, question énergie. Cela peut affecter le bonheur de toute ta maison !

— C'est noté, murmura Olivia.

— Elle peut te proposer une consultation pour toute ta maison au tarif spécial amis et famille de soixante-quinze dollars. Penses-y ! Actuellement, il faut que tu évites les mauvaises énergies !

— C'est sûr ! Je m'assurerai que le hall soit bien éclairé.

— Promets-le-moi, Olivia ! Pas de mauvaises énergies ! Vas-tu installer un lustre ? Nous le paierons si nécessaire.

— J'en installerai un, c'est promis ! Il faut que j'évite les mauvaises énergies dès maintenant. Si tu acceptes de payer, ce sera un merveilleux cadeau. Il faut que j'y aille, maintenant, maman. Merci d'avoir appelé.

Olivia raccrocha et rangea son téléphone dans son sac à main.

Peut-on marchander à l'avance avec le karma ? se demanda-t-elle. Si son plan réussissait, elle décida qu'elle installerait le lustre le plus gros qu'elle pourrait se permettre dans son hall pour remercier les forces dynamiques.

— Donnez-moi une bonne énergie, je vous en supplie, demanda Olivia à toutes les divinités susceptibles de l'écouter.

Passant l'autre bras par la fenêtre, Olivia se faufila et se tortilla avec la sensation désagréable d'être le dentifrice que l'on fait sortir d'un tube. Le passage était étroit et le sol semblait être si loin qu'elle en avait le vertige. Il ne semblait pas qu'elle puisse se retourner ou s'accrocher à quelque chose. Elle pouvait seulement avancer en se tortillant jusqu'à atteindre le point de basculement. Ensuite, la gravité ferait ce qu'elle voudrait d'elle.

— Argh, geignit Olivia quand elle atteignit le point de non-retour et se sentit partir en saut périlleux.

Avec un bruit sourd, elle atterrit sur les fesses dans le parterre de fleurs du dessous. L'atterrissage avait été doux, car le parterre avait été récemment bêché et paillé.

C'était à la fois une bonne et une mauvaise chose, comprit Olivia.

Elle se releva comme elle le put et se frotta du revers de la main tout en tordant le nez. De petits pieds de lavande avaient été plantés à intervalles réguliers et il y avait maintenant un trou de la taille d'Olivia dans la rangée autrement bien aménagée.

En tout cas, la première partie de son plan avait été une réussite. Elle était hors de l'exploitation viticole en soi.

Olivia contempla le sentier pavé qui rejoignait la route qui menait aux résidences des Vescovi. Maintenant, il était temps de passer à la deuxième partie de son plan, qui était de retrouver son suspect et de prouver que c'était lui le coupable.

— Alexander, dit-elle fermement, je viens te chercher !
Alors, elle partit au pas de course vers la maison de Nadia.

CHAPITRE VINGT-SIX

Olivia remonta en courant la route pavée qui menait à la maison de Nadia. Haletante, elle monta la colline pentue. Elle savait qu'elle menait une course contre la montre et n'osait pas ralentir. Déjà, l'inspectrice Caputi devait rôder impatiemment dans la salle de dégustation en regardant sa montre et en se demandant pourquoi Marcello n'avait pas encore réussi à faire venir ses deux suspects restants.

— Alexander, répéta Olivia, le souffle coupé.

L'expert était le seul qui puisse l'aider maintenant et elle espérait qu'elle pourrait le trouver à temps.

Il était là ! Il descendait rapidement la colline vers elle, une veste blanche légère sur l'épaule.

— Ah, Olivia. Marcello vient d'appeler. Il avait l'air stressé. Il a dit qu'il avait besoin que je vienne dans la salle de dégustation de toute urgence. Est-ce que la police est là ? Faut-il que j'apporte quelque chose ? J'ai mon téléphone sur moi.

Il ralentit, se retourna et jeta un coup d'œil à la maison, comme s'il craignait de ne pas s'être assez bien préparé.

Olivia aurait voulu avoir plus d'air pour s'expliquer. Elle se dit qu'une ascension de colline au pas de course était l'ennemie de la cohérence.

— Vous … ne devez pas … aller à … l'exploitation viticole maintenant, dit-elle le souffle coupé. Vous … et moi, nous … serions arrêtés !

Alexander leva ses sourcils broussailleux d'un coup.

— Vraiment ? demanda-t-il en fronçant les sourcils.

— J'ai trouvé … qui a tué Vernon Carrington … grâce à ce que vous m'avez dit ! Cependant, il faut que je le prouve. L'inspectrice … veut nous arrêter tous les deux. Elle a déjà … enfermé … Nadia dans sa voiture. Donc, nous devons nous dépêcher.

Olivia fut soulagée de constater qu'Alexander avait compris qu'il y avait urgence.

175

— Je suppose que nous devrions nous échapper de l'exploitation viticole ? demanda-t-il.

— Oui ! Avez-vous une voiture ?

— Oui. Suivez-moi.

Lui prenant la main, Alexander repartit à grands pas là d'où il venait et emmena Olivia autour de la maison puis au garage du fond.

Là, un beau coupé Mercedes noir était garé à côté de la Fiat Spider de Nadia.

Alexander passa précipitamment une porte au fond du garage et revint un moment plus tard avec les clés. Les portières s'ouvrirent avec un clic et Olivia s'installa sur le siège passager.

— Je vais vous montrer où se trouve la route de service, dit-elle. Nous ne pouvons pas courir le risque de partir par l'entrée principale. La police nous cherche forcément.

Tendant une main dans la boîte à gants, Alexander en sortit une paire de lunettes de soleil Atelier de Silhouette à monture dorée et se les mit.

Quand le radar de recul de la voiture commença à faire bip, il jeta un coup d'œil dans son rétroviseur.

— On dirait qu'un objet nous bloque la voie, dit-il.

Alors, il ajouta, surpris :

— C'est une chèvre !

Regardant derrière elle, Olivia sentit qu'elle rougissait d'embarras.

— C'est Erba, ma chèvre d'adoption, dit-elle. Elle me suit partout.

Olivia descendit de la Mercedes et contourna la voiture à toute vitesse en agitant les bras.

— Erba ! Repars à la laiterie !

Avec un coup d'œil espiègle, Erba se faufila à côté d'elle et bondit sur le siège passager.

— Dehors, Erba ! Je suis vraiment désolée, Alexander. D'habitude, elle est très bien dressée.

Olivia était horrifiée par les actions récalcitrantes de sa chèvre. Pourquoi se comportait-elle comme ça ? Était-ce le commencement de la rébellion adolescente d'Erba ?

Erba contempla Olivia d'un air impassible puis passa agilement derrière le siège avant de s'installer dans l'espace somptueux couvert de cuir.

Humiliée, Olivia avait envie de s'arracher les cheveux mais, heureusement, Alexander contrôlait la situation.

— Montez, dit-il à Olivia. La chèvre peut venir avec nous.

Soulagée, Olivia remonta dans la voiture.

— Dites-moi où se trouve la route de service, ordonna-t-il.

Il sortit du garage en marche arrière en faisant crisser les pneus. Olivia attacha rapidement sa ceinture de sécurité.

— Tournez à gauche ici, dit-elle à Alexander. Maintenant, vous voyez une route à droite. Prenez-la puis tournez à nouveau à droite juste après la laiterie des chèvres. C'est la route de service. Elle rejoint la route principale huit cents mètres plus loin.

Quand ils eurent franchi la porte de service, Alexander accéléra violemment, les roues de la Mercedes mordirent dans la route goudronnée et Olivia fut aplatie contre son siège par la force brute force de l'accélération.

Étonnée et soulagée, elle se sentit à bout de souffle. Ils s'étaient échappés de l'exploitation viticole et, pour l'instant, ils avaient une longueur d'avance sur l'inspectrice Caputi. Cela dit, même s'ils lui avaient échappé, Olivia espérait qu'ils arriveraient encore à temps pour ce qu'il fallait qu'elle fasse ensuite.

Son suspect risquait d'avoir déjà pris la clé des champs.

*

Deux minutes plus tard, la Mercedes s'arrêta devant la Villa Ultima en faisant crisser ses pneus.

— C'est là ! dit Olivia.

Elle avait le cœur encore affolé après ce trajet à tombeau ouvert. Les Autrichiens semblaient conduire encore plus agressivement que les Italiens. Qui l'aurait cru ?

Ils descendirent. Après avoir baissé de quelques centimètres la vitre de la portière, Olivia la referma. À l'ombre sous le grand chêne, Erba serait à l'aise dans la voiture et ne pourrait pas faire d'autres bêtises.

Olivia appuya sur la sonnette et se sentit de moins en moins à l'aise à mesure que passaient les secondes.

Alors, elle essaya d'ouvrir la porte.

Elle était fermée à clé.

— Merde, merde, merde, dit Olivia à voix basse.

Bien sûr que la porte était fermée à clé ! Quand on s'en allait d'une villa cossue, on ne laissait pas la porte grande ouverte. Sinon, quelqu'un entrerait et volerait toutes les statues grecques sans bras, les vases incrustés de bijoux Swarovski ou les énormes carrés encadrés dénués de sens affichés sur les murs.

— Il faut qu'on entre ici ? Vous voulez que je cherche un moyen ? demanda Alexander.

— Oui et oui. Il a peut-être laissé une fenêtre ouverte, dit Olivia.

Sven, son suspect principal, devait déjà être parti pour l'aéroport. Maintenant, il fallait qu'ils fouillent la maison pour voir si la preuve qu'Olivia s'attendait à trouver y était.

— Il y a une porte de cuisine au fond, dit Olivia à Alexander. Elle est peut-être ouverte.

Alexander partit vers la gauche et Olivia contourna la maison dans l'autre sens en courant.

Visiblement, fidèle à sa tradition suédoise de minutie et de respect du détail, Sven avait entièrement fermé la villa avant de partir. Ou alors, ce n'était peut-être pas à cause de sa tradition suédoise mais plutôt parce qu'il ne voulait pas que des enquêteurs amateurs fouillent la maison avant qu'elle ne soit nettoyée et prête à accueillir les prochains occupants. De toute façon, Olivia ne voyait pas la moindre fenêtre ouverte.

Elle retrouva Alexander à l'arrière de la maison, où ils échangèrent des haussements d'épaules, découragés, puis continuèrent jusqu'à se retrouver devant la porte d'entrée.

— Il semble n'y avoir aucun moyen d'entrer, fit remarquer calmement Alexander en tapotant ses cheveux ondulés pour se les remettre en place. Et si on cassait une fenêtre ?

Il regarda dans le jardin avec assurance, comme s'il cherchait un caillou assez gros pour y arriver.

Olivia écarquilla les yeux. Alexander était beaucoup plus impétueux qu'elle. L'idée de casser une fenêtre la terrifiait. C'était criminel ! Elle imaginait les yeux de l'inspectrice Caputi s'illuminer quand elle se rendrait compte qu'Olivia avait fait une chose qui lui permettrait de porter réellement et concrètement plainte contre elle.

— On ferait mieux d'éviter ça, dit-elle, ou du moins de n'y recourir qu'en dernière extrémité. Il y a forcément un autre moyen d'entrer ou une chose à laquelle nous n'avons pas pensé.

— Où a-t-il pu déposer les clés de la villa ? demanda Alexander. Y aurait-il un bureau au village ?

C'était une bonne question et Olivia y réfléchit sérieusement.

Le temps des riches était précieux. Ils ne voulaient pas le gâcher en allant à un bureau de location en ville, cabosser leurs grands SUV et leurs énormes voitures de sport en négociant les routes étroites et en s'efforçant de se garer sur des places trop petites.

Confrontés à de tels inconvénients, ils posteraient très probablement des évaluations négatives sur Trip Advisor.

Olivia se demanda ce qu'elle ferait si elle était agent de location.

La réponse lui vint en un éclair.

Elle leur dirait de laisser les clés dans la propriété en toute sécurité, dans une cachette convenue à l'avance.

— Les clés sont quelque part par ici ! C'est forcé ! décida-t-elle.

Reculant, Olivia souleva le bord du paillasson. Il était en caoutchouc et tout neuf, avec une bordure doré vif.

La clé n'était pas dessous et elle se sentit déçue. Elle avait vraiment espéré la trouver à cet endroit.

Alexander approcha de la statue qui se dressait près de la porte d'entrée. C'était un aigle de pierre aux ailes écartées et au bec ouvert.

Qu'y avait-il dans son bec ?

Alexander plongea la main à l'intérieur de la gueule béante de l'aigle et en sortit un jeu de clés enfilées sur un porte-clés orné de pierres Swarovski. Le soleil luisait sur les cristaux et trouait presque les rétines à Olivia.

La porte d'entrée se déverrouilla sans problème et Olivia entra dans le hall vide, suivie de près par Alexander. La petite valise en cuir n'était plus là. Sven était effectivement parti pour l'aéroport.

— Nous devons fouiller la maison, expliqua-t-elle. Cette bouteille de vin que Vernon a proposé de boire avec vous quand vous êtes allé le supplier de changer d'avis, vous souvenez-vous à quoi elle ressemblait ? Est-ce que vous la reconnaîtriez si vous la revoyiez ?

Alexander hocha gravement la tête.

— Bien sûr, dit-il. Je me souviens du nom et du cru exacts de la bouteille qu'il m'a proposé de boire. Personnellement, je ne connais pas l'année de ce vin particulier, mais j'ai goûté le même vin de cépage dans d'autres années et il est délicieux. Son exploitation viticole se situe en Italie du Nord. Elle est petite mais excellente. Je l'ai visitée deux fois.

Olivia se sentit encouragée par les connaissances expertes d'Alexander.

— Nous devons fouiller la villa aussi vite que possible, dit-elle. Oh, il ne faut pas oublier de regarder dans la poubelle de dehors. La dernière fois que je suis venue ici, Erba l'a renversée en cherchant du vin. S'il y avait jeté cette bouteille, nous pourrions le voir.

Olivia se dirigea vers la cuisine, qui était sûrement l'endroit le plus logique et donc sa première destination. Elle savait qu'ils étaient de plus en plus à court de temps. Elle avait vu que l'inspectrice Caputi avait très peu de patience. Sa patience pouvait se mesurer en grains, même pas en quarts de cuillère à café.

À son grand désarroi, Olivia constata qu'il n'y avait aucune bouteille dans la cuisine. Sous l'îlot de la cuisine, grand comme un continent, il n'y avait rien dans la poubelle et, après avoir regardé dans tous les grands placards, qui étaient presque au nombre de trois cents, Olivia fit chou blanc là aussi.

— La poubelle de dehors ne contient qu'une bouteille de Valley Wine et une boîte de pâtisserie vide, annonça Alexander quand il retrouva Olivia pendant qu'elle fouillait la salle à manger.

— Merde. C'est ce qu'Erba avait déjà découvert, mais pas ce qu'il nous faut. Nous devons continuer à chercher.

— Je regarde dans les chambres, dit Alexander.

— Je regarde dans les salons, décida Olivia.

Elle parcourut à toute vitesse les chambres spacieuses et regarda sur toutes les étagères en chêne massif, dans tous les poufs couverts de dorures et dans tous les placards à poignées en ivoire. Rien. La preuve qu'il lui fallait était introuvable.

Elle revint dans le hall au moment où Alexander descendait les escaliers à toute vitesse.

— Je n'ai rien trouvé, dit-il.

À ce moment, Olivia comprit.

Elle comprit pourquoi la bouteille était introuvable dans la villa et ce qu'il faudrait qu'elle fasse ensuite.

— J'ai un plan, Alexander, dit-elle. Il faut qu'on aille —

Elle fut interrompue par son téléphone qui sonnait.

Cette fois-ci, c'était bien Marcello.

Elle l'imaginait debout dans son bureau, harcelé par l'inspectrice Caputi. Fallait-il qu'elle réponde ou pas ? Si l'inspectrice Caputi avait de quoi localiser les appels, Olivia révélerait l'endroit où elle se trouvait en appelant mais, d'un autre côté, Marcello avait peut-être des informations importantes pour elle.

Se mettant un doigt sur les lèvres pour avertir Alexander de ne rien dire, Olivia décrocha mais sans parler.

— Allô ? entendit-elle dire Marcello. Allô, Olivia ? Vous êtes là ? Si vous m'entendez, pouvez-vous venir à l'exploitation viticole de toute urgence, s'il vous plaît ? L'inspectrice Caputi veut vous interroger.

Il avait prononcé ses mots avec insistance. Olivia soupçonnait qu'il avait fortement essayé de lui dire qu'il y avait des ennuis à l'horizon.

L'inspectrice était forcément avec lui. Le téléphone était peut-être même sur haut-parleur.

Olivia réfléchit vite.

Elle pouvait utiliser cette situation à son avantage. Après tout, il n'y avait qu'un moyen de faire aller la police à l'endroit où elle avait besoin qu'elle soit et c'était en faisant en sorte qu'elle la pourchasse.

— Marcello, dit-elle fort, j'ai extrêmement peur. Je suis innocente et je le sais, mais je ne pense pas que l'inspectrice Caputi le croira !

Il y eut un silence horrifié à l'autre bout de la ligne. Olivia imaginait Marcello l'écouter prononcer ces mots en toute confiance d'un air atterré pendant que l'inspectrice Caputi plissait les yeux en se délectant avec cruauté.

— Donc, j'ai décidé que j'allais prendre un avion et partir ailleurs quelques jours, poursuivit Olivia en s'assurant de parler aussi clairement que possible. Je vais à l'Aéroport International de Pise aussi vite que possible ! Marcello, si seulement tu pouvais venir avec moi ! Je voudrais que tu puisses me retrouver à l'Aéroport de Pise. On pourrait s'échapper en amoureux !

Olivia se mit une main sur la bouche, horrifiée. Dans la tension du moment, elle avait laissé échapper le mauvais mot. Comme c'était freudien ! Elle se sentit rougir d'embarras.

— Je voulais dire qu'on pourrait s'échapper en avion en partant de Pise. Désolé, je me suis trompée.

Elle réfléchit. Il n'y avait pas besoin d'en faire trop. Maintenant, l'inspectrice Caputi avait forcément compris où elle comptait aller.

— Alexander m'emmène à l'aéroport dans sa Mercedes de sport noire, celle qui a la plaque d'immatriculation personnalisée avec le mot « Vin » dessus, dit Olivia. Nous en avons discuté à un emplacement secret près de La Leggenda. Bon, je crois qu'on va partir à l'aéroport, à présent. Il faut que j'y aille. N'oublie pas ! Si tu peux t'absenter, je te retrouve là-bas !

181

Elle raccrocha.

Respirant avec difficulté, elle contempla le téléphone d'un air triomphant. Grâce à cette stratégie improvisée, elle avait posé les fondations pour les plans qu'elle avait besoin de mettre en place.

Olivia se rendit compte qu'elle ressentait exactement la même chose qu'autrefois, quand elle venait de présenter un argumentaire de vente réussi à un client de son agence de publicité. Elle avait créé un scénario que le client (dans ce cas, l'inspectrice Caputi) avait approuvé.

Alexander la regardait fixement en fronçant les sourcils, perplexe. Visiblement, il avait cru au scénario d'Olivia, lui aussi.

— Donc, on va à l'aéroport ? Où partez-vous ?

— Non, non, je ne vais nulle part !

Olivia se rendit compte qu'elle n'avait pas le temps d'expliquer à Alexander toutes les subtilités de son plan. À l'instant même, Caputi et son équipe devaient être en train de bondir dans leurs voitures. Certes, les modèles basiques de Fiat qu'ils conduisaient ne pouvaient vraiment pas accélérer aussi vite que la Mercedes mais, malgré cela, pour ce qu'elle en savait, Caputi prenait peut-être les virages en experte. Cela pouvait lui faire gagner beaucoup de temps, surtout parce qu'Olivia, peu douée pour la chose, prenait toujours les virages lentement.

— Il faut qu'on y aille ! dit Olivia.

Alors, quand ils se rentrèrent l'un dans l'autre devant la porte, elle repensa soudain ses plans.

Ils n'avaient pas besoin d'y aller tous les deux. En fait, il serait mieux qu'Alexander reste ici, juste au cas où.

— Attendez ! Puis-je conduire votre voiture ? demanda-t-elle.

— Bien sûr ! dit Alexander en lui tendant les clés avec un grand geste.

— Pouvez-vous fouiller cette villa de fond en comble au cas où il s'y trouverait autre chose d'utile, quoi que ce soit ? Je crois que, après que la police est arrivée à sa villa, Sven est parti en toute hâte et que cela signifie qu'il a peut-être oublié d'autres preuves incriminantes. Si vous trouvez quelque chose, pouvez-vous m'appeler ? Et acceptez-vous de garder la chèvre ?

— Je m'en occupe, dit Alexander d'un ton rassurant. Vous pouvez me laisser Erba. Je prendrai soin d'elle.

Olivia quitta la villa à toute vitesse et ouvrit la portière de la Mercedes.

— Dehors ! commanda-t-elle.

Erba bondit hors de la voiture et se dirigea vers le parterre le plus proche. Olivia imagina qu'elle avait dû s'ennuyer, fermée à clé à l'intérieur.

Elle monta dans la voiture et passa quelques secondes précieuses à ajuster le siège pour pouvoir atteindre l'accélérateur facilement.

Elle allait devoir conduire comme Gerhard Berger parce qu'elle allait avoir toute la police de la Toscane sur les talons.

CHAPITRE VINGT-SEPT

— Ouah ! s'exclama Olivia, stupéfaite.

Cette Mercedes accélérait vraiment très bien. Avec en plus la sensibilité de la direction assistée, Olivia faillit détruire un des montants de porte en marbre de la Villa Diamante quand elle sortit.

Elle espérait qu'elle allait apprendre aussi vite que possible à conduire ce qui était clairement une voiture très puissante. Elle ne pouvait pas se permettre d'avoir une collision, ou même de cabosser le pare-chocs de manière aussi insignifiante que ce soit, vu tout ce qui était en jeu.

Serrant le volant et relâchant l'accélérateur, Olivia entra sur la route principale en faisant rugir le moteur.

— Génial ! cria-t-elle en essayant de faire comme si elle appréciait cette expérience et comme si elle n'avait pas les paumes des mains moites de peur. Elle avait toujours pensé qu'elle était plutôt une conductrice prudente. Maintenant, elle savait que c'était vrai.

Pourtant, s'il y avait un moment pour jouer à la championne du Grand Prix, c'était maintenant.

Quand Olivia approcha d'une voiture plus lente, elle baissa la vitre de la portière, agita un poing au-dehors et klaxonna.

La voiture lente se gara rapidement sur le bas-côté pour la laisser passer à toute vitesse.

C'était entièrement une question d'attitude, comprit Olivia. Si elle s'énervait tout en gardant la bonne attitude, tout se déroulerait comme prévu.

Elle passa sur l'autoroute et se mordit la lèvre quand la voiture bondit en avant et que l'aiguille du compteur de vitesse partit tout à droite. Olivia n'osait pas regarder à quelle vitesse elle allait. Ce n'était vraiment pas elle qui conduisait ! En son for intérieur, elle était une personne qui respectait toujours les lois et cette situation en était presque embarrassante. Elle allait devoir proposer de payer toutes les amendes pour dépassement de vitesse que la Mercedes encourrait. Obliger Alexander à les payer ne serait pas honnête.

Même si elle volait littéralement sur l'autoroute, Olivia craignait quand même d'entendre des sirènes hurler derrière elle. Elle était certaine que la police la poursuivait assidûment. L'inspectrice avait peut-être déjà alerté une équipe à l'aéroport, qui l'attendait là-bas.

Olivia allait devoir espérer que, dans un si bref délai, aucun autre agent ne serait disponible pour tendre un piège.

Serrant le volant plus fort que jamais, Olivia fit un écart pour dépasser une autre voiture. Était-ce une Ferrari ? Pendant qu'elle écrasait l'accélérateur, elle prit le risque de jeter un coup d'œil au véhicule rouge, chic et surbaissé. Oui, c'était une Ferrari et le conducteur, qui portait des vêtements de couleur tendance et une barbe de trois jours, la contemplait bouchée bée, stupéfait, clairement incapable de croire qu'une blonde folle ait pu le dépasser dans une voiture allemande.

Elle dépassait des Ferrari ? Eh bien, si tel était le cas, elle n'avait pas besoin de craindre d'être rattrapée par la police. Elle espérait que sa conduite démente lui donnerait le temps dont elle avait besoin.

Quand elle entra dans le parking de l'aéroport et se gara à la première place disponible en faisant crisser les pneus de la voiture, elle poussa un soupir de soulagement.

Elle quitta la voiture en toute hâte, impressionnée par le bruit sourd chic qu'elle entendit quand elle ferma la portière de la voiture, si différent du claquement métallique de sa Fiat de location.

Alors, elle entendit vraiment des sirènes. La police arrivait enfin et, avant de se faire arrêter, elle allait devoir trouver Sven.

Saisissant son téléphone, Olivia entra dans l'aéroport au pas de course.

Elle n'y était venue qu'une fois, lors de son premier atterrissage en Italie. Elle se souvint de ce qu'elle avait ressenti. En manque de sommeil, elle avait été excitée et bouleversée. Elle avait été impatiente de commencer ses deux semaines de vacances et n'avait pas soupçonné quel avenir nouveau et passionnant l'attendait.

La dernière fois qu'elle était sortie de ce bel aéroport drapé de verdure, elle avait cru que, la prochaine fois qu'elle y passerait, ce serait pour prendre son vol de retour.

Elle n'aurait jamais imaginé que, la deuxième fois qu'elle irait dans ce terminal moderne et écologique, ce serait pour emmener la police italienne sur les traces d'un suspect de meurtre.

Elle s'était vraiment fourrée dans une situation surréaliste !

Olivia n'avait absolument aucun souvenir de l'agencement de l'aéroport. Elle avait été beaucoup trop excitée d'être arrivée en Italie.

Elle s'arrêta à l'intérieur de l'entrée et regarda de gauche à droite, cherchant frénétiquement à prendre ses repères parce que, si elle allait du mauvais côté, le résultat serait désastreux.

Elle se força à observer calmement l'agencement et la signalétique de l'aéroport, même si son cerveau la suppliait de foncer !

Il y avait les comptoirs d'enregistrement internationaux et, de l'autre côté, les comptoirs d'enregistrement nationaux. Ils étaient chacun de leur côté, ce qui signifiait qu'Olivia avait une décision importante à prendre. Dans quelle direction Sven allait-il partir ? Allait-il monter dans un vol national ou international ?

Plutôt international, décida Olivia. Il avait dû prévoir de quitter le pays dès que possible sans s'attarder après ses « vacances » qui, pensait-elle maintenant, avaient dû durer deux nuits au maximum, pas la semaine dont il lui avait parlé de manière aussi convaincante. Le plus probable, c'était qu'il prendrait un avion pour rentrer directement aux États-Unis.

Olivia fonça vers les comptoirs d'enregistrement internationaux.

Où était-il ? Elle n'avait quand même pas pu se tromper, non ?

Elle ne voyait aucun grand homme blond aux comptoirs d'enregistrement.

Olivia courut le long de la file d'attente, tendue parce qu'elle craignait d'avoir commis une énorme erreur et emmené la police jusqu'ici pour rien.

Mis à part pour l'arrêter, bien sûr. Elle ne voulait pas penser au nombre de forfaits qu'ils pourraient noter sur son acte d'accusation si elle n'arrivait pas à prouver son hypothèse.

Elle avait raison, c'était forcé ! Elle savait qu'elle avait résolu cette affaire.

Le voilà !

La première fois, Olivia ne l'avait pas remarqué parce qu'il s'était penché pour sortir quelque chose de sa petite valise avant de la confier à l'enregistrement.

On pesait déjà son sac. Comme il était très petit, ça irait vite. Sven ne paierait aucune surtaxe pour excédent de bagages, mais il faudrait qu'Olivia le rejoigne avant que ce sac ne soit sorti de la balance pour être envoyé vers le tapis roulant.

Il y avait une file d'attente de huit ou neuf autres touristes qui serpentaient autour des barrières balisées. Devant, une employée de l'aéroport importune contrôlait le flux de passagers et les envoyait au prochain comptoir disponible.

Un cri résonna dans l'aéroport.

Olivia virevolta.

La police arrivait. Deux agents en uniforme étaient menés par l'inspectrice Caputi en tenue civile, classe et austère avec une veste bleu marine bien coupée. Ils étaient arrivés et ils l'avaient vue.

Olivia se glissa sous le ruban de balisage. Elle se dirigea vers Sven, mais elle avait oublié l'employée qui se trouvait devant la file d'attente.

— *Non autorizzato !* s'exclama la femme baraquée en prenant Olivia par le bras d'un geste rapide et expérimenté.

Visiblement, elle avait l'habitude que des touristes désespérés essaient de passer sous cette barrière et supposait qu'Olivia était l'un d'eux. Elle désigna sévèrement le derrière de la file d'attente.

À ce moment, avec un bruit de pas retentissant, la police arriva.

L'inspectrice Caputi parla rapidement à l'employée, qui lâcha le bras à Olivia. Ce ne fut pas un grand réconfort, car un des agents en uniforme s'en saisit immédiatement.

L'inspectrice jeta un regard noir à Olivia.

— Vous êtes en état d'arrestation. Nous vous arrêtons parce que vous êtes soupçonnée de meurtre et parce que vous avez tenté de fuir le pays.

Malgré la poursuite en voiture à haute vitesse et la course rapide dans l'aéroport, la coupe au carré gris acier de l'inspectrice Caputi était impeccable ; pas un cheveu ne dépassait. Olivia n'avait pas confiance en ce type de personne. En fait, la policière ne lui donnait pas du tout l'impression d'être humaine. Olivia savait que, sur sa propre personne, on voyait tout ce qui s'était passé ce matin. Ses vêtements étaient froissés, son rouge à lèvres et son mascara étaient sûrement tachés et, quand elle se retourna pour jeter un autre coup d'œil au comptoir, un grand flocon de paillis tomba de ses cheveux sur la manche du policier.

Il lui lâcha le bras pour se l'enlever et Olivia saisit sa chance.

— Ce n'est pas moi que vous devez arrêter, dit-elle à Caputi. C'est lui !

D'un bond, elle s'éloigna du policier, évita l'employé de la ligne aérienne et courut vers Sven.

Heureusement, il n'avait pas encore enregistré son sac. Il était occupé à discuter d'un surclassement gratuit de siège avec l'homme assis derrière le comptoir.

— J'apprécierais vraiment qu'il y ait une place en classe affaires, l'entendit dire Olivia d'un ton sérieux alors qu'elle accourait. Je suis docteur et j'ai travaillé non-stop après avoir offert mes services sur les lieux d'un accident.

— Vous êtes un assassin ! dit Olivia en se plaçant face à lui les mains sur les hanches. En outre, vous n'êtes pas docteur. J'ai cherché des renseignements sur le logo qui se trouve sur votre casquette de base-ball. Vous êtes PDG d'une entreprise de compléments et additifs alimentaires et la plupart de vos produits ont été interdits !

Sven regarda fixement Olivia. Elle vit un éclair de terreur pure lui traverser les yeux, puis il le cacha avec un sourire poli et perplexe.

— Vous êtes la femme que j'ai rencontrée à la villa ce matin, dit-il. Vous m'avez dit que vous écriviez un roman sentimental. On dirait que vous avez des ennuis beaucoup plus graves, vu que vous êtes poursuivie par des agents de police. M'avez-vous dit la vérité ?

Hum, pensa Olivia, qui ne s'était pas attendue à ce qu'il lui réponde avec autant d'audace.

— Ouvrez votre sac, exigea-t-elle.

Elle se pencha et le sortit de la balance, juste à temps, parce que le tapis roulant commençait déjà à tourner. La valise tomba au sol avec un bruit sourd et Olivia se sentit soudain soulagée. Elle avait réussi à récupérer les preuves.

— Sven Miller, vous avez empoisonné Vernon Carrington et, dans ce sac, vous avez planqué la bouteille de vin vide que vous avez utilisée pour le faire, dit Olivia.

Elle désigna la petite valise en cuir d'un air triomphant.

Alors, elle regarda Sven et l'inspectrice Caputi.

Ils la contemplaient tous les deux avec la même expression d'incrédulité.

Olivia se tourna vers l'inspectrice et lui offrit un sourire charmeur.

— Je sais que je vous ai fait courir, aujourd'hui, dit-elle, mais j'avais une très bonne raison. Vous voyez, maintenant, vous êtes ici, avec le suspect. Comme il est encore sur le sol italien, vous pourrez l'arrêter facilement et la preuve est dans son sac.

— Vous dites qu'il y a une bouteille de vin vide dans sa valise ? Pourquoi la porterait-il avec lui et quelle est son sens ? demanda l'inspectrice Caputi d'une voix lente et étonnamment calme, comme si elle pensait qu'Olivia avait attrapé une insolation.

— Eh bien, vous voyez, il a mis le poison dans le vin, expliqua Olivia.

Elle commençait à craindre que l'inspectrice ne soit pas concentrée sur ce qu'elle disait. Pourquoi ne comprenait-elle pas où elle voulait en venir ?

— Comme la bouteille n'a pas été retrouvée dans sa villa, il l'a forcément emportée dans sa valise, expliqua-t-elle.

— Fouillez son sac, dit sèchement l'inspectrice, qui semblait maintenant être à bout de patience.

Sven recula poliment quand le troisième agent avança.

L'homme en uniforme défit soigneusement la fermeture Éclair du sac et l'ouvrit.

À l'intérieur, il y avait une petite trousse de toilette en cuir qui semblait faire partie des accessoires de la valise ainsi que deux chemises, une paire de chaussettes, la casquette de base-ball qu'elle se souvenait l'avoir vu porter et un caleçon vert.

— De quelle bouteille parlez-vous ? siffla Caputi.

Olivia baissa les yeux vers la valise, fronçant les sourcils d'un air préoccupé.

Il y avait un logo FlavaWorld sur le caleçon. Ce fait lui détourna momentanément l'attention. C'était la preuve dont Caputi avait besoin. Seuls les psychopathes portaient le logo de leur entreprise sur leurs sous-vêtements !

C'était la bonne nouvelle. Par contre, la mauvaise nouvelle, c'était qu'il n'y avait aucune autre preuve en vue. Il n'y avait aucune bouteille de vin dans la petite valise.

Mis à part les vêtements et les affaires de toilette, la valise était vide.

CHAPITRE VINGT-HUIT

— Monsieur Miller, je vous présente toutes mes excuses pour le dérangement et le retard, dit Caputi à Sven.

Olivia se hérissa. C'était la première fois qu'elle entendait l'inspectrice faire preuve d'un minimum de politesse et elle se montrait charmante avec un criminel ! Olivia venait quasiment de lui servir Sven sur un plateau. Pourquoi n'étudiait-elle pas cette piste plus longtemps que ça ?

— Pas de problème, dit courtoisement Sven.

Il envoya discrètement un coup d'œil satisfait à Olivia avant de refermer son sac et de le reposer sur la balance.

Le tapis roulant ronronna et le sac s'en alla.

— Attendez ! cria Olivia parce que le troisième policier venait de se retourner vers elle, menottes en main.

Il allait l'arrêter. En public ! Devant Sven qui souriait, un employé choqué de la ligne aérienne et une foule grandissante d'au moins une dizaine de badauds. Cette situation lui avait complètement échappé et ça n'aurait pas pu être plus énervant. Elle se tenait devant le coupable, mais elle ne pouvait pas le prouver.

Devant elle, il allait s'en aller librement, monter dans un avion et retourner vivre sa vie après avoir commis un meurtre.

— Menottez-la ! ordonna Caputi quand Sven se détourna pour reprendre son enregistrement.

— Attendez, attendez, ajouta Olivia avec insistance parce qu'elle avait senti son téléphone vibrer dans sa poche. Il faut que je réponde à cet appel. On a bien droit à un appel téléphonique, quand on se fait arrêter, non ?

Caputi fronça les sourcils, visiblement désemparée par la question d'Olivia, qui en profita pour prendre son téléphone. D'une façon ou d'une autre, cet appel allait peut-être lui sauver la mise.

Elle activa le haut-parleur en espérant que cela détournerait l'attention de la police.

C'était Alexander qui appelait.

— Olivia, revenez à la villa ! Nous avons découvert une preuve très importante !

— Vraiment, Alexander ?

Soudain, l'aéroport lui parut plus joyeux. Elle avait cru avoir touché le fond. Maintenant, Alexander lui jetait une bouée de sauvetage.

— Quelle preuve ? demanda-t-elle.

— Votre chèvre a trouvé la bouteille de vin que nous cherchions, enfouie sous un parterre de fleurs.

— Vous avez trouvé la bouteille ?

Sous l'effet de l'excitation, la voix d'Olivia était montée dans les aigus. C'était l'objet le plus important dont ils aient besoin. Heureusement qu'Erba avait bondi dans la Mercedes ! Une fois de plus, Olivia se souvint de l'intelligence troublante de sa chèvre.

— Elle était enfouie sous une couche superficielle de terre dans un parterre de fleurs, mais la chèvre a écarté la terre avec son sabot, continua Alexander. Il y avait aussi un petit récipient en plastique enfoui à cet endroit. Je n'ai pas laissé Erba les toucher. Nous surveillons ces objets jusqu'à ce que la police arrive. J'ai aussi trouvé autre chose d'important à cet endroit.

— Oh, bon sang ! s'exclama Olivia. Merci ! La police va intervenir, maintenant, n'est-ce pas, inspectrice Caputi ? Il faut juste arrêter le suspect avant qu'il n'obtienne sa carte d'embarquement !

Olivia poussa un cri quand elle vit l'employé du comptoir tendre sa carte à Sven.

Il se retourna vers elle et, cette fois, elle vit le doute dans ses yeux.

— Arrêtez-le maintenant ! supplia Olivia. Nous avons trouvé la bouteille de vin que vous avez utilisée, Sven, enterrée dans un parterre de fleurs à la Villa Ultima. Quant au récipient en plastique, je suis sûre qu'il vous appartient, lui aussi. La police peut tester la bouteille et le récipient. Le verre conserve admirablement bien les empreintes digitales. Je parie que vous n'avez pas essuyé la bouteille, si vous l'avez enterrée. Je peux vous garantir, Sven, que tous ceux qui ont le logo de leur entreprise imprimé sur leur caleçon pensent qu'ils sont trop importants pour se faire prendre par une chose aussi simple que les empreintes digitales !

Olivia était contente d'avoir pu parler du caleçon. C'était inacceptable, pour elle.

Ravie, elle constata que ses mots avaient produit leur effet. Sven avait l'air stupéfait. En fait, il paniquait. Alors que le regard de Caputi passait de l'un à l'autre, probablement parce qu'elle essayait de trouver une raison de les arrêter tous les deux, pensait Olivia, Sven craqua et s'enfuit.

Il s'éloigna du comptoir, sauta maladroitement par-dessus le ruban de balisage et courut vers la sortie de l'aéroport.

Caputi prit sa décision.

— Poursuivez-le ! cria-t-elle en aboyant des ordres dans son talkie-walkie.

Les agents partirent en courant et sautèrent par-dessus le ruban avec beaucoup plus de facilité que Sven. Olivia se dit qu'ils le rattraperaient avant qu'il n'atteigne la sortie.

Même s'il passait la sortie, il n'aurait nulle part où aller.

Olivia se sentit profondément soulagée parce que, grâce à la rapidité de réflexion d'Alexander et au talent incroyable d'Erba pour repérer le mauvais vin, le sac de Sven et ses sous-vêtements à logo rentreraient à la maison sans lui.

Cependant, quand elle jeta un coup d'œil à l'inspectrice, elle constata avec consternation que cette dernière n'était pas encore convaincue.

— Nous allons tous retourner à la villa pour poursuivre l'interrogatoire, déclara-t-elle en saisissant Olivia par le bras d'une main de fer. Après tout, monsieur Schwarz aurait pu placer lui-même la bouteille dans le parterre de fleurs.

Olivia suivit l'inspectrice, à nouveau inquiète. Comment allait-elle prouver que Sven avait commis le crime, alors qu'il avait déjà montré qu'il mentait très bien ?

*

Une demi-heure plus tard, ils étaient tous rassemblés dans l'énorme cuisine de la Villa Ultima.

Cette fois-ci, ils n'utilisaient pas les tabourets jaune pâle mais étaient assis à la table bleu ciel du coin. Perchée avec gêne sur sa chaise en acier bleu métallique, Olivia leva les yeux avec anxiété quand elle entendit approcher des pas.

Nadia était arrivée.

Elle n'était plus menottée et elle avançait bruyamment deux pas devant l'inspecteur à laquelle on l'avait confiée.

Olivia trouva que l'inspecteur avait l'air intimidé et démoralisé. Comme il avait dû supporter le caractère explosif de Nadia pendant presque deux heures, Olivia n'était pas étonnée. Il ne fallait jamais se mettre Nadia à dos. La menotter ou essayer de le faire avait été sa première grosse erreur. Visiblement, il regrettait une grande partie de ses décisions, comme être allé travailler ce matin.

Derrière eux, Marcello arrivait d'un air anxieux.

Assis à droite d'Olivia, Alexander trahissait sa nervosité en tripotant le bracelet bleu de sa Montre Exacte.

Même Erba, qui observait la scène par la fenêtre de la cuisine, avait l'air préoccupée.

La seule personne à être complètement calme était Sven. Il était installé confortablement sur sa chaise et la penchait en arrière en contemplant tour à tour l'anxiété de tous les autres.

Olivia savait que, pour se montrer plus rusée que lui, elle allait devoir faire de son mieux. Le problème, c'était qu'elle ne se sentait pas très bien. En fait, elle paniquait. Si Alexander, Nadia ou elle-même finissaient par être accusés de ce crime et par aller en prison, ce serait de sa faute et à cause de son échec.

— Je m'excuse de m'être enfui à l'aéroport, dit Sven en adressant un sourire plein d'auto-dérision à l'inspectrice Caputi. Je me suis rendu compte que j'avais oublié mes clés de maison dans la voiture de location, ou plutôt, c'est ce que j'ai cru. C'est seulement quand je suis revenu à la zone de restitution au pas de course que je me suis souvenu qu'elles étaient dans la poche de ma veste.

Olivia constata avec plaisir que l'inspectrice Caputi semblait s'être un peu immunisée contre le charme de Sven. Elle répondit en lui adressant un regard noir puis se tourna vers Olivia.

— Expliquez-vous, dit-elle sèchement. Pourquoi avez-vous accusé publiquement cet homme du meurtre ?

Olivia déglutit en jetant un coup d'œil au magnétophone qui se trouvait devant l'inspectrice. Comme tout ce qu'elle dirait finirait dans les archives de la police, elle ne pouvait pas se permettre de mal choisir ses mots.

— J'ai commencé à soupçonner Sven quand j'ai vu la taille de ses bagages, dit Olivia.

— Quoi ? demanda Sven en éclatant de rire. De mes quoi ?

Olivia lui jeta un regard noir, sur la défense.

— Vous avez dit que vous aviez passé une semaine de vacances ici, mais votre valise était pour les voyages d'une nuit ; jamais vous n'auriez pu y mettre une semaine de vêtements.

— Et cela signifie que j'ai commis un meurtre ? demanda Sven en levant les yeux au ciel et en écartant les mains. Je vous en prie, Inspectrice ! Si je me dépêche, je pourrai prendre l'avion suivant. J'ai déjà perdu un surclassement gratuit en classe affaires sur ce vol. Sachez qu'il faut que je me rende à une longue réunion juste après mon arrivée à l'aéroport. Donc, hier, j'ai envoyé la plus grande partie de mes bagages à la maison avec une des entreprises privées d'expédition de colis qui fournissent des transports de colis personnalisés de porte à porte.

Olivia était convaincue que c'était un autre mensonge mais, pour l'instant, ça avait l'air plausible. Son assurance la secouait et elle craignait qu'elle ne la ridiculise.

— Pendant que je parlais à Sven, Erba a fouillé dans sa poubelle et l'a renversée. J'ai remarqué qu'elle contenait une bouteille vide de Valley Wine et j'ai trouvé ça très étrange. La présence de cette bouteille était louche et fournissait aussi un lien avec Vernon. Donc, je me suis demandé s'il y avait un lien entre ces deux hommes, dit Olivia.

Elle fut rassurée quand elle vit Marcello hocher la tête de manière encourageante pendant qu'elle parlait.

Il la croyait. Maintenant, il ne lui restait plus qu'à convaincre l'inspectrice.

— Toutes mes excuses. En matière de vin, j'ai des goûts pour le moins convenus, dit Sven.

Olivia trouva qu'il avait l'air moins sûr de lui-même. Sven n'était pas content qu'elle ait trouvé cette bouteille vide dans le parterre de fleurs, qui était actuellement surveillé par un agent de police en attendant l'arrivée de la police scientifique.

L'inspectrice Caputi poussa un soupir.

— Pouvons-nous en venir au fait, mademoiselle Glass ? Nous avons beaucoup à faire ce matin.

— Je me suis vite rendu compte que Sven était un menteur, dit Olivia. Il m'a dit qu'il ne savait pas qui était son voisin et c'est faux. Il le savait parfaitement. C'est pour cela qu'il a loué la villa au dernier moment : pour pouvoir se rapprocher de Vernon. Ce sont les paroles d'Alexander qui ont finalement concrétisé mes soupçons sur Sven. Vous voyez, quand Alexander est arrivé à la villa de Vernon pour essayer de lui demander de rendre la bouteille de vin, Vernon lui a offert un verre d'un excellent vin qu'il « venait de » recevoir.

Alors, ce fut au tour d'Olivia d'écarter les mains.

— Venait de recevoir ? Il était rentré directement à sa villa après la vente aux enchères et il « venait de » recevoir une très bonne bouteille de vin ? Comment était-ce possible ? Elle venait forcément d'ailleurs. Ensuite, comme Sven m'a dit qu'il avait remarqué Alexander lors de son arrivée, j'en ai déduit que c'était peut-être Sven qui l'avait livrée.

— Impossible ! répliqua Sven.

Olivia sentit qu'il perdait son calme et décida d'insister. Il fallait qu'elle le prive de sa suffisance décontractée.

— Oh, si, c'est possible ! répliqua-t-elle.

— Impossible !

— Possible !

— Absurde ! répliqua Sven avec colère.

L'inspectrice Caputi claqua les mains sur la table, faisant aussi sauter le magnétophone.

— Continuez ! dit-elle d'une voix tonitruante.

Olivia se dépêcha de reprendre.

— Si Sven a livré le vin empoisonné à Vernon, ce qu'il pouvait parfaitement faire, il devait y avoir un mobile. Donc, j'ai effectué quelques recherches pour découvrir qui Sven était vraiment.

— Et qui étais-je ? répondit Sven d'un ton moqueur.

Olivia pensa qu'il allait dire autre chose, mais l'inspectrice Caputi lui adressa un coup d'œil et il referma précipitamment la bouche.

Le silence se fit dans la pièce. Tout le monde attendait qu'Olivia reprenne la parole.

— J'ai découvert que Sven est PDG d'une entreprise de compléments et additifs alimentaires du nom de FlavaWorld. Je me souviens avoir vu le logo sur sa casquette de base-ball quand je l'ai interrogé. J'ai cherché des informations sur cette entreprise. Elle fournit tous les aromatisants utilisés par Valley Wines, dont quelques formules qui avaient en fait été interdites pour raisons de santé, ce qui n'a empêché ni Sven de les vendre à Vernon ni Vernon de les utiliser.

Olivia se toucha les tempes avec les doigts. Même maintenant, quand elle se souvenait du goût étrange du Valley Red, elle en avait mal à la tête.

— Valley Wines était le plus gros client de FlavaWorld. Suite à une rapide recherche en ligne, j'ai découvert que, après la signature du contrat, l'entreprise a doublé de taille et acquis de nouveaux bâtiments. Le compte de médias sociaux de Sven m'a dit qu'il était devenu membre du groupe « International Yachting Vacations » (Vacances internationales en yacht) et du groupe « Luxury Homes Around the World » (Maisons de luxe dans le monde entier) plus tôt dans l'année. Ensuite, bien sûr, l'Agence américaine des produits alimentaires et médicamenteux a mené son inspection et Valley Wines a été fermée.

Les occupants de la table hochèrent à nouveau la tête. Tout le monde, Sven mis à part, semblait suivre son histoire sans difficulté ni confusion.

Sven avait le visage rouge brique. Depuis qu'Olivia avait parlé des maisons de luxe, il n'avait pas croisé le regard avec elle. Il fronçait fortement les sourcils et tapotait des doigts sur la table. Olivia se demanda si cela signifiait qu'il réfléchissait à toute vitesse et se demandait comment réfuter ses accusations.

— Ce qui a été encore pire pour Sven, c'est le jour où, quand Vernon a décidé de refonder son entreprise, il a envisagé de la sortir des États-Unis et d'avoir recours à des fournisseurs moins chers pour se procurer ses additifs. C'est ce que son ami Patrick m'a dit quand je l'ai appelé. Il a dit que Vernon avait annulé tous ses contrats de fournisseurs existants parce que les affaires sont les affaires.

Elle s'interrompit et invoqua tout son courage avant de continuer parce qu'elle sentait que Sven bouillait de colère.

— Cela a porté un coup mortel à l'entreprise de Sven et à ses projets de devenir très riche. Donc, il a suivi Vernon ici. Je suis sûre qu'il avait prévu de l'assassiner dès le début mais, connaissant Sven, il a probablement commencé par proposer un nouveau contrat à Vernon.

— Cela lui ressemblerait tout à fait, acquiesça Alexander.

Sven laissa échapper un rire ironique, sec et furieux.

— Vernon a certainement rejeté la proposition de Sven avec son impolitesse et son insensibilité coutumières, tout comme il a rejeté la demande d'Alexander de rendre le vin à La Leggenda, continua Olivia. Cependant, Sven avait prévu cette réponse et avait préparé un plan. Quand Vernon a refusé, il lui a offert le vin empoisonné en témoignage de sa bonne volonté. À cause de son ego surdimensionné, Vernon n'a rien soupçonné. Il a même dû considérer qu'il méritait ce cadeau.

Olivia se demanda à nouveau comment certaines personnes pouvaient vivre comme ça, de la façon qu'Alexander avait mentionnée, en ne jugeant leurs relations que par la somme d'argent qu'elles produisaient.

— Comme il est propriétaire d'une entreprise de compléments et additifs alimentaires, Sven connaissait inévitablement et exactement les effets de l'éthylène glycol et il a pu s'en procurer facilement. Il en a peut-être même apporté une version plus concentrée avec lui, dans ce récipient en plastique qu'il a enfoui près de la bouteille de vin.

Sven secouait vigoureusement la tête.

— Non, non, non, marmonna-t-il à voix basse. Quelle histoire absurde. Petite menteuse !

— Où intervient la bouteille de Valley Wine dans cette histoire ? demanda Alexander.

C'était là où le travail d'enquêtrice d'Olivia avait échoué. Elle n'en avait aucune idée. Si Sven avait amené cette bouteille, ce devait être pour une raison. Elle supposait qu'il aurait pu l'emmener à la villa de Vernon pour lui prouver sa loyauté, mais ça n'avait pas l'air très convaincant.

Olivia ouvrit la bouche pour dire qu'elle n'en savait rien mais, avant qu'elle ait pu annoncer cette vérité désagréable, Sven perdit patience.

Il se leva d'un bond en faisant bruyamment tomber la chaise en acier sur les dalles.

— J'ai transvasé cette saloperie dans la bonne bouteille et je l'ai donnée à cette ordure de Carrington parce que je voulais que sa dernière boisson soit le vin qui avait détruit mon entreprise !

Il regarda les occupants de la table les uns après les autres et Olivia vit son triomphe se transformer en horreur quand il se rendit compte de ce que ses paroles avaient révélé.

CHAPITRE VINGT-NEUF

Une demi-heure plus tard, Olivia retourna à La Leggenda. Elle sortit de la Mercedes les jambes tremblantes sous l'effet du soulagement.

Sven avait avoué et avait été arrêté. Olivia, Nadia et Alexander avaient été innocentés.

Marcello se gara à côté de la Mercedes et Nadia ouvrit la portière arrière du SUV pour laisser sortir Erba. La chèvre avait l'air satisfaite, comme si elle avait apprécié cette journée pleine de péripéties.

Marcello avança jusqu'aux grandes portes en chêne de l'exploitation viticole et les ouvrit en grand.

— C'est reparti, annonça-t-il. Dès cet après-midi, nous pouvons à nouveau vendre nos produits au public et, comme nous avons été innocentés, notre vinification peut continuer.

Alexander applaudit.

— Bravo, bravo, cria-t-il en passant un bras autour de Nadia et en lui donnant une accolade amicale. Je crois que nous devrions boire un verre de vin ensemble, avant que vous ne repreniez le travail.

— Olivia, nous vous devons des remerciements, dit Marcello.

Olivia se rendit compte qu'il la regardait sans son professionnalisme habituellement circonspect. Ses yeux bleus étincelaient sous l'effet de l'émotion.

— Merci pour votre aide et votre courage d'enquêtrice !

Il la prit dans ses bras, la serra fort et Olivia sentit ses lèvres lui chatouiller une oreille.

Incapable de se retenir, Olivia le serra à son tour et lui offrit cette accolade complète qu'elle avait désiré lui offrir depuis ... en fait, depuis qu'elle avait fait sa connaissance.

Elle se colla contre lui et l'entendit murmurer :

— Olivia, c'est si bon de te tenir comme ça !

Alors, elle sentit un frisson lui envoyer des picotements dans toutes les cellules du corps.

Toute cette épreuve en avait valu la peine, rien que pour le moment incroyable qu'elle et Marcello étaient en train de partager. Leur relation amoureuse non-dite se rapprochait de plus en plus de la concrétisation.

Quel bonheur !

De nombreuses minutes semblèrent s'écouler, puis ils se lâchèrent finalement l'un l'autre et Marcello remit en place une des mèches blondes d'Olivia avant de reculer.

Ou alors, pensa Olivia avec inquiétude, il lui retirait peut-être du paillis des cheveux.

Malgré cela, elle avait l'impression de flotter sur un nuage de bonheur. Alors, elle jeta un coup d'œil dans la direction du restaurant et y vit Gabriella.

Soudain, son estomac se noua.

Le regard fixe de Gabriella l'embrochait sur place, lui transperçait le corps et la clouait au mur à revêtement de pierre qui s'élevait un peu derrière elle.

Visiblement, la restauratrice détestait ce qui se passait.

Olivia savait sans le moindre doute qu'elle choisirait le bon moment pour se venger et que ce moment ne tarderait pas à venir.

Elle se sentit à nouveau craintive quand elle entra dans la salle de dégustation.

Marcello déboucha une bouteille et versa le vin.

— *Salute*, dit-il.

Ils trinquèrent et Olivia sirota l'assemblage de rouges. Il était incroyable. Robuste, terreux, fruité. Pour elle, ce cru incarnait la Toscane et lui rappelait à quel point elle était heureuse d'avoir aussi radicalement changé de vie.

— Alexander, au téléphone, vous avez précisé que vous aviez trouvé autre chose d'important dans le parterre de fleurs, dit-elle. La police vous a emmené dehors après les aveux de Sven. Maintenant que vous avez été interrogé et que vous leur avez montré ce qu'il y avait là-bas, pourriez-vous nous dire de quoi il s'agissait ?

Elle avait eu la gorge sèche après avoir tant parlé à la villa. Après le stress de cette journée, le magnifique assemblage spécial de sangiovese était assurément efficace.

Alexander hocha la tête.

— C'était la dernière pièce du puzzle et ce qui a fini de condamner Sven. Pendant qu'Erba creusait, elle a aussi découvert la bouteille de vin vendue à la vente aux enchères, qui avait été à moitié enfouie au fond du même parterre de fleurs. Elle était vide.

Olivia eut le souffle coupé. Elle vit le reflet de son propre choc dans le regard des autres.

Alexander continua calmement.

— Dès que Sven a avoué, j'ai emmené l'inspectrice Caputi au parterre de fleurs et je lui ai montré cette preuve supplémentaire.

Il jeta un coup d'œil entendu à Olivia.

— Je ne l'ai pas dit plus tôt parce que je pensais qu'il valait mieux que je conserve cet atout pendant que vous parliez, au cas où la police aurait cru aux mensonges de Sven.

— À votre avis, qu'est-il arrivé à la bouteille ? demanda Nadia d'une petite voix. Comment a-t-elle fini là-bas ?

Après un moment de silence, Olivia répondit.

— Sven a dû retourner à la villa de Vernon plus tard pour laver le verre et enlever la bouteille contaminée de façon à effacer toutes ses traces et à ne laisser aucune preuve derrière lui. Alors, il a peut-être remarqué le vin précieux de la vente aux enchères puis l'a emporté. Comme il n'était pas allé à la vente, il devait n'avoir aucune idée de la façon dont Vernon l'avait acquis. Je crois qu'il l'a bu ensuite, pour fêter son meurtre impuni et sans la moindre idée de sa valeur.

— *Mio Dio !* s'exclama Marcello, atterré.

Nadia avait l'air abattue.

Toutefois, Alexander leur adressa un sourire encourageant.

— La bouteille est vide, certes, mais nous l'avons encore, avec le bouchon. Donc, vous n'avez pas perdu cet objet historique. En fait, comme cette magnifique bouteille ne contient plus de vin, vous n'avez plus besoin de la garder sous clé dans la cave. Vous pourriez la présenter fièrement dans la salle de dégustation, comme exemple du patrimoine de ce vignoble. Alors, tout le monde pourra admirer et apprécier cette bouteille.

Il se racla la gorge.

— Personnellement, je pense qu'il faudrait toujours consommer le vin. Je vais vous raconter un secret coupable. Aucune bouteille ne reste dans ma collection plus de cinq ans. À ce moment-là, je la bois. Après tout, s'il y a un casier vide dans une cave à vin, c'est la meilleure raison imaginable pour acheter d'autres bouteilles et remplir sa cave.

Olivia contempla Alexander avec admiration. Elle se dit que ces paroles méritaient d'être suivies comme une maxime.

— Je suis sûr que les inspecteurs auront besoin de relever les empreintes digitales sur la bouteille vendue aux enchères, dit Alexander. Cela fera peut-être partie des preuves pour le procès. Toutefois, après cela, votre exploitation viticole devrait pouvoir la récupérer.

Marcello leva à nouveau son verre.

— Nous récupérerons la bouteille originale. Peu importe le vin. Cette bouteille devient maintenant et plus que jamais une partie de notre histoire. Olivia, vous nous avez sauvés. Je ne pourrai jamais vous remercier assez pour ce que vous avez fait. Grâce à votre enquête, nous pouvons rouvrir et bénéficier pleinement des ventes touristiques de fin d'été.

Nadia hocha la tête.

— Sans toi, nous serions morts ! Je rattraperai bientôt mon retard en matière de vinification et j'y arriverai si je fais quelques journées de douze heures, dit-elle en levant les yeux au ciel.

Alexander sourit.

— Quel plaisir inattendu d'avoir participé à cet épisode inoubliable de l'histoire de La Leggenda, dit-il. Olivia, je suis à votre service, moi aussi. Vous m'avez innocenté. Être recherché par la police, c'est une expérience effrayante. Jusqu'à maintenant, mes seuls problèmes avec la loi avaient pris la forme d'amendes pour dépassement des limites de vitesse.

— Merci, Olivia, redit Marcello.

Il la regarda fixement et, pendant un moment, ce fut comme s'ils étaient seuls dans la pièce. Il avait à nouveau ce regard. Olivia sentit la pièce devenir floue autour d'elle. Tout ce qui lui paraissait clair et net, c'étaient les yeux bleu profond de Marcello.

Alors, le moment fut brisé par la voix perçante et furieuse de Gabriella.

— Vous ne seriez peut-être pas tous aussi admiratifs d'Olivia si vous saviez qui elle est vraiment et ce qu'elle a fait !

La restauratrice était arrivée à leur table. Elle contemplait Olivia d'un air furieux et triomphant.

Olivia sentit son estomac se nouer. Le moment qu'elle avait tellement craint avait fini par arriver.

Pour Gabriella, c'était l'heure de la vengeance.

Olivia se demanda s'il serait possible que le dallage de granit immaculé de la salle de dégustation s'ouvre et l'avale immédiatement.

C'était son seul espoir d'éviter les conséquences désastreuses qui, savait-elle, suivraient la révélation spectaculaire de Gabriella.

Le dallage resta obstinément immuable. Même lui refusait de l'aider à ce moment crucial.

— Que veux-tu dire ? demanda Marcello à Gabriella d'un air perplexe et dubitatif. Selon toi, qu'a fait Olivia ?

— Olivia a travaillé pour Valley Wines, cracha Gabriella. Elle a fait toute la publicité et tout le marketing pour cette marque dans sa carrière précédente, aux États-Unis. C'est à cause d'elle que ces vins sont devenus si populaires et ont causé la faillite de tant d'autres exploitations viticoles de qualité. C'est à cause d'elle que tant de gens ont fini par boire ce — cette eau de Javel ! Je parie qu'elle ne te l'a pas dit, n'est-ce pas ?

Gabriella s'interrompit. Marcello secoua très légèrement la tête. Olivia ne parvint pas à lire son expression.

— Tu vois ? C'était son petit secret honteux jusqu'au soir de la vente aux enchères, où j'ai entendu Vernon Carrington lui demander si elle avait été licenciée après l'inspection de l'installation de vinification où ils ont trouvé les rats !

Olivia ne put pas regarder Gabriella pendant qu'elle prononçait son discours d'un air triomphant. Elle regardait fixement la table, absorbée par le beau grain poli du bois. C'était un bois massif et fort. Il avait été là avant qu'elle n'arrive à l'exploitation viticole et il y serait encore quand Marcello l'aurait renvoyée. La table survivrait à cette épreuve. L'emploi d'Olivia ? C'était moins sûr.

— Maintenant, vous êtes au courant. Vous savez qui elle est et vous savez ce qu'elle a fait, les choses qu'elle avait décidé de ne jamais vous révéler. Elle ne mérite même pas d'être cliente de l'exploitation viticole et encore moins de travailler pour notre établissement prestigieux !

Gabriella inspira profondément. Visiblement, elle comptait s'acharner un peu plus longtemps sur la carrière de sommelière d'Olivia à La Leggenda mais, à ce moment, on entendit un cri venir du restaurant et, en même temps, une odeur de sucré et de brûlé devint perceptible.

— Gabriella, venez vite ! Le *schiacchiata alla fiorentina* brûle !

Avec un juron étouffé, Gabriella fit demi-tour sur ses chaussures à talons aiguille et repartit au restaurant en courant.

Olivia garda le regard fixé sur la table, attendant désespérément que tombe le jugement.

CHAPITRE TRENTE

Plusieurs heures semblèrent s'écouler avant que le silence tendu ne soit rompu. Alors, ce fut Nadia qui parla.

— Je ne comprends pas, dit-elle d'un air perplexe.

— Qu'est-ce que tu ne comprends pas, Nadia ? demanda Marcello.

Olivia lui jeta un coup d'œil implorant en espérant qu'il la pardonne.

— Je croyais que nous ne préparions le *schiacchiata alla fiorentina* que pendant le carnaval, en février, expliqua Nadia.

Marcello secoua la tête.

— Nous avons commencé à en présenter des petites tranches aux clients du restaurant comme friandise avec leur café. C'était la variété avec zeste d'orange. Ils l'ont tellement aimé que nous en faisons tout le temps, à présent.

Nadia hocha la tête.

— Eh bien, je crois que Gabriella va devoir refaire cette fournée-là. Ça lui apprendra à être de si mauvaise humeur. Marcello, tu devrais lui parler. Ce n'est pas acceptable de crier sur des collègues en public comme elle vient de le faire.

Marcello leva les yeux au ciel.

— Je sais, je sais. Crois-tu que je n'aie jamais essayé de la raisonner ? Je réessaierai dès que le nouveau *schiacchiata* sera au four.

Olivia ne supportait plus le suspense. Toute cette conversation lui paraissait surréaliste. Ils parlaient de gâteau. De gâteau ! Et son licenciement ? Quand aurait-il lieu ? Ou s'attendait-on tout simplement à ce qu'elle se lève et s'en aille ?

Nadia lui jeta un coup d'œil plein de compassion.

— Je suis désolée que tu aies dû la supporter quand elle est aussi méchante, Olivia, dit-elle avec compassion.

Olivia avait les mains qui tremblaient et elle les posa sur ses genoux pour que personne ne s'en aperçoive.

— Mais ce qu'elle a dit … ? commença-t-elle à demander d'une petite voix.

Marcello fronça les sourcils.

— Sur Valley Wines ?

Il prit un air perplexe, comme si cet aperçu des subtilités de la féminité était trop complexe pour qu'il le comprenne.

— Pourquoi pensait-elle que c'était un problème ? Je ne comprends pas.

Il pencha son verre, comme si les quelques dernières gouttes de vin rouge couleur rubis pouvaient lui apporter un quelconque éclaircissement.

— C'est bizarre de t'avoir reproché ça, dit Nadia pour la consoler. C'est comme si on pouvait te reprocher d'avoir bien fait ton travail. Je crois que c'est plutôt drôle, en fait. Le destin n'a pas été tendre avec toi ! Devoir assurer la promotion d'un vin aussi mauvais quand on adore soi-même le vin ! Ça me donnerait plus envie de rire que de crier. Comme je l'ai dit, Marcello, tu dois parler à Gabriella de la manière dont elle se comporte avec les autres.

— Je le ferai, promit-il. Pour le moment, Olivia, aimerais-tu venir marcher un peu avec moi ? Il y a une chose que je veux te demander en privé.

Olivia se leva. Elle se sentait épuisée, comme si elle avait vécu dix vies en attendant assise sur cette chaise en bois confortable que tombe le jugement.

Toutes ses peurs avaient été futiles et elle gardait son travail. En fait, les Vescovi semblaient légèrement amusés par le secret que Gabriella avait révélé.

C'était comme si l'énorme explosion qu'elle avait attendue avait fait long feu, sans même émettre ne serait-ce qu'une étincelle minuscule.

L'idée d'une conversation privée avec Marcello redonna vite de l'élan à Olivia. Quand elle le suivit dehors dans le soleil chaud et lumineux, elle se rendit compte que tout pourrait peut-être finir de la meilleure façon possible.

Ils entrèrent dans l'ombre d'un grand olivier et Marcello se racla la gorge. À la grande surprise d'Olivia, maintenant, il paraissait nerveux.

— Je veux dire clairement que ce n'est qu'une question, juste une question, insista-t-il. Tu ne dois répondre oui, ou même l'envisager, que si tu es sûre de toi.

— De quoi s'agit-il ?

Maintenant, Olivia frétillait de curiosité. Qu'est-ce que Marcello allait dire ?

Marcello cueillit une feuille sur l'arbre et fit tournoyer sa forme ovale vert profond entre ses doigts.

— Depuis un certain temps, je cherche quelqu'un pour s'occuper de notre marketing, avoua-t-il enfin. La Leggenda en a gravement besoin. Nous ne lui avons pas accordé assez d'attention. De plus, avec l'acquisition de l'exploitation viticole de Franco, nous avons désespérément besoin d'une personne capable de créer une campagne digne de ce nom pour ces vins, d'assurer correctement leur promotion pour qu'ils plaisent au client et obtiennent les ventes qu'ils méritent.

Olivia le contempla en sentant l'espoir naître dans son cœur. Est-ce que cette conversation prenait vraiment la direction qu'elle pensait ?

— Je savais que tu avais travaillé dans le marketing, mais je ne soupçonnais pas que tu avais mené des campagnes d'une telle ampleur et d'une telle importance. Tu serais la personne idéale pour nous accompagner dans ce projet, si tu le voulais. Évidemment, ce serait impensable si tu détestais cette idée et ne voulais plus jamais refaire ce travail. Si tu acceptes, nous augmenterons ton salaire en conséquence. De plus, tu pourras continuer à travailler à la salle de dégustation en tant que sommelière en chef à temps partiel, car je sais que c'est ta passion.

Olivia trouva finalement assez de souffle pour parler.

— J'accepte, dit-elle en haletant. J'adore le marketing ! Pour être honnête et même si ça m'étonne beaucoup, ce métier m'a manqué et j'aimerais utiliser mon expérience pour aider à promouvoir vos vins étonnants. De plus, si je pouvais le faire en plus de mon travail dans la salle de dégustation, eh bien, ce serait la carrière idéale pour moi. Parfaite ! Sur mesure ! Je ne pourrais rien demander de plus satisfaisant.

Elle avait déjà mille idées sur le positionnement de ces vins et sur les différences qu'il faudrait qu'elle instaure entre les slogans des vins premium de La Leggenda et les moins chers, plus faciles à boire.

Toute son expérience et tout son enthousiasme étaient en ébullition, prêts à déborder dans une toute nouvelle direction.

Quelle belle journée c'était, pensa-t-elle. Elle avait soudain l'impression que Marcello l'avait soulevée et placée au sommet du monde, sur un nuage cotonneux de bonheur.

Leur journée à Pise paraissait très lointaine. Olivia se souvint de ce qu'elle avait ressenti ce jour-là. Elle avait cru que la vie ne pourrait pas être plus belle et avait immédiatement craint qu'elle ne le soit jamais.

Maintenant, debout sous le magnifique olivier et impatiente d'aborder cet avenir radieux, elle était sûre que la vie pourrait être encore plus belle qu'avant.

*

Olivia entra dans le hall de sa ferme.

Elle avait l'air très différente du premier jour où elle en avait poussé la porte. Maintenant, l'endroit était plein de lumière. Les fenêtres étaient nettoyées, le sol poli et un lustre élégant de taille moyenne avait été installé, grâce à sa mère qui l'avait choisi dans un catalogue et payé.

Olivia inhala l'arôme riche et délicieux du ragoût de bœuf italien qui mijotait dans la cocotte avec des saveurs d'ail et de vin qui imprégnaient la maison. Après avoir passé une journée complète à cuire, elle savait que ce ragoût aurait atteint une tendreté parfaite.

Olivia entra dans la cuisine et remua le ragoût une dernière fois. Elle ouvrit une bouteille du Miracolo rouge spécial et sortit trois verres pour préparer l'arrivée de ses invités.

Alors, elle entendit quelqu'un frapper à la porte d'entrée et se dépêcha d'aller ouvrir.

C'était Danilo.

Il tenait une grande boîte de chocolats et avait une veste de cuir marron sur une épaule. Même si les jours étaient chauds, les soirées devenaient de plus en plus fraîches et Olivia espérait que, ce soir, elle aurait l'occasion d'allumer un feu dans son salon pour la toute première fois.

Les cheveux de Danilo … elle hésita. Son sourire de bienvenue et sa salutation amicale se figèrent sur ses lèvres.

Danilo avait le haut des cheveux bleu vif.

— Bonsoir, dit Danilo en l'embrassant sur les joues. Félicitations pour ta nouvelle maison. J'ai entendu dire que l'exploitation viticole a rouvert. Est-ce que ça veut dire que tu as réussi ton enquête ? Je suis impatient que tu me racontes toute l'histoire !

Olivia ne l'écoutait qu'à moitié. Elle était fascinée par ses cheveux.

— Je te dirai tout. C'est une sacrée saga. La chèvre m'a aidée et j'ai eu beaucoup de chance. Cela dit, j'ai besoin de savoir quelque chose d'autre.

Elle montra les cheveux de Danilo.

— Que s'est-il passé ?

— Je m'excuse pour mes cheveux, dit Danilo en secouant la tête d'un air frustré. C'est entièrement la faute de la fille de ma sœur ... Comment ça se dit, en anglais ?

— Ta nièce ? demanda Olivia.

Danilo hocha la tête.

— La nièce de ma sœur. C'est entièrement de sa faute ! Elle fait des études de coiffure. Comme ma sœur habite sur la même route que moi, je suis le cobaye le plus proche. Donc, à peu près une semaine sur deux, elle fait quelque chose de différent. Cette fois-ci, j'ai dû négocier de toutes mes forces pour l'empêcher de me teindre les cheveux en rose. C'est très difficile pour moi, dit-il en soupirant. Si je pouvais choisir, j'aurais la même coiffure tout le temps. Je passerais vingt ans sans la changer. C'est ce que je préfère !

Olivia rit.

— Je m'étais posé des questions là-dessus. Eh bien, ça fait une énigme de résolue. Merci pour les chocolats. Viens dans la cuisine, qu'on se serve un peu de vin. Je t'ai acheté une bouteille pour te remercier.

Quand Olivia traversa la cuisine, elle remarqua une sorte d'ombre sur le sol étincelant.

Quand elle se rapprocha, elle poussa un cri d'effroi et recula d'un bond.

Elle croyait s'être débarrassée de toutes les araignées. Elle le croyait vraiment ! Pourtant, elle venait de voir une dernière intruse énorme et aux longues pattes, tapie dans l'ombre d'une plinthe.

Avec un couinement de terreur, Olivia corrigea ce qu'elle avait cru voir. L'araignée n'était pas tapie dans l'ombre. Elle sortait rapidement de l'ombre et venait vers eux.

Olivia se rua dans la cuisine.

— Araignée ! hurla-t-elle en la désignant d'un doigt tremblant. Danilo, tu peux m'aider ? Emporte-la ! Fais-la partir !

Au grand étonnement d'Olivia, Danilo n'essaya même pas de la sauver de l'araignée. En fait, d'un bond de géant, il vint s'abriter avec elle dans la cuisine puis passa un bras protecteur autour d'elle avant de claquer la porte avec un cri d'horreur.

CHAPITRE TRENTE-ET-UN

— J'ai un aveu à te faire, Olivia, dit Danilo en bégayant. Moi aussi, je suis terrifié par les araignées. Pour la dernière petite que tu avais voulu que je chasse, il m'avait fallu tout mon courage. J'ai eu des cauchemars pendant des jours ! Je n'ai jamais pu porter cette chemise à nouveau et je l'ai donnée à mon neveu. Cette araignée-là, elle est trop grosse. Je ne peux pas t'aider, c'est trop dur pour moi.

Olivia se sentit secouée par cette révélation choquante. Elle eut l'impression que les bases même de sa réalité avaient été ébranlées.

Le Danilo arrogant, musclé et rieur était réduit à une boule de nerfs tremblante face à un arachnide ?

— Et si elle passe sous la porte ? demanda Olivia en reportant non sans effort son attention sur la crise actuelle.

Danilo jeta un coup d'œil vers la cour.

— Nous devrons peut-être battre en retraite plus loin, dans ton beau jardin de plantes aromatiques, et il n'y aura aucune honte à cela. Nous ne pouvons pas la tuer. C'est une belle créature naturelle qui mérite de survivre, mais nous aussi, donc, nous devons nous cacher.

— Nous pourrions placer des torchons à vaisselle dans l'interstice sous la porte et attendre que Charlotte arrive. Elle n'a pas peur des araignées et elle pourra l'emmener dehors en toute sécurité, proposa Olivia.

— Je crois que c'est un très bon plan. Combien de torchons as-tu ?

Une minute plus tard, trois torchons à vaisselle soigneusement pliés remplissaient le moindre micron d'espace du petit interstice situé entre la porte et le sol.

— Voici du vin, dit Olivia en laissant échapper un profond soupir de soulagement. C'est le Miracolo. J'ai fait des folies et j'en ai acheté deux bouteilles, une pour nous ce soir et une autre pour te remercier.

Olivia fut heureuse de voir que Danilo avait l'air ravi.

Elle versa le vin et ils burent, savourant le magnifique assemblage de rouges avec sa complexité de saveurs et sa suavité étonnante.

— Qu'est-ce que c'est ? demanda Danilo en regardant l'autre bouteille qu'il y avait sur le plan de travail.

— Oh, c'est une vieille bouteille que j'ai découverte en déblayant la grange. L'étiquette n'est pas vraiment lisible. J'ai pensé conserver cette bouteille comme souvenir parce qu'elle doit faire partie de l'histoire de cet endroit, avec son étrange étiquette usée que je pourrais donner à nettoyer. Et puis, cet après-midi, j'ai commencé à me demander si le vin qui se trouvait à l'intérieur était encore potable. Ça pourrait être amusant d'essayer. Qu'en penses-tu ?

Danilo avait pris la bouteille et l'examinait, fasciné.

— Olivia, c'est une rareté. Ne l'ouvre pas, je t'en prie. Garde-la en sécurité quelque part et nous essaierons de trouver un expert capable de te donner des informations sur elle. Une grande partie de l'histoire viticole de la région a été perdue. Cette bouteille pourrait en être un élément important.

— Vraiment ?

Olivia se sentit ravie que sa vieille bouteille poussiéreuse puisse finalement avoir sa place dans le patrimoine local. Elle se sentit tout aussi heureuse d'avoir eu la chance de faire cette trouvaille et de ne pas avoir brisé le verre avec sa pelle.

— Cela pourrait même être une bouteille de cette ferme même, ajouta nonchalamment Danilo.

Olivia le contempla avec étonnement.

— C'était une exploitation viticole ? demanda-t-elle.

Danilo hocha la tête.

— Liora, la propriétaire du magasin de bricolage, m'a dit la semaine dernière que son grand-père connaissait bien cet endroit. C'était une des exploitations viticoles les plus célèbres et les plus accomplies de la région, mais personne ne sait pourquoi elle a cessé de fonctionner ou ce qui a poussé les propriétaires à déménager. C'est un mystère.

Olivia fut étonnée par ses mots.

Elle sentit des frissons lui descendre la colonne vertébrale à l'idée que cette propriété puisse retourner à la case départ et, si Olivia avait de la chance, produire à nouveau du vin.

— Je ne boirai pas la bouteille, mais j'adorerais savoir d'où elle vient, surtout si c'est de cette ferme. Peux-tu trouver quelqu'un qui pourrait m'aider ?

Danilo hocha la tête.

— Je te chercherai ça dès que possible.

À ce moment-là, le verrou de la porte d'entrée cliqueta et ils entendirent des pas à l'extérieur.

— Charlotte ! crièrent-ils à l'unisson. Araignée !

*

Il faisait presque noir quand ils sortirent dans la soirée légèrement venteuse. Olivia les emmena vers la vieille grange.

— Ce ragoût était magnifico. Un chef-d'œuvre, dit Danilo.

Charlotte hocha la tête.

— Il était délicieux. Du ragoût, de la ciabatta, du chocolat et du grand vin ! Les Italiens savent jouir de la vie, c'est sûr. Je suis vraiment contente d'avoir pu participer à ton tout premier dîner dans ta toute première ferme !

— Je n'aurais jamais pu désirer une meilleure compagnie, dit Olivia en souriant aux autres.

— Donc, tu as trouvé la bouteille dans cette grange ? demanda Danilo.

— Oui.

Avançant vers le trou où la porte aurait dû se trouver, Olivia suivit soigneusement le chemin sinueux qui semblait avoir été naturellement créé suite à tous les trajets qu'elle avait faits entre la maison et la grange.

Ils jetèrent un coup d'œil à l'intérieur du bâtiment obscur et, avec la lampe de son téléphone, Charlotte éclaira le tas de gravats qui, constata Olivia avec inquiétude, semblait avoir grandi à nouveau.

— C'est un bel espace, dit Danilo avec admiration. Je vois maintenant qu'il avait été conçu pour être une salle de vinification. Ça te facilitera la tâche. Tu la rénoveras bientôt.

Il observa de plus près le gros tas de déchets.

— Quand l'endroit aura été déblayé, ajouta-t-il d'un ton plus dubitatif.

— Ça sera un gros travail, acquiesça Olivia. Il faudra que je l'effectue avec soin, petit à petit, pour éviter de casser ou de perdre d'autres choses importantes.

Alors qu'elle se demandait quels objets pouvaient être cachés dans la grange, Olivia repensa à la réserve fermée à clé qui se trouvait vers le haut de la colline. Comme elle avait été très occupée, elle avait presque oublié cet endroit mystérieux. Pendant l'hiver, elle aurait peut-être une nouvelle occasion d'en chercher à nouveau la clé, ou même d'embaucher un serrurier pour essayer de l'ouvrir.

— Merci pour cette soirée merveilleuse, dit Danilo en l'embrassant sur la joue. Vous êtes sûres que je ne peux pas vous remmener à la villa, mesdames ?

— C'est à dix minutes à pied et ça descend tout le temps. Nous avons besoin de marcher après avoir autant mangé, dit Charlotte en souriant.

Elles regardèrent Danilo se diriger vers son pick-up et virent les feux arrière briller quand il s'éloigna.

Charlotte poussa un soupir.

— Demain, à cette heure, je serai dans un avion et je repartirai à la maison. Je me sens triste, Olivia. Je voudrais pouvoir rester plus longtemps. Je n'arrive pas à croire que c'est la dernière nuit que nous allons passer dans notre villa de location et que, à partir de demain soir, tu habiteras ici. Je suis jalouse de ta nouvelle vie. C'est une chose dont tout le monde rêve, mais que très peu de gens concrétisent.

Olivia secoua la tête.

— À chaque temps fois que je passe la porte de la ferme, je me pince et je me demande quand je vais me réveiller et me retrouver à Chicago. Je pense encore que c'est une décision démente et que je rentrerai peut-être au pays dans un an mais, au moins, j'aurai essayé.

— Tu ne rentreras pas au pays dans un an, insista Charlotte. Je promets que je viendrai te retrouver ici l'été prochain.

— Il y aura de la place pour toi quand tu le voudras. Ma ferme est ta ferme.

Olivia sentit des larmes lui piquer les yeux. C'était triste de penser à la vie sans Charlotte. Elle ne savait pas comment elle aurait pu se débrouiller en Italie sans elle. Elle aurait vraiment voulu que Charlotte puisse rester ici en permanence.

Cependant, elle se souvenait que sa meilleure amie tenait toujours ses promesses. Si elle disait qu'elle reviendrait, elle ferait ses bagages et arriverait chez Olivia le premier jour de l'été.

Alors qu'elles quittaient la grange, Charlotte prit le bras à Olivia.

— Olivia, regarde ! Regarde là-bas !

Dans le crépuscule qui s'assombrissait, Olivia regarda dans la direction désignée par son amie. Elle oublia sa tristesse et eut le souffle coupé sous l'effet de l'étonnement.

Ses vignes commençaient à germer. De la verdure émergeait timidement du sol. Des pousses minuscules apparaissaient dans les lits de semences qu'elle avait disposés avec tant de soin.

Sa ferme était en train de naître et, avec elle, l'espoir d'une vie future.

MAINTENANT DISPONIBLE !

MÛR POUR LA PAGAILLE
(Roman à Suspense en Vignoble Toscan – Tome 3)

« Très distrayant. Je recommande vivement l'achat de ce livre à tous les lecteurs qui aiment les romans à suspense très bien écrits avec des coups de théâtre et une intrigue intelligente. Vous ne serez pas déçus. C'est un excellent moyen de passer un week-end pluvieux ! »
--Books and Movie Reviews, Roberto Mattos (concernant *Meurtre au Manoir*)

MÛR POUR LA PAGAILLE (ROMAN À SUSPENSE EN VIGNOBLE TOSCAN) est le tome 3 d'une nouvelle série à suspense charmante écrite par l'auteure à succès n°1 Fiona Grace, qui a écrit *Meurtre au Manoir* (Tome 1), roman à succès n°1 qui, en plus d'avoir plus de 100 évaluations à cinq étoiles, est disponible en téléchargement gratuit !

Olivia Glass, 34 ans, met fin à sa vie de cadre supérieure à Chicago et s'installe en Toscane, résolue à commencer une nouvelle vie plus simple et à créer son propre vignoble.

Avec grand plaisir, Olivia se rend pour la première fois à Florence. De plus, sa vie amoureuse progresse. Elle est encore plus ravie quand son petit vignoble produit sa première bouteille de vin. Pourtant, quand un célèbre critique de vins donne une très mauvaise évaluation au vin d'Olivia puis qu'on le retrouve mort, Olivia se retrouve accusée de meurtre et elle doit élucider cette affaire de toute urgence pour prouver son innocence.

Est-ce qu'Olivia est vraiment faite pour vivre en Toscane ou n'était-ce qu'un fantasme ?

Désopilant, riche en exotisme, nourriture, vin, coups de théâtre et amour, sans oublier la nouvelle amie d'Olivia, la chèvre Erba, et centré sur un meurtre déroutant commis dans une petite ville et qu'Olivia doit résoudre, MÛR POUR LA PAGAILLE est un roman à suspense captivant que vous lirez jusque tard dans la nuit en riant.

MÛR POUR LA PAGAILLE
(Roman à Suspense en Vignoble Toscan – Tome 3)

Fiona Grace

L'auteure débutante Fiona Grace est l'auteure de la série LES HISTOIRES À SUSPENSE DE LACEY DOYLE, qui comporte neuf tomes (pour l'instant), de la série des ROMANS À SUSPENSE EN VIGNOBLE TOSCAN, qui comporte trois tomes (pour l'instant), de la série des ROMANS À SUSPENSE DE LA SORCIÈRE SUSPECTE, qui comporte trois tomes (pour l'instant) et de la série des ROMANS À SUSPENSE DE LA BOULANGERIE DU FRONT DE MER, qui comporte trois tomes (pour l'instant).

Comme Fiona aimerait communiquer avec vous, allez sur www.fionagraceauthor.com et vous aurez droit à des livres électroniques gratuits, vous apprendrez les dernières nouvelles et vous resterez en contact avec elle.

PAR FIONA GRACE

LES ROMANS POLICIERS DE LACEY DOYLE
MEURTRE AU MANOIR (Tome 1)
LA MORT ET LE CHIEN (Tome 2)
CRIME AU CAFÉ (Tome 3)
UNE VISITE CONTRARIANTE (Tome 4)

ROMAN À SUSPENSE EN VIGNOBLE TOSCAN
MÛR POUR LE MEURTRE (Tome 1)
MÛR POUR LA MORT (Tome 2)
MÛR POUR LA PAGAILLE (Tome 3)

www.ingramcontent.com/pod-product-compliance
Lightning Source LLC
Chambersburg PA
CBHW021033130626
46552CB00005B/1816